Peter Suska-Zerbes

Viehscheid

Peter Suska-Zerbes

VIEHSCHEID

Ein Allgäu-Krimi

Brack Verlag

Die Ideen für ein Buch haben viele Quellen, aber ohne die Anregungen und den Zuspruch des Schreibkreises Schreibschon, den ich leite, wäre „Viehscheid“ nicht möglich gewesen. Dafür recht herzlichen Dank!

ISBN 978-3-86389-011-7
1. Auflage Januar 2014

Zugspitzstraße 2a, 87452 Altusried
www.brack-verlag.de
Umschlagfoto: © Bilderstadl / www.bilderstadl.de
Druck: AZ Druck und Datentechnik GmbH, Kempten
Printed in Germany

Entführt

Tag nach der Entführung

08.09.2013, Uhrzeit unbekannt
Plätsch!
Der zusammengekrümmt daliegende Körper einer Siebzehnjährigen. Nichts als ein einziger, alles durchdringender Schmerz. Gleichzeitig das unwirkliche Gefühl, der Körper sei nicht ihrer. Und doch. Er … es schmerzt! Überall! Alles!
Sie versucht sich zu erinnern …
Lisa? Ja, Lisa, Lisa Lechner, das ist sie. Gymnasiastin. Siebzehn Jahre alt.
Was weiß sie sonst noch?
Ihre Mutter? Ja, die ist Ärztin, leitet ein Sanatorium. Bad Wörishofen.
Plötzlich ist der Gedanke wieder weg. Sie kann sich nicht weiter erinnern. Ihr Bewusstsein findet keinen Halt, triftet ab in die Leere, kehrt gleich wieder zurück zu diesem unerträglichen Schmerz.
Plätsch!
Langsam atmet sie durch die Nase ein. Es riecht nach Schweiß. Nach Urin. Die Luft abgestanden, modrig. Wie in einer Gruft. Ihr schaudert vor Angst, vor Kälte. Sie spürt, sie ist nackt bis auf einen weit aufstehenden Bademantel. Eine kratzige Decke liegt auf ihr.
Unter ihrem Körper? Irgendwas Weiches. An manchen Stellen etwas Kratziges. Eine alte, zerschlissene Matratze? Ja, wahrscheinlich … auf jeden Fall riecht das Ding sehr muffig. Manche Stellen fühlen sich nass unter ihr an.

Einatmen. Ausatmen. Ihr wird schlecht. Sie fühlt, wie die Übelkeit in ihr anschwillt, gleich wieder abebbt, erneut anschwillt. Ein Brechreiz. Ein Würgen. Dann lässt das Schwindelgefühl wieder nach. Sie spürt, diese Benommenheit lauert weiter im Hintergrund, bereit, jeden Augenblick wieder Besitz von ihrem Körper zu ergreifen.
Plätsch!
Die Stimme ihrer Mutter in ihrem Kopf. »Bleib ganz ruhig, Kleines! Es wird gleich wieder gut.«
Das Mädchen horcht. Nein, da ist nichts! Wo immer sie auch ist, sie ist ganz allein.
Mama! Erinnerungen treiben in ihr vorbei. Damals. Masern? Oder waren es Windpocken? Auf jeden Fall lange her. Da war sie noch klein. Ihre Mutter saß neben ihr. Stundenlang. Hielt ihre heiße Hand. Machte Mut, flüsterte immer wieder: „Bleib ganz ruhig, Kleines! Es wird gleich wieder gut."
Eine weitere Erinnerungsinsel treibt vorbei.
Ein Onkel! Ja, Onkel Klaus. Wegner nennen sie ihn alle. Der Bruder ihrer Mutter. Schnitzer. Früher mal Kommissar bei der Polizei. Er ist nett, nun ja, auf seine eigene raue Art und Weise. Er versteht sie. Hatte selbst einmal eine Tochter. Maria? Nein, nicht Maria. Ma… Marion. Ja, das ist es. Marion. Die ist auch tot. Erschossen …
Plätsch!
Mama! Wo ist ihre Mutter? Jetzt würde sie sie brauchen. Mama ist eine gute Ärztin. Eine sehr gute Ärztin sogar. Als sie noch klein war, hatten sie sich immer gut verstanden. Mama hatte sich oft Geschichten für sie ausgedacht, die sie ihr am Abend vor dem Schlafengehen erzählte.
Sehr lange her.
Plätsch!
Kurze Bilderszenen in ihrem Kopf. Mama. In letzter Zeit

hatten sie immer wieder Probleme miteinander gehabt. Aber … Bitte, Mama, es tut mir leid. Wirklich! Hilf mir! Bitte!
Tränen laufen über ihre Wangen. Geräuschvoll zieht sie den Inhalt ihrer Nase hoch. Das darf doch alles nicht wahr sein. Den Körper bewegen! Sie muss weg von hier! Rasch!
Etwas Schreckliches wird geschehen … Da ist sie ganz sicher. Aber sie kann sich nicht bewegen. Sie ist festgebunden. Eine Gefangene.
Trotzdem … sie muss weg.
Gleich ist der Gedanke wieder verschwunden. Irgendwo versickert. Mehr und mehr verliert sie wieder die Kontrolle über ihren Körper, über ihre Gedanken. Sie treibt in einer dunklen Leere. In einem dumpfen Schmerz. Irgendwie triftet sie von ihrem reglosen Körper weg. Immer weiter fort. Irgendwo ins Nichts …
Plätsch!
Noch ein Tropfen in diese Pfütze. Irgendwo schon weit, weit weg …

Teil 1

Sommer 2007
Sechs Jahre vor der Entführung

Received 05.07.2007, 22.56 Uhr
From „Helmut Nieberle" HelNieb@avk.de
Hallo Werner,
ich weiß schon, Bruderherz, du musst denken, ich sei tot. Du hast dir ja schon früher immer so viele Gedanken gemacht, mit meinen Coups könnte irgendwas schieflaufen. Mach dir bloß keine Sorgen um mich!
Es könnte mir im Moment nicht besser gehen.
Es hat gute Gründe, wenn ich mich so lange nicht gemeldet habe. War viel unterwegs. In halb Europa. Bin jetzt in Dänemark. Ich muss ja irgendwie an Knete rankommen, jetzt, wo ich wieder aus dem Knast heraus bin.
Danke übrigens für die ausgeliehene Kohle. Keine Angst! Die bekommst du wieder zurück. Wahrscheinlich schon demnächst.
Ob ich endlich eine Arbeit gefunden habe, willst du wahrscheinlich wieder wissen? Werner, wo denkst du wieder hin? So weit käm's noch. Ich und Arbeit! Zwei Welten treffen aufeinander. Nein, nein, lass mal gut sein, Alter.
Ich habe hier eine heiße Braut aufgerissen. Heißt übrigens Sylvia. Sie ist ein gutes Stück älter als ich, ganz heißer Feger, sag ich dir, eine, die nie genug bekommen kann. Ich muss sie ja deswegen nicht gleich heiraten. Geht sowieso nicht, selbst wenn ich das wollte. Die hat nämlich schon einen Alten. Na ja, so alt ist er auch wieder nicht. Verheiratet ist sie halt.
Wenn du mich fragst, hat sie ihn nur wegen seiner Kohle ge-

heiratet. Ihr Alter soll aber auch nichts anbrennen lassen. Und Asche hat er, darauf kannst du einen lassen. Ganz sicher. Bin nämlich gerade bei ihr zu Besuch, weil ihr Typ nach San Franzisco ist. Eine Villa sag ich dir. Swimming Pool. Teuerstes Viertel. Mit Blick aufs Meer. Und alles vom Feinsten. Leider gehört das alles ihm. Der kennt sich aus mit Geschäften, gibt ihr aber immer gerade so viel, wie sie gerade braucht. Damit sie nicht auf falsche Gedanken kommt. Sagt er wenigstens.
Ziemlich heftige Nummer, ihr Macker, wenn du mich fragst. Die beiden haben da so einen Ehevertrag. Keine Ahnung, wie das genau abläuft, aber sie meint, wenn er mit einer andern Braut abhaut, bliebe ihr nicht viel mehr, als die Klamotten, die sie anhat.
Ist doch Mist, oder? Endlich hab' ich eine Kleine gefunden, die Kies ohne Ende haben könnte, und dann so was. Aber keine Sorgen, Alter! Ich habe da so meine eigene Idee, wie wir an einen guten Teil des Schotters rankommen könnten. Na ja, genau genommen, hat mich neulich so ein Typ in einer Kneipe auf die Idee gebracht. Als ich ihr die Sache vorschlug, war sie gleich hellauf begeistert. Den Rest hat sie seitdem in die Hand genommen, weil sie sich ja hier in Dänemark besser auskennt als ich. Ist eine ganz Ausgefuchste, die Kleine. Wir werden die Sache mit ihrem Alten schon regeln. Du weißt schon, was ich meine, oder?
Nein? Du verstehst nicht, worauf ich hinaus will? Keine Angst, wir machen ihren Alten schon nicht hin. So was wäre niemals mein Ding. Jemand über den Tisch ziehen oder jemanden umzubringen. Das sind für mich immer schon zwei ganz verschiedene Paar Schuhe gewesen.
Neugierig? Also gut, dann erzähl ich es dir kurz: Ich und Sylvia machen eine kleine Reise. Es gibt da so eine kleine Bootshütte. Ziemlich abgelegen. Ich tu einfach so, als wenn ich sie entführt hätte. Keine Angst! Nur so zum Schein. Sie schreibt ihm einen

Brief, jammert ihm was vor, dass ich so ein brutaler Typ wäre, und dass ich sie umbringen würde, wenn er mit der Kohle nicht rüberkommt.
Du meinst, der zahlt nicht?
Keine Angst, Alter! Sylvia meint, ihr Macker und sie wären hier in der Gegend ziemlich bekannt. Wenn das mit der Entführung in der Zeitung stehen würde, dann bliebe ihm nichts anderes übrig, als die Knete rüberwachsen zu lassen.
Was ich mit der Braut danach vorhabe? Keine Aufregung, Brüderchen! Die bring' ich schon nicht um. Bestimmt nicht. Wir teilen uns den Schotter und gut ist. Und dann tschüss! Zusammenleben mit ihr? Na, hör mal! Sylvia ist doch auf Dauer viel zu alt für mich.
Ah, bevor ich es vergesse. Was macht eigentlich dein Medizinstudium in Ulm? Als du mir ins Gefängnis davon geschrieben hast, habe ich zuerst gedacht, ich werd' nicht mehr. Mein Bruder und Doktor? Pathologie passt zu dir. Ja, ja, ich weiß ja selbst, es dauert schon noch eine Weile, bis du Leichen auseinanderschneiden kannst. Trotzdem alle Achtung. Hut ab!
Du warst ja immer schon der Gescheitere von uns beiden, schon als wir im Heim zusammen waren. Ich habe immer den Ärger am Hals gehabt, und du hast so getan, als wenn du von nichts gewusst hättest. Stimmt schon, du hast es bisher besser gemacht und warst nicht wie ich ständig im Knast. Aber nur weil sie dir nie was nachweisen konnten. Bist viel zu clever für die, wenn du auch für meinen Geschmack manchmal viel zu heftig drauf bist. Warst du schon damals immer.
Egal, ist bereits alles eine gute Weile her. Quiekt kein Schwein mehr danach, dass du damals …
Wen interessiert's noch? Ich muss jetzt mal an mich selbst denken. Wahrscheinlich bin ich bald aus dem Gröbsten raus. Und dieses Mal mache ich einen kräftigen Schnitt, und dann kriegst du die Steine wieder zu-

rück, die du mir ausgeliehen hast. Verlass dich drauf! Ich werde mich eine Zeit nicht melden können, zumindest solange diese Geschichte am Laufen ist. Mach dir nur keine Gedanken, wird schon schieflaufen. Apropos schieflaufen: Falls es nicht wie geplant läuft, könnte ich dann bei dir eine Weile untertauchen? Nur für den Fall …
Aber es ist unwahrscheinlich, dass es notwendig sein wird. Ist doch dieses Mal alles optimal geplant. Was sollte da auch schon schieflaufen? Wüsste wirklich nicht was.
Also bis dann Alter … und lass die Finger von den Schnecken, ja?
LG Helmut

10.07.2007, 17.03 Uhr

„Nein! Und dabei bleibt es!"
Kriminaloberkommissar Klaus Wegner schnaubte. Er drehte sich abrupt von seinen Kollegen weg, hastete zur Tür des Großraumbüros, als wäre eine Horde Wolpertinger dicht hinter ihm her. Wütend knallte er die Tür hinter sich zu, als müsste die ganze Polizeiinspektion 43 von seinem Ärger mitbekommen. Er hasste München!
„So ein verdammter Schmarrn!", maulte er laut vor sich hin, obwohl er inzwischen keine Zuhörer mehr hatte. „Herrschaftszeiten!" Dass sie ihm auch gar keine Ruhe mehr damit ließen. Seit Wochen ging das jetzt schon so. Sie wussten doch genau, wie sehr er es hasste, offizielle Reden vor der gesamten Mannschaft halten zu müssen. Die hatten sie doch nicht mehr alle.
Als hätte er nicht schon genug Probleme. Jede Menge ungeklärter Fälle und im Hasenbergl kamen ständig neue dazu. Drogen. Betrug. Gewalt. Zu Hause fand er auch keine Unterstützung. Seine Frau, Renate, redete schon seit Wochen

nicht mehr mit ihm. Weil er nie Zeit hätte, motzte Marion, seine Tochter. Und jetzt noch diese verdammte Rede. Weiß der Himmel, wer auf diese Schnapsidee gekommen war, gerade ihn darum zu bitten.

Wenn er das wirklich könnte, dann hätte er ja gleich in die Politik gehen können. Mit diesem Argument hatte er sich bisher sehr erfolgreich gegen jeden Versuch gewehrt, aber inzwischen drängten nicht nur die Kollegen, sondern auch die Zeit, denn bereits am folgenden Tag war die Abschiedsfeier des Amtsleiters, Alois Obermayr.

Kaum hatte er sich hinter seinem eigenen Schreibtisch niedergelassen, als es auch schon an der Tür klopfte.

„Ja, was gibt's denn?", knurrte er.

Im nächsten Moment erschien im Türspalt der Kopf von Klara Neureuther. „Wegner, ich muss mit dir reden."

Wegner war klar, was dies bedeutete. Das letzte Aufgebot seiner Kollegen. Himmelherrgott!

„Na schön. Komm rein, oder muss es ganz München mitbekommen?" Wegner seufzte herzerbärmlich, wie es kaum ein Schauspieler im Residenztheater hingebracht hätte. Nachdem sie alle bereits kläglich an seinem entschiedenen Widerstand gescheitert waren, hatten sie jetzt strategisch geschickt für den letzten Versuch Frau Neureuther, eine Polizeiobermeisterin, für diese heikle Aufgabe ausgewählt. Die Aussichten hielten seine Kollegen wohl nicht zu Unrecht trotz seiner bekannten Sturheit für recht vielversprechend, da Klara und er sich bereits aus der Schulzeit in Marktoberdorf kannten, und sie war die Einzige, mit der er sich in den vergangenen Jahren hier im Präsidium nicht völlig zerstritten hatte.

„Es ist doch nicht wegen dieser Rede, oder doch?", fragte er ohne viel Hoffnung.

„Wegener, doch ist es! Ist mir doch selber klar, es wäre leichter, einen unserer Allgäuer Milchbauern dazu zu überreden,

eine seiner Wiesen zu verschenken, als dich zu überzeugen. Wegner, dabei wüsste ich wirklich dafür keinen Besseren als dich."
Wie alle andern, einschließlich seiner Ehefrau, nannte sie ihn nur Wegner. Wahrscheinlich hatten ihn seine Eltern schon vor fünfzig Jahren nur bei seinem Nachnamen genannt, und wenn nicht, dann waren sie auf jeden Fall die Einzigen, die ihn mit seinem Vornamen Klaus angesprochen hatten.
Wegner blieb eisern, versuchte es wenigstens. „Vergiss es! Das kommt nicht in ..."
„Du, Wegner, wir können dem Alten ja wohl kaum die Blumen und das Schachspiel, das du ihm geschnitzt hast, einfach so in die Hand drücken."
„Das weiß ich selbst! Aber ich kann das nicht. Vor all den Leuten. Bin bestimmt keiner von diesen Großkopferten, die bei jeder Gelegenheit den großen Mann spielen müssen."
„Natürlich bekommst du das hin. Das ist nicht nur meine Meinung. Wirklich ..."
„Aber ... aber warum grad ich?"
„Weil du den Alten am längsten kennst."
„Und was ist mit ... äh ... dem Singer? Die waren doch schon auf der Polizeihochschule zusammen. Und der hält doch auch sonst nicht seinen Mund, vor allem wenn er eine Maß zu viel getrunken hat."
„Ist in Urlaub und dann kennt er den Chef lang nicht so gut wie du", versuchte Frau Neureuther sich mit viel weiblichem Charme.
Aber so schnell gab der Herr Kriminaloberkommissar seinen Widerstand nicht auf. „Was heißt da schon kennen? Mal ehrlich, Klara, wer kennt den Obermayr schon wirklich? Der lässt doch seit zwanzig Jahren niemanden mehr an sich ran."

Auf den Rest brauchten sie nicht näher einzugehen, denn den kannte jeder auf dem Präsidium. Seitdem Obemayrs Frau ihn vor Jahren von einem Tag auf den anderen mit den beiden halbwüchsigen Kindern sitzen gelassen hatte, um mit irgendeinem Italiener eine Pizzeria in Memmingen aufzumachen, war mit ihrem Chef nicht mehr gut Kirschen essen. Obermayr hatte damals gerade neu in Mindelheim irgendwo unter der Burg ein Haus gebaut. Nichts war ihm damals geblieben, außer einem Haufen Schulden und seiner polizeilichen Arbeit, der er oft zwölf, vierzehn Stunden am Tag nachging. Was mit Obermayrs Kindern war, hatte sich in den vergangenen zwanzig Jahren mit Ausnahme des psychologischen Betreuungsdienstes niemand getraut zu fragen. Wenn ihr Chef wieder mal grantig war, wie es im Haus hieß, dann machte er keinen großen Unterschied zwischen Verbrechern und den untergebenen polizeilichen Ermittlern, kurz, ihr Chef war ein Choleriker, wie er im bayrischen Buch der Rekorde stehen könnte. Genau genommen eine Nominierung, um die sich Obermayr und Wegner gemeinsam seit Jahren bemühten.

Da Wegner weiter hartnäckig schwieg, nahm Frau Neureuther einen neuen Anlauf. „Na, was ist jetzt, Wegner? Du machst es doch, gell?“

Wegner blieb hart: „Noi, wirklich nicht. Und was soll ich auch sagen? Schön, dass wir Sie, werter Herr Obermayr, seit einer Ewigkeit als Chef ertragen mussten?“ Es sollte sarkastisch klingen, aber bei Wegner wirkte es eher hilflos. Neben der Frage des Wollens war es bei ihm tatsächlich auch ein Problem des Nicht-Könnens, oder zumindest des erforderlichen Selbstvertrauens.

„Wegner, es wird dir schon was einfallen. Ganz sicher!“

„Und was in aller Welt soll ich da bitte groß sagen? Dass es schon ein Wunder ist, fast vierzig Jahre in diesem

Münchener Schlamassel hier überhaupt überlebt zu haben?"
„Ja, warum nicht? Red' doch einfach von diesem Bauchgefühl. Es gibt doch seit Jahren kaum einen Satz bei Obermayr, in dem dieses Wort nicht mindestens einmal vorkommt, oder?"
„I weiß it, Klara. Kann das nicht ein anderer machen? Ich hab' doch noch diese Geschichte mit dem Raubüberfall in der Dülferstraße und die Messerstecherei in der U-Bahnstation Hasenbergl und …"
„Herrschaftszeiten, Wegner, jetzt mach schon!", unterbrach ihn seine Kollegin, die hörbar am Ende mit ihrer Geduld war. „Ich hab' wahrlich keine Zeit, heut noch einen anderen suchen gehen zu müssen. Es brauchen ja auch nur ein paar einfache Sätz' zu sein, so dass der Alte halt merkt, dass wir dran gedacht haben. Nicht mehr!"
Wegner seufzte: „Na schön, ich mach es, aber …"
„Danke, Wegner. Ich wusst' doch, man kann sich auf dich verlassen …"
„… aber du suchst dann gleich morgen früh jemanden von den Herren Kollegen, der die Sache mit dem Einbruch in dem Getränkegroßhandel für mich übernimmt. Dafür red' ich dann morgen bei der Abschiedsfeier über dieses sogenannte Bauchgefühl und wie man damit achtunddreißig Jahre in dieser verdammten Stadt überlebt."
Bevor sich Wegner seine Nachgiebigkeit noch einmal in Ruhe überlegen konnte, war seine Kollegin auch schon schmunzelnd durch die Tür zum Feierabend verschwunden. Seufzend klemmte Wegner sich hinter seinen Schreibtisch, riss schmollend ein Blatt aus seiner Kladde, malte von Zeit zu Zeit einen Kreis, ein Dreieck oder sonst eine geometrische Figur darauf, weil ihm sonst nichts zu der anstehenden Rede einfiel. „BAUCHGEFÜHL", „INTUITION" und „INNERE STIMME" schrieb er schließlich mit großen, eckigen

Druckbuchstaben oben auf die Seite. Bauchgefühl? Er nickte. Doch, das war das richtige Wort, denn ohne dieses Bauchgefühl konnte ein guter Polizist in diesem Moloch von Stadt nicht dreißig, vierzig Jahre Dienstzeit überleben. Unmöglich!
Dennoch brauchte Wegner, wie er befürchtet hatte, Stunden, und es kostete so manches Blatt aus seiner Kladde, bis er ein gutes Dutzend Stichwörter für seine Rede zusammen hatte. „Das ist das letzte Mal, dass ihr mich für so was breitschlagt!“, wetterte er vor sich hin, als er gegen acht Uhr dann endlich sein Büro verließ. Auf dem Heimweg erfand er noch einige nicht ganz jugendfreie Ausdrücke für das Buch der bayrischen Schimpfwörter.
Er kannte sich gut genug, um zu wissen, wie sich hinter seinem Ärger wieder einmal die Angst verbarg, eine Angst, die in der Nacht endgültig die Herrschaft über ihn gewann. Von einem Traum wachte er in dieser Nacht mehrmals schweißnass auf. Jedes Mal, wenn er in seiner Rede Bauchgefühl sagte, hatten seine Kollegen angefangen, lauthals über ihn loszulachen.
Aber als er aufwachte, wusste er, hinter dieser Angst vor dem öffentlichen Auftritt lauerte ein viel größerer Schrecken. In einem Punkt war er sich ganz sicher, schließlich konnte er sich schon immer auf sein Bauchgefühl verlassen: Die Wolken hatten am Himmel angefangen, sich langsam düster zuzuziehen.

12.07.2007, 12.09 Uhr

Nachrichtennotiz im Allgäusender:

„… in der vergangenen Nacht endete diese Entführung in Dänemark auf eine sehr spektakuläre und vor allem sehr tragische Weise. Wie erst heute bekannt wurde, soll der Entführer

bereits vor mehreren Tagen versucht haben, eine Million Euro von Nils Snyder, dem Ehemann der Entführten, zu erpressen. Snyder ist in Dänemark ein bekannter Unternehmensberater. Bei dem Entführer soll es sich um den Deutschen, Helmut Nieberle, handeln, der bereits mehrmals wegen Betrugs und Scheckfälschung einschlägig vorbestraft war.
Wahrscheinlich hatte der vierundzwanzigjährige Täter nicht damit gerechnet, der Erpresste würde die Angelegenheit auf eigene Faust zu regeln versuchen. Mit einem Minisender, den Snyder im Geldkoffer eingenäht hatte, konnte er den Entführer mit seinem vierzigjährigen Opfer, Sylvia Snyder, in einer verlassenen Bootshütte gestern in den frühesten Morgenstunden aufspüren.
Snyder stellte den Entführer, als dieser gerade dabei war, mit der Geldtasche zu fliehen. Nieberle soll sofort das Feuer auf Snyder eröffnet haben. Bei dem kurzen Schusswechsel zwischen Entführer und Erpresstem wurde Helmut Nieberle tödlich getroffen.
In der Bootshütte fand Snyder seine Ehefrau, Sylvia Snyder, nur noch tot vor. Nach Angaben der dänischen Polizei ist die Entführte mit einem Messer verletzt worden, das mit Sarin vergiftet war. Bei Sarin handelt es sich um ein Kontaktgift, bei dem schon kleinste Mengen im Blut zum Tod führen. In einer kleinen Flasche, die in der Jackentasche des Entführers gefunden wurde, konnte dieser hochwirksame chemische Kampfstoff einwandfrei nachgewiesen werden.
Nach einer eingehenden Zeugenvernehmung durfte Snyder wieder als freier Mann das Präsidium verlassen, weil er einen Waffenschein für seine Pistole besitzt und er offensichtlich in Notwehr handelte. Er muss sich allerdings der Polizei für die weiteren Ermittlungen zur Verfügung halten.
Liebe Hörer, wir werden Sie über die weiteren Entwicklungen in diesem dramatischen Fall auf dem Laufenden halten.

Und jetzt machen wir mit Nelly Furtado und ihrem Superhit »Afraid« aus ihrem Album »Loose« weiter im Programm ...“

12.07.2007, 12.09 Uhr

Alles wäre vielleicht ganz anders gekommen, denn es war eigentlich ein Zufall, dass Werner Nieberle die Radionachricht über die schiefgelaufene Entführung hörte.

In den Sommerferien besserte er seine magere Studentenkasse ein wenig damit auf, für Frau Günther, eine in Vergessenheit geratene Schauspielerin in Ulm, alle anfallenden Aufgaben zu übernehmen, wobei die Arbeitsaufträge, wie Nieberle sehr rasch herausfand, im weitesten Sinne des Wortes verstanden werden mussten.

Als er mit ihrem Bentley losfuhr, um den Einkauf der recht knausrigen Frau zu erledigen, war das Radio noch angeschaltet. Normalerweise nutzte Nieberle die Zeit der Einkaufsfahrt, um sich auf einer CD anatomische Beschreibungen und Krankheitssymptome anzuhören, schließlich standen die Prüfungen gleich zu Beginn des Semesters auf seinem dicht gefüllten Studienprogramm.

Als er die Disk einlegte, sagte der Radiosprecher gerade: „... in der vergangenen Nacht endete diese Entführung ...“

Nieberle spürte schon bevor der Name seines Bruders genannt wurde, irgendetwas war mit dessen Plan schiefgegangen. Während er gebannt dem Sprecher zuhörte, bestand sein Kopf nur noch aus einem Chaos von Erinnerungen aus der gemeinsamen Kindheit im Heim, von zermürbenden Selbstvorwürfen und von quälenden Fragen: Wieso ist diese vorgetäuschte Entführung so schiefgelaufen? Was war tatsächlich an diesem angeblichen Schusswechsel zwischen Snyder und seinem Bruder dran?

Wieso hatte sein Bruder überhaupt eine Schusswaffe gehabt?

Um diese Frau zu entführen?
Unsinn! Das konnte alles nicht sein!
Während er in der Ulmer Innenstadt ohne Ziel herumfuhr, konnte er an nichts anderes mehr denken, als an diese Fragen und an die damit verbundenen Zweifel. Nieberle wusste zwar nicht wieso, aber in einem Punkt war er sich völlig sicher: Das alles war nicht nur von der Seite seines Bruders oder dieser Sylvia ein abgekartetes Spiel. Snyder musste schon lange auf eine Gelegenheit gewartet haben, seine Frau auf die eine oder andere Weise aus dem Weg zu räumen.
Diese Annahme schien ihm auf jeden Fall wahrscheinlicher, als dass sein Bruder tatsächlich diese Frau mit einem vergifteten Messer ermordet haben sollte. Helmut konnte doch nicht einmal einer Gottesanbeterin den Fühler ausreißen. Nein, sein Bruder war nun wirklich nicht der Typ, jemand kaltblütig mit einem Gift umzubringen.
Unmöglich! Dafür kannte er Helmut gut genug.
Und warum hätte sein Bruder das auch tun sollen? Das machte überhaupt keinen Sinn. Um eine unliebsame Zeugin zu beseitigen?
Quatsch! Dafür war es bestimmt nicht notwendig gewesen, diese Frau mit einem Gift umzubringen, denn Frau Snyder konnte ja wohl kaum daran gelegen sein, dass durch ihre Aussage ihr Mithelfer bei einer vorgetäuschten Entführung gefasst wurde. Sie stellte für Helmut doch keinerlei Gefahr dar.
Nieberles Gedanken kreisten weiter um seine Zweifel.
Hatte diese Frau sterben müssen, damit Helmut mit dem Geld ganz allein abhauen konnte? Unwahrscheinlich! Wenn es darum gegangen wäre, dann wäre sein Bruder doch schon vorher mit dem Geldkoffer verschwunden. Auf jeden Fall hätte es andere Wege für ihn gegeben, an das Geld zu kommen.

Nein, an dieser ganzen Geschichte stimmte auch rein gar nichts.
Diese Gewissheit ließ ihm keine Ruhe.
Nachdem Nieberle völlig orientierungslos mehr als eine Stunde in Ulm herumgefahren war, traf er von einem Moment auf den anderen eine Entscheidung. Bei der nächsten Möglichkeit bog er ohne weiter darüber nachzudenken einfach in Richtung Autobahn ab. Auf der A 7 fuhr er dann Richtung Norden, Richtung Dänemark. Was er genau dort machen würde, wollte er sich während der Fahrt überlegen. Dazu hatte er ja viele Hundert Kilometer Zeit. Erst weit hinter Fulda fiel ihm ein, dass er noch herausfinden musste, wohin genau seine Reise in Dänemark gehen sollte.
Ein einziger Gedanke trieb Nieberle während der Fahrt ständig an: Er würde in Dänemark schon herausfinden, was da von diesem Snyder gedreht worden war. Und dann …
Nieberle schwor seinem toten Bruder immer wieder, er würde seinen Tod nicht einfach so hinnehmen.
Niemals!

22.07.2007, 11.46 Uhr
Frau Dr. Franziska Lechner nahm sich viel Zeit.
Das Wichtigste war überstanden. Erstaunlich, wie viele Leute gekommen waren und wie groß das Interesse aller Anwesenden an ihrer Methode und an ihrem neu entwickelten Gerät war. Dabei war immer noch alles in der Entwicklungsphase. Eine Lebensaufgabe für eine Fünfundvierzigjährige wie sie. Das wusste sie.
Ein weiteres Mal nahm sie einen großen Schluck aus ihrem bereitstehenden Glas, teils, weil sie nach einer Stunde Vortrag tatsächlich einen sehr trockenen Hals hatte, teils, damit das Publikum und auch sie selbst die Gelegenheit hatten, sich

erneut auf die folgende Zusammenfassung zu konzentrieren. Nach einem tiefen Atemzug fuhr sie mit ihrer eindrucksvollen Stimme fort: „Meine sehr geehrten Damen und Herren, zum Abschluss unseres Vortrags ‚Viel Lärm um nichts?' will ich die hier vorgetragenen Positionen meines Mannes und mir noch einmal stichpunktartig zusammenfassen:
Erstens: In einer Zeit, in der wir alle ständig sowohl im Berufsleben als auch in der Freizeit unter einer enormen Anspannung stehen, ist die Notwendigkeit, sich regelmäßig sowohl körperlich als auch geistig zu entspannen, notwendiger denn je geworden.
Zweitens: Wie wir beide versucht haben, an einigen Tonproben nachzuweisen, können bestimmte Formen und Arten von Musik und nicht zuletzt die von uns entwickelten modernen technischen Möglichkeiten jedem helfen, diese Entspannung auf sehr angenehme Weise auch regelmäßig zu finden.
Drittens: Genauso wie andauernder und belastender Stress uns alle krank macht, und daran lassen die medizinischen Forschungsergebnisse keinerlei Zweifel, kann ein gezielter Einsatz von Entspannungstechniken, wie zum Beispiel die von uns hier vorgestellte Musikmethode, neue Wege in der alternativen Medizin sowohl zur Vorbeugung als auch bei der Heilung bereits bestehender Krankheiten eröffnen.
Viertens: Die von uns weiterentwickelte Entspannungstechnik, von der wir Ihnen einige musikalische Kostproben hier anbieten durften, hilft uns allen, ohne jegliche nachteilige Nebenwirkungen, schnell und ohne lange Übungszeiten, sich zu entspannen, wobei unsere Methode die Möglichkeit anbietet, die Tiefe der Entspannung selbst vor jeder Übung auf unserem Gerät durch die Auswahl geeigneter Stücke festzulegen. Auf diese Weise lässt sich für einen längeren Zeitraum ein sehr variables Entspannungsprogramm

zusammenstellen, das auf die Vorlieben und Absichten des Einzelnen einzugehen vermag.
In diesem Sinne werden sich mein Mann und ich auch in Zukunft gemeinsam bemühen, weiter systematisch die künstlerischen, technischen und nicht zuletzt die medizinischen Möglichkeiten zu erkunden, die uns unsere derzeitigen Forschungen und technischen Entwicklungen im Bereich der alternativen Medizin eröffnen.
Wahrscheinlich sind die meisten von Ihnen mit uns einer Meinung, dass unsere Bemühungen, die Musik als wichtiges Hilfsmittel in der alternativen Medizin auch weiterhin zu verwenden, alles andere sind als ‚Viel Lärm um nichts.'
Mein Mann und ich danken vielmals den Veranstaltern für die Einladung zu dieser Sonntagsmatinee hier in Memmingen und Ihnen allen danken wir vielmals für ihre werte Aufmerksamkeit. Auf ein baldiges Wiedersehen!"
Nach einem längeren Applaus betrat ein Vertreter des Veranstalters die Bühne mit zwei Blumensträußen, die er an die beiden Vortragenden mit einem kräftigen Händedruck überreichte, bevor er sich zu einem Schlusswort zum Mikrofon begab.
„Sehr geehrte Frau Doktor Lechner, sehr geehrter Herr Lechner. Ich glaube im Sinne aller hier Anwesenden, Ihnen zustimmen zu dürfen: Ihr packender und informativer Vortrag über die Möglichkeiten der Musik in der alternativen Medizin am Beispiel Ihrer eigenen Forschungsarbeiten und Ihres eigenen technischen Gerätes werden auch in Zukunft alles andere sein als ‚Viel Lärm um nichts' …"

08.08.2007, 09.12 Uhr

„Sie wollen wissen, ob das hier üblich ist, Herr Becker? Also bei mir schon. Als Direktor der JVA hier in Kempten lege

ich größten Wert darauf, bei der Entlassung der Häftlinge persönlich dabei zu sein."
Der junge Mann in seiner schmucklosen Anstaltskleidung schaute den vierzigjährigen Beamten spöttisch an: „Eine pädagogische Maßnahme, um den Entlassenen noch ein paar mahnende Worte mit auf den Weg zu geben vielleicht?"
Der Direktor schüttelte irritiert den Kopf: „Herr Becker, ich kann Ihre spöttische Haltung nicht ganz nachvollziehen. Sie sind im künstlerischen Bereich wirklich eine der größten Begabungen, die ich je kennengelernt habe, und Ihr Engagement im sozialen und politischen Bereich in allen Ehren, aber auch für Sie gibt es klare rechtliche Grenzen."
Genervt schüttelte Becker den Kopf: „Ich bin ja wohl nicht der Erste, der für seine Überzeugung ins Gefängnis geht, Herr Direktor. Keja und ihrer Mutter drohte Abschiebung, obwohl Tochter und Mutter im Kosovo nachweislich vor Diskriminierung nicht sicher sein werden."
„Die Ausweisung war ganz legal. Ihr Antrag auf Asyl war abgelehnt worden."
„Legal vielleicht schon, menschlich vertretbar ist es jedoch auf keinen Fall gewesen."
„Trotzdem dürfte die vorgetäuschte Entführung dieses Zigeunermädchens kaum notwendig gewesen sein, Herr Becker."
„Finden Sie? Irgendjemand musste der Öffentlichkeit doch zeigen, dass die Ausländerbehörde einen größeren Entscheidungsspielraum gehabt hätte. Ein wenig mehr Menschlichkeit und Fingerspitzengefühl wäre gefragt gewesen, dann hätte sich meine Aktion erübrigt."
„Sehen Sie, Herr Becker, genau diese unnachgiebige Haltung hat Sie hierhin ins Gefängnis gebracht. Hätten Sie sich vor Gericht einsichtig gezeigt, statt Ihren Prozess für Ihre politische Propaganda zu benützen, wäre Ihr Urteil wesent-

lich milder ausgefallen, zumindest hätte Sie der Richter auf Bewährung freigelassen, zumal Sie ja am Ende Ihres Studiums stehen."

„Das hat mir der Richter auch gesagt. Es gab allerdings Bedingungen, wie er mich über meinen Anwalt damals wissen ließ."

„Was denn für Bedingungen?" Der Anstaltsleiter schien wirklich überrascht zu sein.

Becker zögerte einen Moment, erklärte dann aber doch bereitwillig: „Ich hätte vor der Presse den reumütigen Sünder spielen müssen. Vor allem hätte ich versichern müssen, keine weiteren spektakulären Aktionen für Keja und ihre Mutter zu unternehmen. Die beiden mögen für den Richter und die Ausländerbehörde nur Zigeuner sein, aber ich werde mich niemals vor Gesetzen und Bestimmungen beugen, die eine solche unmenschliche Abschiebung erst ermöglichen."

„Haben Sie schon einmal daran gedacht, Herr Becker, wie schnell eine Wiederholung einer solchen Tat zu einem Ausschluss aus dem öffentlichen Dienst führen könnte?"

„Wissen Sie, was diese Abschiebung für diese beiden Menschen tatsächlich bedeutet?"

Unbeeindruckt fuhr der Direktor fort: „Es wäre wirklich schade für Sie, Herr Becker. So wie ich Sie hier kennengelernt habe, bin ich mir ganz sicher, Sie könnten wirklich ein sehr guter Kunstlehrer werden, aber dafür müssten Sie auch ein Vorbild für Ihre Schüler und für die Gesellschaft sein und Sie müssten in Zukunft auf solche Himmelfahrts-Aktionen verzichten."

„Vielleicht war es aus Ihrer Sicht falsch, Herr Direktor, was ich getan habe, aber ich bin meinem Gewissen gefolgt. Genügt das nicht als Vorbild?"

„Darf ich Sie daran erinnern, dass Menschen bei Ihrer vorgetäuschten Entführung hätten verletzt werden können."

„Und darf ich Ihnen dazu noch etwas sagen, Herr Direktor? Keja hat mir vor Kurzem einen Brief hier ins Gefängnis geschrieben. Ich weiß nicht, ob man es Ihnen mitgeteilt hat, die Briefe werden schließlich von Ihren Leuten geöffnet."
„Und was schreibt sie?"
„Keja und ihre Mutter wurden in einer Nacht- und Nebelaktion ins Kosovo gebracht. Nach der Abschiebung beging Kejas Mutter Selbstmord …"

24.08.2007, 23.46 Uhr

„Wegner, am Apparat … wie? Du Klara? Was gibt's denn schon wieder? Ich hab' doch diese Woche keine Nachtbereitschaft." Der grantige Ton sollte seine Kollegin Klara Neureuther ausreichend warnen, dass sie besser einen sehr guten Grund haben sollte, ihn mitten in der Nacht zu wecken.
Und ob sie den hatte. „Wegner, besser du hörst mir einen Augenblick nur mal ganz ruhig zu! Okay?"
„Ich wüsste nicht, weshalb ich mitten …"
„Wegner! Du solltest einfach nur zuhören, verdammt nochmal! Der Notdienst vom Krankenhaus hat gerade hier angerufen. Es sieht alles danach aus … ich weiß auch nicht … deine Frau …"
„Was ist mit Renate? Red' endlich!"
„Wir wissen es auch noch nicht so genau, aber alles sieht danach aus, als wenn es … es einen Unfall in der S-Bahn gegeben hätte."
„Wie … einen Unfall? Was redest du denn da für ein Zeug? Renate wollte doch nur zu ihrem Pilates-Kurs in Schwabing gehen. Da wird es manchmal etwas später, wenn sie dann noch irgendwo zusammen ein Glas Wein trinken gehen."
„Wegner, hör endlich zu! Vielleicht lässt sich ja alles klären."
„Aber …"

„Am besten du ziehst dir rasch etwas an. Ich bin in zehn Minuten bei dir, dann fahren wir zusammen rüber ins Krankenhaus. Dort können wir sicher alle Einzelheiten klären. Also bis gleich!"
„Aber ..."
Tüüüt ... tüüüt ... tüüüt ...

28.08.2007, 10.12 Uhr

Es gab Erinnerungen, die sich tief in ihr Gedächtnis gruben, scheinbar bedeutungslose Szenen, an die Frau Dr. Lechner sich Jahre später noch bis ins kleinste Detail erinnern sollte ...

Während der Direktor des Gymnasiums Hohenschwangau die mitgebrachten Papiere interessiert durchsah, schaute Frau Dr. Lechner durch das Fenster des Schulgebäudes. Welch ein fantastischer Ausblick! Direkt auf das Märchenschloss Neuschwanstein. Mit seinen Türmchen, Türmen, Giebeln, Balkonen, Zinnen, seinen langen Fensterreihen war es wirklich ein Schloss aus einem fantastischen Traum. Dahinter die erhabene Kulisse des steil aufragenden Tegelberges. Sie atmete tief durch, während sie das grandiose Szenarium auf sich wirken ließ. Schade, dass der Anlass so bedrückend war ...

Ein Räuspern des Direktors ließ sie aus ihren Tagträumen aufschrecken.

„Frau Doktor Lechner, es ist Ihnen doch klar, dass es jetzt, drei Wochen vor Beginn des neuen Schuljahres, sehr kurzfristig ist, Ihre Tochter Anna ..."
„Lisa."
„Wie bitte?"
„Meine Tochter heißt Lisa, Herr Direktor Lichtstein."
„Ach so, ja, natürlich, äh ... was ich nur sagen wollte, ist,

dass unser Internat hier in Füssen fast schon ausgebucht ist."
„Am Telefon haben Sie aber angedeutet, dass ..."
„Dass ich in Anbetracht ihrer familiären Notlage, wie Sie sie mir am Telefon beschrieben haben, mich für einen Platz Ihrer Tochter in unserem Internat stark machen werde. Versteht sich doch von selbst."
„Herr Direktor, es wäre wirklich sehr wichtig für uns. Mein Mann und ich sind derzeit beruflich mit der Entwicklung eines wichtigen Forschungsprojekts sehr eingespannt, und es gab gerade diesen unglücklichen Todesfall bei meinem Bruder in der Familie. Sie verstehen sicher, dass dies für uns alle sehr überraschend kam, aber in den nächsten Monaten muss ich mich mehr um meinen Bruder und seine Tochter kümmern. Es wird oft notwendig sein, nach München zu fahren, wo er bei der Kriminalpolizei arbeitet. Wirklich, eine Internatsunterbringung für Lisa lässt sich vorläufig wohl nicht vermeiden."
„Mein herzliches Beileid noch, Frau Doktor Lechner." Sehr verunsichert streckte der Direktor ihr etwas verspätet seine Hand hin, die sie nur kurz drückte. „Danke!" Da sie im Moment nicht weiter über den Selbstmord ihrer Schwägerin nachdenken wollte, kam sie gleich wieder zu ihrem Anliegen. „Wäre eine Unterbringung bei Ihnen also denkbar?"
„Sicher. Ich habe mir gerade die Zeugnisse Ihrer Tochter in der Grundschule Bad Wurzach angeschaut. Alle Achtung! Lisa hat alle Voraussetzungen, auch bei uns hier im Gymnasium einen guten Start zu haben."
„Ja, sie ist sehr bemüht, sehr intelligent und auch sehr kreativ."
„Verstehe. Hat Ihre Tochter besondere Interessen? Sport zum Beispiel?"
„Sport? Nein, Lisa ist eher der künstlerische Typ. Sie malt und bastelt gerne, wissen Sie."

„Das passt auch sehr gut hier im Haus. Ich frage Sie nur deshalb, weil wir uns in unserem Freizeitangebot bemühen, den Interessen der etwa hundert Internatsbewohner so weit wie möglich entgegenzukommen. Gäbe es sonst noch etwas, was wir unbedingt beachten müssen?"
„Wie meinen Sie das, Herr Direktor?"
„Na, ja, besondere Verhaltensauffälligkeiten vielleicht, wie ADS, ADHS, Bulimie und solche Dinge. Sie wären zwar nicht zwingend ein Ausschlusskriterium, aber es wäre für die Verantwortlichen im Heim besser, so etwas im Voraus zu wissen."
Frau Dr. Lechner schüttelte entschieden ihren Kopf. „Nein, seien Sie unbesorgt. Da gibt es nichts! Wirklich nicht! Im Gegenteil, Lisa wirkt für ihr Alter von elf Jahren, zumindest was ihr Verhalten betrifft, vergleichsweise weit entwickelt, bisweilen ist sie ein wenig zu altklug, wahrscheinlich weil sie bei uns im Therapiezentrum sehr viel mit Erwachsenen zusammenkommt, für meinen persönlichen Geschmack sogar ein wenig zu viel."
„Das hört sich doch alles sehr gut an, Frau Doktor. Über die wesentlichen Bedingungen wie den Preis für Zweibettzimmer, Ausstattung, zusätzliche Kosten für das Freizeitangebot und so weiter sind Sie ja informiert. Soweit Sie einverstanden sind, lasse ich Ihnen die Verträge in den nächsten Tagen über unser Sekretariat zukommen. Wäre das in Ordnung so?"
„Das wäre ganz in meinem Sinne, Herr Direktor Lichtstein. Darf ich Ihnen meinen besten Dank für Ihr Entgegenkommen und Ihre Hilfe …?"
Nachdem dies geregelt war, wollte Frau Dr. Lechner nur noch weg. So schnell wie möglich. Es kam ihr vor, als würde sie mit dieser Unterbringung in einem Internat ihre Tochter im Stich lassen. Irgendwie.

28.08.2007, 10.23 Uhr

„Herr Nieberle, was soll das jetzt schon wieder heißen?"

„Frau Günther, das soll nur heißen, ich brauche zwei, drei Tage frei. Nicht mehr, nicht weniger!"

„Und warum, wenn ich fragen darf?" Die Nachfrage klang nur von der Formulierung her nach Höflichkeit, eine Höflichkeit, die ihrem Ton ganz fehlte.

„Eine dringende Familienangelegenheit. Sie verstehen sicher." Irgendetwas mit seinem Bruder, sehr ernst und sehr dringend, fügte er noch schnell hinzu, ließ aber die Details offen. Er konnte ihr ja kaum erzählen, dass er noch einmal nach Dänemark müsse, um zu klären, was bei dem Plan seines Bruders schiefgelaufen war.

„Herr Nieberle, Sie wissen schon, was wir neulich ausgemacht haben?"

Und ob er das wusste. Es verging ja kaum ein Tag, an dem sie nicht mindestens ein halbes Dutzend Mal darauf zu sprechen kam. Als er damals von Dänemark zurückkam, hatte sie darauf verzichtet, eine Anzeige wegen Autodiebstahls zu machen, und er hatte sich bereit erklärt, bis zum Herbst ihr zwölf, vierzehn Stunden für den halben Tagessatz zur Verfügung zu stehen, einer Bezahlung, die auch schon unter normalen Umständen lächerlich niedrig war.

Und wofür hatte er damals überhaupt diese Fahrt nach Dänemark gemacht? Viel hatte er dort nicht herausfinden können. Alles sprach gegen seinen Bruder Helmut. Der hatte tatsächlich eine Pistole in seiner Hand gehalten, mit der auch geschossen wurde. Patronenhülsen waren ebenfalls um die Bootshütte herum gefunden worden. Dass ihm die Waffe möglicherweise erst nach seinem Tod in die Hand gedrückt worden war, an diese Möglichkeit hatte wohl niemand gedacht.

Polizei und Staatsanwaltschaft in Dänemark blieben auch

weiter bei ihrer Überzeugung, Helmut Nieberle hätte die Entführte mit dem Kontaktgift ermordet, um belastende Aussagen gegen sich selbst zu verhindern. Nieberle musste zugeben, Verschleierung einer Straftat war aus der Sicht der dänischen Polizei durchaus nachvollziehbar, da sie nichts von dem gemeinsamen Plan seines Bruders und der Entführten vermutete.
Nieberle ballte wütend die Faust, als Frau Günther ihn weiter anschrie. Es war ein Fehler, so lange zu warten und jetzt auch noch so viele Umstände mit dieser alten Hexe zu machen. Einen letzten Versuch machte er dennoch: „Frau Günther, glauben Sie mir, ich muss unbedingt ..."
„Herr Nieberle, Sie scheinen mich mit dem Sozialamt zu verwechseln. Um es ein für alle Mal klar zu machen, meine Antwort lautet ‚Nein!' Und das ist mein letztes Wort."
Es war tatsächlich ihr letztes Wort, allerdings ganz anders, als sie es gemeint hatte. Eine halbe Stunde später befand sich ihr lebloser Körper im Kofferraum ihres eigenen Bentley in Richtung Dänemark, oder in ihrem Fall in Richtung Nordsee, um dort ihre allerletzte Ruhestätte zu finden.
Bereits kurz nach Ulm hatte Nieberle diesen Punkt für sich gedanklich abgehakt, denn er hatte andere, wichtigere Probleme. Er musste unbedingt noch einmal nach Dänemark, um nach den vergangenen sechs Wochen doch noch einen entscheidenden Hinweis für die Schuld von Snyder dort finden zu können. Er hatte seit Tagen alles gut durchdacht, wobei der Tod von Frau Günther von Anfang an mit eingeplant war. Mit ihrer Sturheit hatte sie ja richtig danach gefragt. Wenn er in der Villa von Snyder nichts finden würde, wollte er den Mann einfach entführen und unter vier Augen befragen. Im Internet hatte er bereits über sehr schmerzhafte Verhörmethoden recherchiert, und auch sein einschlägiges Wissen als Medizinstudent würde ihm bei der Befragung

sehr nützlich sein. Snyder würde ihm, wenn die Befragung erst einmal angefangen hatte, nichts mehr verheimlichen. Ganz sicher nicht!
Und sein Geständnis wäre erst der erste Akt. Es würden dann noch einige sehr schmerzhafte folgen.

28.08.2007, 10.56 Uhr
Muss das wirklich sein?
Frau Dr. Lechner hatte ein schlechtes Gewissen. Nach ihrem Gespräch in Füssen war sie bereits wieder zurück auf dem Weg nach Bad Wurzach, wo sie mit ihrem Mann ein alternatives Therapiezentrum betrieb, in dem sie in letzter Zeit auch ihre noch in der Entwicklung befindliche musikalische Therapiemethode verstärkt anboten. Als Tontechniker und Musiker hatte ihr Mann sie eigentlich erst auf diese Idee gebracht: Musik als Mittel zur Entspannung.
Während Frau Dr. Lechner über die A 7 in Richtung Kempten, Memmingen fuhr, machte sie sich Sorgen über die zusätzlichen Kosten der Internatsunterbringung. Sie versuchte sich mit dem Gedanken zu trösten, die Unterbringung in diesem renommierten Allgäuer Internat wäre schließlich nur eine vorübergehende Lösung – ein halbes Jahr vielleicht, wenn es hoch kam –, jedenfalls nur so lange, wie sie sich um Wegner, ihren Bruder, und dessen Tochter, Marion, in München intensiver kümmern musste.
Wer hätte schon mit dem Selbstmord von ihrer Schwägerin, Renate, gerechnet? Es traf sich gut, dass Lisa noch für die nächsten Wochen in einer Freizeitkolonie untergebracht war. Ihre Tochter musste ja auch nicht unbedingt diese Geschichte mit ihrer Tante Renate in München mitbekommen. Wie konnte man einer Elfjährigen auch erklären, warum ihre Tante sich das Leben genommen hatte. Die

Erwachsenen verstanden es doch selbst noch nicht so richtig. Und alles war so plötzlich, so ganz ohne jede Vorwarnung gekommen. Schrecklich!

Ja, es war besser, Lisa würde für eine Zeit in einem Internat bleiben. Zweifellos war Füssen die richtige Entscheidung. Nicht zu nah und auch nicht zu weit weg von Bad Wurzach entfernt. Trotzdem, die Kosten für diese Unterbringung würde ein kräftiges Loch in ihren monatlichen Etat schlagen. Solange in Bad Wurzach die Kurgäste sich eher an die bewährte Moorbadanwendung hielten, waren ihre Einnahmen mit ihrer Musiktherapie nicht gerade als üppig zu bezeichnen. Franz, ihrem Mann, würde der zusätzliche Finanzbedarf wieder ziemlich gleichgültig sein. Solange er seine Musik und seine musikalischen Experimente hatte, konnte die Welt um ihn herum untergehen, ohne dass es ihm überhaupt aufgefallen wäre. Männer!

Einen Vorteil hatte dieses Internat auf jeden Fall: In dieser Zeit würde Lisa mehr mit Gleichaltrigen zusammen sein. In ihrem Therapiezentrum gab es meist nur ältere Kurgäste. Kein Wunder, wenn Lisa als Elfjährige bereits wie eine junge Erwachsene redete.

Wie auch immer, wird schon gut gehen.

Das Gefühl, ihre Tochter verraten zu haben, blieb dennoch.

29.08.2007, 03.04 Uhr

Gemeiner, hinterhältiger Mord! Nichts weiter!

Werner Nieberle konnte seit Stunden keinen Schlaf finden. Wie in letzter Zeit so oft, musste er in diesen stillen Nachtstunden ständig an den Tod seines Bruders Helmut denken und daran, dass der Mann, der ihn als angeblichen Entführer erschossen hatte, noch nicht dafür bestraft worden war. Deswegen war er schließlich nach Dänemark gekommen.

Ruhelos wälzte Werner Nieberle sich immer wieder im breiten Bett von Charlotte Klarsen hin und her, während von seiner Gastgeberin nur regelmäßige, tiefe Atemzüge zu hören waren. Sie hatte ja auch bekommen, was sie wollte. Nieberles Gedanken verloren sich immer wieder in dem gleichen Erinnerungskarussell …

Das Glück war zunächst nicht gerade auf seiner Seite. Als er am späten Vormittag zu Synders Villa kam, wurde gerade ein Wohnwagen entladen. Es hatte etwas länger gebraucht, bis die neue Besitzerin verstanden hatte, was er von ihr wollte, da er kein Dänisch und sie nur sehr wenig Englisch sprechen konnte. Als sie endlich verstanden hatte, hatte sie ihn nur angelächelt, hatte mit weit ausholenden Armbewegungen die Geste eines fliegenden Vogels nachgemacht. „Fly away … but you can help me."

Er hatte tatsächlich beim Einräumen geholfen, schon weil er verbissen daran glaubte, noch irgendetwas herausfinden zu können. Seine Nachforschungen waren tatsächlich erfolgreich gewesen. Im Altpapier in einem Schuppen fand er einen Zettel mit chemischen Formeln: Methyliodid und Phosphonsäureester. Wie er als Medizinstudent recht gut wusste, die Grundstoffe für die Herstellung des Kontaktgiftes Sarin. Ansonsten war in der Villa nicht viel an Hinweisen zu finden. Die noch recht junge Frau wusste wirklich nichts über den vorherigen Besitzer der Villa, weil ihr Mann den Kauf über einen Makler erledigt hatte, aber sie verstand, wie sie sich für seine Hilfe erkenntlich zeigen konnte, da ihr Mann sich auf irgendeiner Dienstreise befand. Irgendwas mit Färöer Inseln, wenn er sie richtig verstanden hatte. War ja auch egal, wohin er unterwegs war, solange er nicht jeden Augenblick zur Schlafzimmertür hereinkam, wo er am Nachmittag gemeinsam mit ihr schon einmal vorsorglich das Ehebett aufgestellt hatte. Und was den erfreulichen Rest betraf,

verstanden sie sich recht gut. Dazu brauchten sie allerdings weder Dänisch noch Englisch.
Die wirklich schlechte Nachricht blieb: Diese linke Bazille von Snyder war spurlos von der Bildfläche verschwunden. Einen Moment am Abend hatte sich Werner überlegt, ob er sich nicht doch an die Polizei wenden sollte. Die Mail seines Bruders und der Zettel mit der chemischen Formel wären auf jeden Fall Beweis genug, Snyder zumindest vorläufig festzunehmen.
Er hatte sich jedoch dagegen entschieden. Eines hatte Nieberle mit diesem Nils Snyder gemeinsam: Es gab für sie beide Dinge, die sie selbst regelten. Nur würde es bei Snyder im entscheidenden Augenblick lange nicht so schnell mit dem Sterben gehen wie bei seinem Bruder. Darauf konnte er sich verlassen. Eine Trumpfkarte hatte Nieberle immer noch im Ärmel. Dieser verschwundene Snyder wusste höchst wahrscheinlich nicht, dass der angebliche Entführer einen Bruder hatte, einen Bruder, der nie Ruhe geben würde, bis die Sache endgültig geklärt wäre. Und im Gegensatz zu Helmut, hatte Werner Nieberle keine moralischen Bedenken, Gewalt anzuwenden, zumindest so lange nicht, wie die Polizei keine Verbindung zu seiner Person herstellen konnte. Frau Günther war nicht die Erste.
Nein, bestimmt nicht.
Und Snyder konnte auch nichts von einigen verschwundenen Personen wissen, die keine Gelegenheit mehr hatten, auszusagen, dass sie einem netten, jungen Mann wie Werner Nieberle ein solch brutales Vorgehen niemals zugetraut hätten.
Nieberle dachte an den ersten Jungen. Fünfzehn war er damals alt. War ein Fehler von diesem Typen gewesen, ihn Weichei zu nennen. Natürlich hatte Nieberle damals nicht gleich zugeschlagen. Monate hatte er sich Zeit gelassen. Die

Vorfreude war es schon wert gewesen, bevor er die Leiche des Jungen mit einem schweren Stein am Fuß in einem See versenkt hatte. Sie hatten ihn nie gefunden. Jedenfalls nicht dass er wüsste. Die im Heim und bei der Polizei, wo man das Verschwinden des Jungen angezeigt hatte, nahmen an, der Typ sei einfach abgehauen. Im Heim kam das öfter vor, wenn auch die meisten früher oder später gefunden wurden oder von selbst zurückkamen.
Aber selbst wenn sie die Leiche des Jungen gefunden hätten, niemand wäre auf die Idee gekommen, dass er, Werner Nieberle, hinter diesem Verbrechen stecken könnte. Ein hämisches Lächeln huschte über sein Gesicht. Doch niemals so ein netter und hochintelligenter Junge wie er. Die hatten wirklich keinen Verdacht. Später hatte es einige vergleichbare Fälle gegeben, alles Menschen, die seitdem als spurlos verschwunden galten. Von den meisten hatte selbst sein Bruder nichts gewusst.
Aber der hatte ihn ein wenig durchschaut. Wenn er jetzt Medizin studierte, dann sicherlich nicht, um kranke Menschen wieder gesund zu machen. Ihn hatte schon als Kind der Gedanke immer fasziniert, in der Pathologie Leichen zu zerlegen. Noch schöner war es, wenn sie noch lebten, wenn er …
Wie auch immer, er würde die Sache mit Snyder auf seine eigene Art und Weise erledigen. Es würde allerdings nicht so ganz einfach werden, ihn jetzt zu finden.
Was hatte er schon? Einen Namen und einige Zeitungsfotos von seinem Gesicht, aber wenn Snyder vorsichtig war, dann ließ sich beides rasch ändern.
Was war mit der Sprache? Wegen seiner deutschen Mutter war Snyder zweisprachig aufgewachsen, sprach fließend Dänisch und Deutsch. Englisch gehörte sowieso dazu. Der konnte in der ganzen Welt irgendwo untertauchen.

Gab es sonst noch etwas, was ihm bei seiner Suche nach Snyder nützlich sein konnte? Ach ja, alles wies darauf hin, dass der Mann etwas von Geld und Betriebswirtschaft verstand. So einer würde kaum als Milchbauer oder Hirte auf einer Alm enden.
Wie auch immer, früher oder später werde ich dich schon kriegen, Snyder, und dann, mein Lieber, wirst du dir umsonst wünschen, dass es mit deinem Tod nicht so schnell geht, wie es bei meinem Bruder gegangen ist. Darauf kannst du dich verlassen!
In diesem Moment streichelte ihn eine Hand zärtlich über seinen Rücken. Sie hauchte in der Dunkelheit nur zwei englische Worte, deren Bedeutung er mit nicht allzu viel Phantasie leicht ausmachen konnte: „Please … again!"
Noch einmal? Ja, warum eigentlich nicht? Er grinste böse in die Dunkelheit. Aber dieses Mal anders als sie es gerne hatte. Ganz anders!
Das würde ihn auf andere Gedanken bringen … zumindest für den Rest der Nacht.

10.09.2007, 16.46 Uhr

Ein wenig weinte Lisa, als sie sich auf dem Parkplatz hinter dem Gymnasium Hohenschwangau zum Abschied fest an ihre Mutter klammerte.
„Bleib ganz ruhig, Kleines! Brauchst nicht zu weinen!"
„Mama, weil alles doch noch so neu für mich hier ist."
„In ein paar Tagen hast du dich an alles gewöhnt, und dann hast du deinen Papa und deine Mama in Bad Wurzach schnell vergessen."
„Ganz bestimmt nicht."
„Kleines, wir sehen uns ja alle vierzehn Tage, und wenn etwas ganz, ganz Wichtiges ist, telefonieren wir miteinander.

Einverstanden?"
„Oh ja!" Für einen Moment leuchteten Lisas braune Augen auf, aber gleich ließ sie wieder ihre Schulter mutlos sinken.
„Mama?"
„Ja, was ist, Kleines?"
„Mama, deine Gute-Nacht-Geschichten werden mir hier sehr fehlen", schluchzte die Elfjährige los.
„Weißt du was?"
„Was denn?"
„Wenn du hier ganz brav bist, dann schreibe ich dir jeden Tag per Mail eine kleine Geschichte, und du kannst sie dann vor dem Schlafengehen selbst lesen. Okay?"
„Ja, das wäre ganz toll."
„So und jetzt muss ich aber fahren. Mach es gut mein Kleines!"
Lange standen sie neben dem Auto, drückten sich fest aneinander, als wenn sie sich für immer verlieren könnten. Keine der beiden fand die Kraft, den Mut, sich zu lösen, einfach wegzugehen.
Erstaunlicherweise war es Lisa, die schließlich nach einer langen Weile sagte: „Mama, ich glaube, du musst jetzt fahren. Du hast doch noch eine Sitzung um sechs."
„Hast recht, Kleines. Also mach's gut!"
„Mama, du weinst ja."
„Ich weine gar nicht. Es ist nur …"
Lisa drohte mit dem ausgestreckten Zeigefinger: „Mama, Lügen haben sehr kurze Beine."
Frau Dr. Lechner ahmte die Geste nach: „Und Töchter haben sehr böse Zungen."
Als sie sich dann umdrehte, um wegzugehen, schluchzte ihre Tochter noch einmal hinter ihr her. „Mama?"
„Was, Kleines?", fragte Frau Dr. Lechner, wobei sie sich wieder zu ihrer Tochter wandte.

„Ach nichts! Wollte nur sagen, dass ich dich ganz toll lieb habe. Und jetzt schau, dass du noch rechtzeitig heimkommst!"
„Tschüss, Kleines, bis Samstag in acht Tagen."
Noch lange nachdem das Auto von Frau Dr. Lechner nicht mehr zu sehen war, stand ihre Tochter auf dem Parkplatz, starrte irgendwo vor sich ins Leere, wischte sich immer wieder Tränen von den Wangen. Wie weh doch Abschiede taten. Mama, ich hab dich so ...
„Bist du auch neu hier?", fragte eine Jungenstimme plötzlich hinter ihr.
Lisa schreckte zusammen, fuhr herum, blickte in die traurigen Augen eines Jungen, der nach Allgäuer Tradition eine kurze Lederhose und ein weißes Hemd trug.
„Entschuldige, ich wollte dich nicht erschrecken. Wirklich nicht."
„Passt schon. Ich war nur etwas in Gedanken."
„Ich heiße übrigens Xaver. Xaver Huber. Bin dreizehn Jahre alt und komme aus Fischen."
„Fischen? Wo ist das?"
„Im Oberallgäu. Ganz in der Nähe von Sonthofen. Und du?"
„Ich heiße Lisa. Lisa Lechner. Wir haben ein Therapiezentrum in Bad Wurzach. Das ist eine Kurstadt in Oberschwaben."
„Und? Bist du auch neu hier?", griff Xaver seine Anfangsfrage erneut auf.
„Ja. Aber ich bin hier nur vorübergehend, so lange, wie meine Eltern so viel Arbeit haben. Meine Mutter hat versprochen, dass ich spätestens im Frühjahr wieder zurückkommen kann. Dann werde ich ins Hans Multscher Gymnasium in Leutkirch gehen."
Der Junge nickte bedrückt, blinzelte und zog den Inhalt der Nase geräuschvoll hoch. „Ich muss länger hier bleiben. Mein

Vater ist gestorben, und meine Mutter hat keine Zeit, sich auch noch um mich zu kümmern."
„Was macht sie denn so?"
Xaver zuckte mit den Achseln. „Nichts Besonderes. Sie schreibt Geschichten. Irgendwelche Heftromane."
„Das ist ja seltsam. Meine Mutter schreibt auch Geschichten, aber nur für mich", erklärte Lisa. Ihr Stolz war deutlich aus ihrer Stimme herauszuhören.„Einmal hat sie mir eine Geschichte über ein Pony geschrieben, das Leika hieß und …"
Schnell hatten sie vergessen, wie neu und unvertraut doch hier alles für sie war.

In den nächsten Tagen, Wochen, Monaten und Jahren hatten sie beide eine Menge Zeit, sich zu erzählen, wie viel sie doch gemeinsam hatten. Unter den gut siebenhundert Schülern und den hundert Internatsbewohnern blieb Xaver für Lisa die ganze Zeit immer so etwas wie ein älterer Bruder, den sie selbst nie gehabt hatte.
Aber bei dem Bruder sollte es nicht bleiben.

24.09.2007, 10.03 Uhr
Es war bedrückend leise im großen Konferenzraum des Polizeipräsidiums. Alle warteten gespannt auf die offizielle Ankündigung, obwohl die meisten sich auf den Treppen und in den Gängen bereits informiert hatten, soweit sie es noch nicht in ihren Büros mitbekommen hatten.
Herr Dr. Franzen, der neue Amtsleiter der Polizeidirektion 43, hatte schon mehrmals begonnen, ins Mikrofon zu sprechen, aber jedes Mal war die Tür hinter ihm erneut aufgegangen und weitere Kollegen von der Polizeidienststelle hatten sich verlegen hereingedrängt, hatten sich niedergeschlagen unter die bereits Anwesenden gemischt.

Erneut erhob der Leiter beide Hände: „Meine Damen, meine Herren. Meinen recht herzlichen Dank, dass Sie alle so kurzfristig hergekommen sind. Es tut mir furchtbar leid, Ihnen mitteilen zu müssen, dass der frühere langjährige Leiter unserer Dienststelle, Josef Obermayr, gestern Nacht auf dem Oktoberfest von einem unbekannten Täter niedergestochen wurde. Er erlag in den frühen Morgenstunden seinen schweren Verletzungen."
Als von allen Seiten ein Gemurmel einsetzte, machte Dr. Franzen eine kurze Pause, bevor er fortfuhr: „Wie unsere bisherigen Ermittlungen ergaben, kam der offensichtlich stark angetrunkene Täter auf Herrn Obermayr zu und stach dann schnell mehrmals auf ihn ein. Bevor die Umstehenden noch begriffen hatten, was geschah, war der Täter gleich wieder in der Menge verschwunden. Die Beschreibung des Verdächtigen hilft wahrscheinlich bei den Ermittlungen nicht sehr viel weiter."
Zum ersten Mal schaute Dr. Franzen auf seinen kleinen Zettel, den er diskret vor sich hielt. „Es soll sich um einen etwa vierzigjährigen Mann handeln. Mittelgroß, eher kräftige Statur, leichter Bauchansatz. Er war nach Aussage der Zeugen mit einer allgäuischen Tracht gekleidet, das heißt im konkret vorliegenden Fall: braune, halbhohe Bergschuhe, lange, braune Wollstrümpfe, kurze Lederhose, mit enzianverzierten Hosenträgern. Dazu ein weißes Hemd und eine wahrscheinlich handgestrickte, graue Wollweste mit Hirschhornknöpfen. Außerdem soll er einen braunen Filzhut mit nicht allzu breiter Krempe getragen haben. Besondere Merkmale sind nicht aufgefallen. Ich fürchte, dies ist eine Beschreibung, die wahrscheinlich auf ein Drittel der Oktoberfestbesucher zutreffen dürfte. Eine Soko wurde noch gestern Nacht von mir persönlich zusammengestellt, aber ich bin fest davon überzeugt, jeder von Ihnen wird das Seinige

dazu beitragen, den verantwortlichen Täter so schnell wie möglich zu ermitteln, damit er vor Gericht seiner verdienten Strafe zugeführt werden kann."

Dieses Mal musste Dr. Franzen länger warten, bis das Getuschel unter den Anwesenden nachgelassen hatte. „Bitte, lassen Sie mich mit einer persönlichen Anmerkung meine traurige Ankündigung beenden! Als ich gestern Nacht davon erfuhr, musste ich an die Verabschiedung unseres Kollegen hier genau in diesem Raum denken. Keiner von uns konnte damals auch nur ahnen, dass unser geschätzter Vorgesetzter, Josef Obermayr, nur zweieinhalb Monate seine wohlverdiente Pension genießen würde. Ich bin sicher, dass Sie ihn alle in würdiger Erinnerung behalten werden ..."

Wegner, der sich irgendwo in eine Ecke zurückgezogen hatte, hörte längst nicht mehr zu, denn seine Gedanken waren zur vergangenen Nacht zurückgekehrt. Obermayr und er hatten sich in der Dienstzeit nie gut verstanden, aber als ein Kollege ihn gestern Nacht anrief und ihn über den Anschlag auf dem Oktoberfest informierte, war er gleich zum Krankenhaus gefahren. Lange hatte er in der Intensivstation am Bett des Bewusstlosen gesessen und hatte dessen Hand gehalten. Jahre, Jahrzehnte der gemeinsamen Polizeiarbeit waren ihm dabei durch den Kopf gegangen.

Irgendwann gegen drei Uhr nachts war dann der Chefarzt gekommen, hatte ihn gebeten, draußen zu warten. Eine Viertelstunde später kam er wieder aus dem Krankenzimmer heraus. „Gehören Sie zur Familie?", wandte er sich gleich an Wegner.

„Wir sind ... waren Kollegen."

Der Chefarzt drückte fest Wegners Hand: „Darf ich Ihnen mein herzliches Beileid ausdrücken."

„Er ist ... tot?", fragte Wegner fassungslos. „Aber ... aber er hat doch eben noch gelebt?"

„Ja, ich fürchte, es gibt Fälle, da bleibt einem nichts anderes übrig, als …" Irgendwie blieb der Satz unvollendet.
„Verstehe, verstehe", murmelte Wegner niedergeschlagen. Er wusste, dass bei völlig hoffnungslosen Fällen bisweilen die Maschinen einfach ausgeschaltet wurden. Wenn es keinen Sinn machte …
Als Wegner das Krankenhaus verließ, waren ihm Tränen über seine Wangen gelaufen. Wieder einmal schwor er sich, diesen Moloch von Stadt für immer zu verlassen, und zwar sobald wie nur möglich …
An dieser Stelle wurde Wegner im Konferenzraum aus seinen Gedanken und Erinnerungen heraus gerissen.
„Was ist mit dir Wegner?"
„Wieso? Was meinst du Bert?"
„Ich habe dich nur gefragt, ob du etwas für die Beerdigung gibst. Müssen ja nur ein paar Euro sein. Die Kollegen meinten, ich solle das Einsammeln übernehmen."
„Klar. Zwanzig Euro? Passt das?"
„Sicher. Zehn würden es auch tun."
Während Wegner in seinem Geldbeutel nach einem Zwanziger suchte, begann Bert zu reden, wahrscheinlich, um die bedrückende Stille irgendwie zu durchbrechen: „Es wird hier in der Polizeiinspektion viel darüber spekuliert, ob da vielleicht jemand eine Rechnung mit Obermayr offen hatte."
„Ja, gut denkbar. Als Polizist macht man sich in achtunddreißig Dienstjahren nicht bei allen Leuten beliebt, und einer wie Obermayr schon mal gar nicht."
„Wegner, ich musste die ganze Zeit an deine Rede zu seiner Verabschiedung denken."
„Ah ja?"
„Ja, doch, ich meine, was du damals so über das Bauchgefühl gesagt hast."
„Was meinst du jetzt genau?"

„Na ja, wie soll ich das sagen? Ist doch schon irgendwie seltsam mit diesem Gefühl. Findest du nicht?“
„Ja, kann sein. Vielleicht bin ich in diesem Punkt auch zu abergläubisch, aber ich denk mir eben, da ist trotzdem was dran, ich meine an dieser warnenden inneren Stimme, auch wenn wir es nicht erklären können.“
„Gut möglich, Wegner, aber viel genützt hat sein Bauchgefühl dem Obermayr jetzt am Ende auch nicht.“
„Schon, aber immerhin hat es ihm fast vierzig Jahre geholfen, hier in diesem Schlamassel zu überleben.“
„Was soll ich dazu sagen, Wegner? Letzten Endes hat aber auch er seinem Schicksal nicht entkommen können.“
Wegner nickte, zuckte hilflos mit den Schultern. „Seinem Schicksal kann wohl niemand entgehen.“ Ohne ein weiteres Wort zu sagen, ließ er seinen Kollegen einfach stehen, wollte nicht mehr darüber reden, wollte nur noch dieses verdammte Präsidium verlassen.
Stundenlang fuhr Wegner darauf ohne konkretes Ziel durch den Stadtteil, ließ sich ganz von seinen Erinnerungen an die vielen Jahre seiner Arbeit in dieser Stadt treiben. Armut und Gewalt. Die beiden passten gut zueinander. Das Schicksal wartete auf jeden. Ohne Ausnahme.
In einem Kreisverkehr traf er seine unwiderrufliche Entscheidung. Er würde in seine Heimat, das Allgäu, zurückkehren. Sobald wie möglich! Er blinkte und fuhr ohne weiteren Halt nach Hause. Er wusste, wohin er wollte.
Ein Gedanke ging ihm trotzdem die nächsten Tage nicht mehr aus dem Kopf: Gab es wirklich eine Flucht? Das Schicksal wartete doch auf jeden. Überall.
Ohne Ausnahme.

27.09.2007, 11.46 Uhr

„Herr Wegner, hören Sie mir doch bitte zu!"

Gegen Kriminaloberkommissar Wegners Sturheit konnte selbst ein sizilianisches Maultier nachgiebig und fügsam genannt werden. Herr Dr. Franzen seufzte leise vor sich hin. Mit Wegners Absicht hätte jetzt wirklich niemand rechnen können, mit seiner verdammten allgäuischen Sturheit dagegen schon.

„Herr Wegner, natürlich ist es nicht ganz unmöglich, aber ich möchte Sie wirklich darum bitten, sich das Ganze da", er wies mit dem Kopf auf einige vor ihm liegende Papiere, „noch einmal gründlich zu überlegen, ich meine …"

Herr Dr. Franzen, Obermayrs Nachfolger, druckste schon seit einer Viertelstunde herum, suchte ständig vergeblich die richtigen Worte und Argumente zu finden, um Wegner von seiner Absicht abzubringen. So einfach konnte er diesen Mann doch nicht gehen lassen. Wenn Wegner auch bei den Kollegen nicht gerade sehr beliebt war, so hatte dieser Mann doch jahrelange Erfahrung in der Ermittlungsarbeit in München, und seine Aufklärungsquote ließ sich wirklich sehen. Der beste Mann, den er im Präsidium hatte.

„Herr Wegner, wenn Sie mit den verantwortlichen Herrschaften diplomatischer umgegangen wären, dann wären Sie wahrscheinlich der Nachfolger von Obermayr geworden."

„Es ist wirklich ein Glück, dass mich niemand gefragt hat." Wegner klang völlig ehrlich. Er wies mit dem Zeigefinger auf den Papierstapel. „Das Einzige, was ich will, ist hier wegkommen."

„Ich habe das schon verstanden, Herr Wegner. Was, wenn Sie mir drei Monate Zeit lassen würden, um über die Möglichkeiten einer internen Beförderung nachzu…?"

„Auch wenn Sie mich zum Polizeipräsidenten machen, es bleibt beim Nein. Ich will weg, will zurück nach Hause!"

„Ich kann Sie ja gut verstehen, nach ... äh ... nach dieser ... ich meine ... wo doch ...“ So gerne er Wegner auch behalten wollte, aber es schien dem Amtsleiter mit einem Mal doch ganz unmöglich zu sein, direkt vom Selbstmord seiner Frau zu reden, obwohl er darin den eigentlichen Grund für Wegners Wunsch sah, München für immer hinter sich zu lassen.
„Herr Doktor Franzen. Es hat nichts mit ... damit zu tun. Zumindest nicht nur. Seit Jahren will ich hier weg, und wenn das nicht gehen sollte, dann werfe ich meine Arbeit bei der Kripo einfach ganz hin.“
„Und wo wollen Sie dann hin?“
„Wohin?“ Einen Moment schien Wegner selbst von dieser Frage überrascht zu sein. „Wissen Sie, Herr Doktor Franzen, ich stamme aus dem Allgäu, aus Marktoberdorf, und in das Allgäu würde ich schon sehr gerne wieder zurückgehen.“
„Haben Sie eine Vorstellung, wie schwierig das ist? Wie schon gesagt, eine Versetzung, wie Sie sie da beantragt haben, ist nicht ganz unmöglich, aber glauben Sie nicht, nach all den Jahren hier in München, dass es besser wäre, hier ...?“
„Nein, das glaub ich ganz und gar nicht! Entweder gehe ich für die paar Jahre, die mir noch bis zur Pension verbleiben, ins Allgäu, oder ich quittiere den Dienst ganz. Ich glaub, wir verstehen uns in dem Punkt.“
„Und für wann ... wann haben Sie sich einen solchen Wechsel denn vorgestellt?“
„Am besten gleich oder wenigstens bis zum Jahreswechsel.“
„Zum Jahreswechsel? Das sind nur noch drei Monate. Das ist ... das geht ganz und gar nicht. Ganz bestimmt nicht! Unmöglich!“

Die Zeit danach …

Das Rad des Lebens machte für niemanden einen Halt, lief weiter und weiter …

Irgendwie ging es mit Wegners Versetzung in das Allgäu dann doch. Zum Jahreswechsel zog er mit seiner Tochter Marion nach Kaufbeuren um. Aber auch diese Flucht in die kleine Allgäuer Stadt an der Wertach sollte nicht allzu lange währen, aber dass gerade seine Tochter Marion der Grund sein sollte, dass er zum Jahreswechsel 2009/2010 seinen Dienst endgültig quittierte, hätte er bei seinem Dienstwechsel ins Allgäu selbst nicht gedacht.

Und er hätte es wahrscheinlich auch nicht geglaubt, wenn ein Wahrsager ihm geweissagt hätte, dass er in Fischen, einem kleinen Touristenort zwischen Sonthofen und Oberstdorf, mit knapp sechzig Jahren sein bisheriges Hobby, das Schnitzen, zu seinem Beruf, oder soll man besser sagen, zu seiner Berufung machen würde?

Aber bis er sich nach Fischen zurückzog, musste zu seinem eigenen Leidwesen noch einiges geschehen, denn niemals hatte er im Ernst an die Möglichkeit gedacht, sich beruflich neu zu orientieren, auch wenn er Dr. Franzen damit ganz offen gedroht hatte; dafür hing er viel zu sehr an seiner polizeilichen Arbeit.

Aber auch in Fischen sollte er als Schnitzer nicht seine so sehr ersehnte Ruhe finden, denn seine Albträume, was mit seiner Tochter Marion und seiner Frau Renate geschehen war, ließen ihn auch dort in der Idylle der Alpen nicht los.

Das Rad der Zeit lief unerbittlich weiter. Es würde ihm nur eine kurze Atempause lassen, bevor es ihn erneut unter sich begrub. Seine Befürchtung würde sich als wahr erweisen: Er würde seinem Schicksal nicht entgehen können. Wieder sollte es eine siebzehnjährige Verwandte sein, deren Entführung sein Leben so nachträglich verändern sollte. Wieder ein Mädchen, an dem er mit seinem ganzen Herzen hing. Lisa!

Alles war auch bei ihr ganz anders gekommen, als von ihrer Mutter geplant:

Lisa sollte eigentlich nur ein paar Monate in Füssen bleiben, aber die Probleme in Bad Wurzach rissen nicht ab. Im Frühjahr 2008 hatte es technische und medizinische Probleme mit dem Therapieansatz gegeben, und Lisa musste weiter im Internat bleiben, obwohl sie nicht aufhörte zu drängen, doch endlich wieder nach Hause kommen zu dürfen.

Mitte August 2008 kam der schwerste Schlag für die Familie. Herr Lechner, Lisas Vater, erkrankte an Krebs. Monatelang war man zwischen Hoffen und Bangen. Eine Woche vor Weihnachten war auch das vorbei.

Nach seinem Tod musste Frau Dr. Lechner mit ihrer begonnenen Forschungsarbeit in ihrem Therapiezentrum alleine weitermachen. Um zusätzlich Geld zu verdienen, schrieb sie Fachbücher über die Möglichkeiten des Einsatzes von Musik in der therapeutischen Arbeit. Anerkannte und erfolgreiche Werke.

Kurz, es gab ausreichend Gründe, warum Lisa statt ein paar Monaten drei Jahre in Füssen im Internat bleiben musste. Ihre Mutter und sie selbst waren längst nicht mehr dieselben, als Lisa vor den Sommerferien 2010 das Internat für immer verließ, um in Kaufbeuren in das Mädchengymnasium zu gehen. Ihre Mutter hatte inzwischen Nils Svensen, einen gutaussehenden Dänen, geheiratet und sie lebten inzwischen im Unterallgäu, in Bad Wörishofen in einem Sanatorium, das ihre Mutter mit ihrem neuen Lebenspartner gekauft hatte. Was geblieben war, war die ständige Sorge ihrer Mutter, das Geld könnte nicht reichen.

Und Xaver?

Als Lisa sich drei Jahre nach ihrem Kennenlernen – wieder

auf dem Parkplatz des Gymnasiums in Füssen – für eine lange Zeit von Xaver verabschieden musste, da war es ganz so, wie bei ihrem Abschied von ihrer Mutter auf diesem Parkplatz, als sie lange mit Tränen in den Augen ihrem davonfahrenden Auto hinterhergeschaut hatte.
Ja, es war ein Abschied von Xaver für lange, sehr lange Zeit. Oft waren die Jahre für alle schwer gewesen, aber es war nichts gegen das Rad der Zeit, das schnell auf sie zukam. Unaufhaltsam …

Die Entführte

Tag nach der Entführung

08.09.2013, Uhrzeit unbekannt
Plätsch!
Lisas Bewusstsein triftet lange in der Leere, in der der Augenblick und die Ewigkeit ganz gleich sind. Plötzlich wird sie wieder zurückgezogen, zurück in ihren Körper.
Ein erleichtertes Durchatmen: Sehr gut! Danke, Mama!
Wo ist sie? Es ist dunkel. Sie muss ihre Augen öffnen. Aber … wie?
Ihr Bewusstsein tastet langsam über ihr Gesicht: Verschwollen. Ihr Mund? Zugeklebt! Klebeband? Ja, wahrscheinlich. Die Nase? Trocken. Kratzig. Die Lider? Dick. Schwer. Geschlossen … jedoch nicht mit einem Klebeband zugeklebt. Die Stirn? Kalt.
Mach die Augen auf!
Träge öffnen sich ihre Lider.
Dennoch … die Dunkelheit bleibt.
Plätsch!
Dunkel? Wieso? Ihre Lider sind doch geöffnet. Ihre Augen starren dennoch ins dunkle Nichts. Sie schließt und öffnet ihre Lider mehrmals, hält sie dann offen. Trotzdem, diese Dunkelheit ist anders, ganz anders als bei geschlossenen Augen.
Wo ist sie? Ein dunkler Keller? Wie damals?
Ein Fiepen. Ganz in der Nähe. Mäuse? Nein! Bitte lass es keine Mäuse sein! Sie spürt die Furcht. Bekannte Ängste, die langsam wie Wellen über sie schwappen, Wellen, die mit

jedem Fiepen zu Wogen werden, die drohen, sie unter sich zu begraben.
Sie hatte immer Angst vor der Dunkelheit und vor Mäusen gehabt. Schon als Kind. Seit damals. In einem Keller hatte sie mit dem Lichtschalter gespielt. Ein plötzlicher Knall. Das Licht war einfach ausgegangen. Glühbirne kaputt! Schlagartig war nur noch diese unheimliche Dunkelheit um sie herum gewesen. Und dieses alles durchdringende Fiepen. Sie war damals auch ganz allein, allein mit dieser furchtbaren Angst, dort unten mit diesem Fiepen sterben zu müssen.
War das hier auch ein Keller?
Ja, wahrscheinlich, aber … wieso?
Wieso?
Plätsch!
Sie versucht sich wieder zu erinnern. Was weiß sie sonst noch?
Ihr Vater. Tot! Sie hat einen Stiefvater. Nils. Nils Svensen heißt er. Macht irgendwas mit Geld. Da war einmal was. Ein kalter Schauer läuft über ihren Rücken. Was gab es? Sie kann sich nicht erinnern.
Und da ist noch Xaver. Ihr Freund. Früher schon. Er ist … er war … Was? Es fällt ihr nicht ein.
Plätsch!
Sie muss weg von hier!
Sie versucht, ihre Beine zu bewegen. Verflucht! Geht nicht! Zusammengeschnürt. Ihre Arme? Geht auch nicht! Auf dem Rücken zusammengebunden. Verdammter Mist!
Es ist gefährlich hier. Da ist sie ganz sicher. Sie darf nicht bleiben! Nichts wie weg! Sie reißt, zerrt, kämpft gegen die Fesseln an.
Zwecklos!
Sie ist verzweifelt.
Da hat jemand gründliche Arbeit gemacht. Wirklich!

Klebeband? So wie in dem Film, den sie gesehen hatte? Gut möglich! Fühlt sich wenigstens so an.
Aber wieso? Wieso waren ihre Arme und Beine zusammengebunden? Sie ist … eine Gefangene!?
Was soll das? Ich will nicht! Sie hat nicht die Spur einer Ahnung, weiß nur, sie muss weg. Schnell! Unbedingt! Aber wie?
Sie will nicht sterben. Nicht hier! Nicht jetzt! Nur schnell weg!
Umdrehen! Geht auch nicht. Sie ist an die Wand gefesselt.
Sie versucht sich zu winden, sich zu strecken. Beginnt erneut ihren Kampf gegen diese Fesseln.
Umsonst! Alles völlig sinnlos!
Ein Fiepen ganz in der Nähe.
Und die Angst … zu sterben.

Teil 2

2012
Ein Jahr vor der Entführung

05.06.2012, 15.08 Uhr
„Ein gerissener Hund, vor dem man sich hüten sollte!“, hatte es geheißen.
Schlechte Nachrichten über den Privatdetektiv waren in diesem Fall für Werner Nieberle gute Nachrichten.
Bevor er den Termin ausmachte, hatte er ausgiebig Informationen über den Privatdetektiv eingezogen, schließlich wollte er keinen Ärger haben, noch bevor es richtig losging. Nicht auszudenken, wenn er an den Falschen geraten würde. Inzwischen war Nieberle ganz sicher. Bei diesem zwielichtigen Typen würde es keine unliebsamen Überraschungen mit der Polizei geben, denn in einem entscheidenden Punkt waren sie sich zumindest sehr ähnlich. Ihre Probleme lösten sie ohne den Umweg über ein Kommissariat. Auf ihre eigene unverwechselbare Art und Weise.
Eine ganze Menge hatte Nieberle herausgefunden:
Es dürfte kein Geheimnis sein, dass die wenigsten Privatdetektive im Allgäu reich werden, zumindest nicht durch ihre ermittlungstechnische Arbeit. Das galt auch für skrupellose Detektive wie Alfred Beinle in Kempten, bei dem noch nicht einmal der auf der Visitenkarte angegebene Name stimmte. Schenkte Nieberle einer Information aus dem Finanzamt Kempten Glauben, musste Beinle bereits seit Jahren deutlich unter dem Sozialhilfesatz leben. Seine sündhaft teure Rolexuhr, sein meist nagelneuer Porsche und die Luxus-

mädchen, mit denen er sich im ganzen Allgäu sehen ließ, sprachen allerdings eher für die These, dass besagter Privatermittler recht gute Beziehungen zur Mafia unterhielt, was ihn allerdings nicht davon abhielt, die ein oder andere kleine Ermittlung im privaten als auch im Wirtschaftsbereich zu übernehmen. Schließlich machte Kleinvieh auch Mist und so klein waren die Zahlen bei seinen Abrechnungen, die er Nieberle vorlegte, auch wieder nicht.

Er hatte Nieberle, wie wahrscheinlich allen anderen, versprochen, ihm beim Preis erheblich entgegenzukommen, wenn sich Honorar und Spesen unter der Hand klären ließen. Nieberle glaubte zwar kein Wort davon, stimmte aber dennoch gleich zu, das Ganze ohne Rechnung abzuwickeln. Die Kosten für diese diskreten Ermittlungen ließen sich sowieso nicht steuerlich absetzen. Dass die Kosten im Wesentlichen in bar und vor allem im Voraus abgerechnet werden sollten, schien sich für beide von selbst zu verstehen. Auch die sonstigen windigen Geschäftsbedingungen schienen Nieberle nicht weiter zu stören, solange er bekam, was er für sein gutes Geld wohl auch an verwertbaren Informationen erwarten durfte.

Nieberle hatte den Allerweltsnamen Meyer angegeben, und der Detektiv hatte nach einer gehörigen Anzahlung nicht weiter gefragt. Beinle schien es offenkundig zu beunruhigen, nicht herausgefunden zu haben, was Nieberle da plante, was nichts anderes besagte, als dass er nicht die Spur einer Ahnung hatte, wie er selbst die gefundenen Informationen wirtschaftlich sinnvoll nutzen konnte.

Beinle grub mit einer Hand nach einem Blatt Papier, auf dem er sich Notizen gemacht hatte, und zwar in einer solch großen Schrift, dass selbst ein Blinder von der anderen Seite des Schreibtischs sie hätte lesen können.

„Es ging da um die Sache Lechner in Wörishofen, nicht wahr?“

Als Nieberle sich damit begnügte, ihm einen seiner eisigen Blicke zuzuwerfen, führte Beinle gleich weiter aus: „Also ich habe mal meine Beziehungen spielen lassen, um für Sie die wichtigsten Informationen zusammenstellen zu können." Bei Beinle klang es so, als wenn er für die Beschaffung des Materials persönlich im Pentagon hätte einbrechen müssen.
„Und? Was haben Sie für mich?", fragte Nieberle nicht gerade sehr beeindruckt.
„Sie hatten mit Ihrer Vermutung recht. Der derzeitige Ehemann von Frau Doktor Lechner hieß tatsächlich früher statt Svensen, Snyder. Er stammt übrigens aus Dänemark."
„Gefälschte Papiere?"
„Nein. Es gab da wohl eine kurze Scheinehe mit einer Freya Svensen, deren Namen er wohl bei der Heirat übernommen hatte."
Für einen kurzen Moment leuchteten die sonst eisigen Augen Nieberles verärgert auf. An eine solche Möglichkeit hatte er bei seinen Nachforschungen tatsächlich nicht gedacht.
Für einen Moment schwoll die Brust des Detektivs an, als wäre er gerade vom Gewinn des Nobelpreises unterrichtet worden. „Man ist ja schließlich nicht umsonst jahrelang im Geschäft."
Als er die drängende Geste seines Gegenübers sah, fuhr Beinle gleich fort. „Frau Dr. Lechner hat aus leicht nachvollziehbaren Überlegungen bei der standesamtlichen Heirat ihren bayrischen Namen aus ihrer ersten Ehe behalten wollen."
„Und was sind das für Überlegungen?", fragte Nieberle, der hörbar genervt war, dass er Beinle jede Kleinigkeit aus der Nase ziehen musste.
Der genoss sichtlich jedes gefundene Detail. „Wie meine Ermittlungen ergaben, hat seine Frau unter dem Namen Franziska Lechner jahrelang Bücher geschrieben und veröffent-

licht. Sie ist auch sehr erfolgreich mit ihrer medizinischen Forschung. Hat da so ein Gerät mit ihrem ersten Mann …"
„Das weiß ich bereits. Alternative Medizin."
„Sie wissen das schon?" Der Detektiv tat ganz erstaunt, als könne man dies nicht mit ein paar Klicks im Internet herausfinden.
„Warum Svensen den Namen Lechner nicht annehmen wollte, darüber kann ich allerdings nur Vermutungen anstellen."
„Dürfte wohl nicht notwendig sein. Nachdem er den Namen Snyder einmal geändert hatte, war ein weiterer Wechsel wohl nicht mehr erforderlich. Egal! Was ist jetzt mit diesem Sanatorium in Bad Wörishofen?"
„Ah ja, sehr interessant. Im Grundbuchamt ist es auf ihren Namen eingetragen. Rechtlich gehört wohl alles ihr. Hat wohl einen guten Batzen Geld gekostet. Sie hat es wohl aus den Erlösen ihrer Veröffentlichungen und ihrer wissenschaftlichen Arbeiten finanziert."
„Und er hat kein Geld darin stecken."
„Wohl kaum! Sein eigenes, wohl nicht unbedeutendes Vermögen hat er wohl an der Börse verspekuliert. Sie hat übrigens die Klinik im Frühjahr 2009 gekauft. Vorher hatte sie eine Privatpraxis in Bad Wurzach, die sie großspurig Therapiezentrum nannte."
Es folgten einige Details, die der Privatdetektiv in dieser Form wohl beim Fremdenverkehrsverein in Bad Wörishofen herausgefunden haben musste. Die Klinik rechnete mit knapp siebzig Betten in der kleinen Kurstadt zur mittleren Kategorie. Am Anfang war die Belegung eher mäßig, aber seit einiger Zeit hatte sich das wesentlich geändert. Irgendwelche Zeitschriftenartikel über eine bahnbrechende Methode, von der Beinle ungefähr so viel verstand wie von der nikomachischen Ethik von Aristoteles. Was die Auf-

gabenverteilung bei den Eheleuten anging, hatte Frau Dr. Lechner die medizinische Leitung und Nils Svensen, ihr Mann, war wohl für alle wirtschaftlichen Fragen zuständig.
Nieberle winkte verärgert ab. „Ich glaube, diesen Punkt brauchen wir nicht weiter zu diskutieren. Gibt es sonst noch etwas, was sich für mich lohnen würde zu wissen? Irgendwelche krummen Geschichten vielleicht?"
Der Detektiv warf einen etwas gekränkten Blick zu seinem Kunden herüber. Dann studierte er das vor ihm liegende Blatt, als könnte sich die geheime Weltformel noch darauf befinden.
„Nein, keinerlei Hinweise, allerdings ..." Beinle machte eine bedeutungsvolle Pause.
„Allerdings was?"
„Frau Lechners Mädchenname ist Wegner. Ich vermute, der Name dürfte Ihnen nichts sagen."
„Müsste er das?"
„Nicht notwendigerweise, wenn Sie nicht hier aus der Gegend sind. Ihr Bruder wurde in Kaufbeuren vor einigen Jahren recht bekannt. Ehemaliger Kriminalbeamter." Als er den erschreckten Blick Nieberles bemerkte, fügte er gleich hinzu: „Wegner ist allerdings inzwischen im vorgezogenen Ruhestand. Arbeitet inzwischen als sehr gefragter Schnitzer. Kunst in Holz, was weiß ich. Lebt irgendwo hinter Sonthofen. Fischen heißt der Ort."
„Und Sie sind ganz sicher, er ist in Ruhestand?"
„Ganz, ganz sicher. Lassen Sie mich mal überlegen!" Das wäre nicht notwendig gewesen, denn er hatte alle Details bereit, was, wie sich gleich herausstellte, auch für zehntausende andere Allgäuer in dieser Form zutraf. „Wissen Sie, Wegner hat sich damals nicht ganz ohne Grund aus dem aktiven Polizeidienst zurückgezogen ..."
In den nächsten Minuten klärte der Detektiv weitere Einzelheiten und vor allem die Tatsache, warum der ehemalige

Kommissar derzeit so zurückgezogen lebte. „Es besteht kein Anlass, von seiner Seite etwas zu befürchten, aber wenn Sie wollen, kann ich mich gerne für Sie weiter umhören." Der Ton verriet ausreichend, dass sein Angebot nicht unter der Rubrik »gute Tat« laufen würde.

„Ich komme auf Sie zurück, wenn ich weitere Informationen brauche. Gibt es sonst noch was?"

„Hm, nein, nichts, das heißt, doch, sie haben eine Tochter, sechszehn, siebzehn Jahre alt. Derzeit Gymnasiastin in Kaufbeuren."

Nieberles Kopf schnellte hoch. „Eine Tochter, sagen Sie?"

„Ja. Warten Sie! Lisa heißt sie. Scheint ein sehr gutes Verhältnis zu ihrer Mutter und auch zu ihrem Stiefvater zu haben."

Das Leuchten in Nieberles Augen verriet, dass er erneut Interesse an den Informationen gefunden hatte. „Zum Stiefvater? Wie gut? Wie gut genau?"

„Ein Verhältnis meinen Sie? Ich habe zwar keine konkreten Hinweise darauf gefunden, aber es wäre sicher nicht auszuschließen. Nach allem, was ich so hörte, soll er keine Gelegenheit auslassen … Sie verstehen schon, oder?"

„Frauengeschichten?"

„Sicher, eine ganze Menge sogar. Aber ob da was mit seiner Stieftochter läuft, kann ich nicht sagen. Wenn Sie wollen, klemme ich mich noch einmal hinter die Sache. Allerdings … so eine Nachforschung könnte sehr aufwendig … Sie verstehen sicher?"

„Danke, nicht so wichtig", sagte Nieberle, was allerdings nicht sehr ernst gemeint klang. Es sollte wahrscheinlich beiläufig klingen, aber sein Blick sprach da eine andere Sprache. Lange Zeit hatte Beinle keine so eisigen Augen gesehen. Was hatte dieser Mann vor? Was immer in seinem Kopf vorging, es war gut, dass er im Voraus bezahlt hatte. Vielleicht ließ sich da doch noch mehr rausholen?

In seiner Gier machte der Detektiv den letzten Fehler in seinem Leben. Er erwähnte, es hätte da doch noch einige unvorhersehbare Unkosten gegeben, so dass er leider weitere fünfhundert Euro berechnen müsse. Den Hinweis, mit dieser Summe sei auch seine ganze Diskretion für immer gesichert, hätte es sicher nicht gebraucht, denn Nieberle ließ ihn auf weit billigere Weise verstehen, dass es an seinem zukünftigen Schweigen keinerlei Zweifel gäbe.

Zweifel und Fragen blieben hingegen an anderer Stelle, denn es konnte später von der Kriminalpolizei Kempten nie ganz geklärt werden, inwieweit die geschäftlichen Beziehungen des Detektivs zur Mafia oder die Unzufriedenheit eines Kunden zum vorzeitigen Ableben des Privatdetektivs beigetragen hatten. Die Öffentlichkeit erfuhr nur, dass die offizielle Annahme eines zunächst vermuteten Selbstmordes nach der Obduktion nicht weiter aufrecht erhalten werden konnte.

Der Fall geriet allerdings während der Fußball-Europameisterschaft schnell in Vergessenheit und die Akten verschwanden rasch im Archiv, da man in der Kriminalabteilung in der Hirnbeinstraße wahrlich andere Probleme kannte, als vermeintliche Bandenzwistigkeiten aufzudecken.

Die Leute, die dem plötzlich verblichenen Privatdetektiv hinterherweinten, dürften sich auch sonst auf die kleine Gruppe beschränkt haben, die noch Geld von ihm zu bekommen hatten.

Werner Nieberle gehörte bestimmt nicht dazu.

Kunst & Werk, Juni-/ Juliausgabe 2012

Ein ungewöhnlicher Preisträger

Am Samstagabend, den 16. Juni, erhielt der ehemalige Kriminaloberkommissar Klaus Wegner mit dem renommierten Adam

Fuchs Preis bereits die vierte Auszeichnung in drei Jahren. Das Preisgeld von 4000 Euro für seine Schnitzarbeit „Schicksal" teilte er sich mit einem angesehenen Kollegen aus Bad Hindelang. Da die Geschichte des Preisträgers ganz ungewöhnlich sein dürfte, haben wir mit dem gut 60-Jährigen nach der Preisverleihung ein kurzes Gespräch geführt:

Kunst & Werk: Herr Wegner, zunächst unseren recht herzlichen Glückwunsch für diesen Preis. Hat man bei Ihnen im Elternhaus schon geschnitzt?

Klaus Wegner: Nein, das nicht gerade. Aber ich gebe gerne zu, wie sehr mich die geschnitzten Krippenfiguren im Allgäu schon als Kind fasziniert haben.

Kunst & Werk: Wann haben Sie dann konkret angefangen mit Schnitzen?

Klaus Wegner: Das war vor zwanzig, vielleicht auch dreißig Jahren. Ich weiß nicht mehr genau. Damals hatte ich in einem Holzbildhauerei-Museum in Bern verschiedene Arbeiten bewundert. So etwas müsstest du doch auch hinbekommen, habe ich mir damals gesagt.

Kunst & Werk: Haben Sie dafür damals Kurse besucht?

Klaus Wegner: Nein, dafür ließ mir meine Arbeit als Kommissar in München keine Zeit. Ich habe mir ein paar Fachbücher, Werkzeuge und das notwendige Material von einem Versandhandel zuschicken lassen. Den Rest habe ich mir dann auf dem Küchentisch selbst beigebracht.

Kunst & Werk: Wann ist es dann mehr geworden als ein Hobby zu Ihrem polizeilichen Alltag in München?

Klaus Wegner: Erst als ich mich in den vorgezogenen Ruhestand begab, fing ich an, mir eine eigene Schnitzwerkstatt einzurichten. Damals war ich gerade nach Fischen umgezogen. Da gab es einen alten, leer stehenden Stall, der sich geradezu dafür anbot.

Kunst & Werk: Wie haben Sie Ihren eigenen, so ausdrucksstarken Kunststil gefunden?

Klaus Wegner: Na ja, ich weiß nicht, ob eigener Stil nicht schon zu viel gesagt ist. Ich meine, die Idee, Wurzeln für seine Arbeiten zu nehmen, ist ja im Allgäu nicht gerade neu. Aber bei mir ist das schnell erklärt, warum ich hauptsächlich mit Wurzeln arbeite. Bei einem Spaziergang habe ich zufällig eine Wurzel gefunden, die sich sehr gut für einen Waldschratt eignete. Natürlich war ich sehr glücklich, dass ich gleich damit meine erste Auszeichnung erhielt. Auf jeden Fall dürfte dieser Erfolg erklären, warum ich dabei blieb.
Kunst & Werk: In der Laudatio wurde darauf hingewiesen, dass die meisten Ihrer Figuren einen sehr melancholischen Zug haben. Hat das einen besonderen Grund?
Klaus Wegner: Das hat wohl mit meiner Lebensgeschichte zu tun, aber darüber möchte ich mich in diesem Rahmen nicht weiter äußern.
Kunst & Werk: Wie erklären Sie sich selbst Ihren Erfolg?
Klaus Wegner: Es freut mich natürlich sehr, wenn den Menschen hier im Allgäu meine Arbeiten gefallen, aber eine Erklärung für meinen Erfolg habe ich nicht. Es gibt eben Leute, denen gefallen meine Schnitzereien einfach. Vielleicht ist es deswegen, weil meine Werke etwas vom wirklichen Allgäu zeigen, etwas, was wir alle längst verloren geglaubt haben, aber ich weiß es wirklich nicht so richtig.
Kunst & Werk: Wir danken Ihnen vielfach für das Gespräch und wünschen Ihnen auch weiterhin noch viele Auszeichnungen dieser Art in den kommenden Jahren.

23.06.2012, 14.58 Uhr

Werner Nieberle verfolgte wie so oft in den vergangenen Wochen unauffällig Nils Svensen, alias Nils Snyder. Unvermittelt blieb Nieberle vor einem Kleidergeschäft in der Memminger Innenstadt stehen, schaute verstohlen immer

wieder über seine Schulter, wo Svensen gerade auf der anderen Straßenseite eine Frau in den Arm nahm.
Langsam wandte Nieberle sich ab und ging zurück in Richtung Bahnhof. Es war nicht notwendig, die beiden weiter zu verfolgen, denn die Geschichte lief immer nach dem gleichen Muster ab. Die beiden verschwanden für die nächsten Stunden in irgendeinem nahe gelegenen Hotel, worauf Svensen noch einige Geschäfte erledigte, die er wahrscheinlich als Vorwand für seine Fahrt genommen hatte.
Nachdenklich nickte Nieberle vor sich hin, als er in das ultramoderne Bahnhofsgebäude eintrat. Sein Bruder hatte in seiner Mail damals recht gehabt: Svensen ließ wirklich nichts anbrennen.
Aber was half ihm das für seinen Plan? Kaum etwas! Wie er es auch drehte und wendete, alles in allem war er seit Wochen keinen Schritt vorangekommen mit seinem Plan. Da musste es doch noch was anderes geben. Aber was?
Während Nieberle auf einer Bank auf seinen Zug wartete, grübelte er düster vor sich hin: Wenn es nur um Svensens Tod gegangen wäre, dann wäre es wahrscheinlich nur eine Sache von Tagen, höchstens von Wochen gewesen, aber inzwischen stand mehr für ihn auf dem Spiel. Viel mehr. Eine ganze Familie. Eine fantastische Methode. Ein großes Vermögen.
Zweifellos, der erste Schritt war bereits geschafft, schließlich hatte er jahrelang vergeblich nach dem Mörder seines Bruders gesucht, hatte sein Medizinstudium in Ulm deshalb vernachlässigt, war schließlich in den entscheidenden Prüfungen des Staatsexamens gescheitert.
Nieberle hatte gleich verstanden, als er das Bild von Svensen, alias Snyder, und Frau Dr. Lechner in Verbindung mit einer erfolgreichen medizinischen Methode in einer bekannten deutschen Illustrierten gesehen und den Artikel dazu gelesen

hatte: Er stand neben einer Maschine zum Gelddrucken. Es galt nur noch herauszufinden, wie diese Maschine richtig bedient wurde.
Aber dafür brauchte er Zeit und sehr viel Geduld, denn er musste erst ganz nahe an Nils Svensen und seine Familie herankommen, musste warten, bis sich die entscheidende Gelegenheit zum Zuschlagen für ihn anbot.
Die Informationen des toten Privatdetektivs hatten sich als richtig erwiesen. Svensen hatte tatsächlich eine Stieftochter, die mit ihrer Idealfigur überall als Fotomodell hätte arbeiten können. Braune Augen. Schulterlanges, blondes Haar. Lisa, Lisa Lechner hieß sie.
Wie jeder gute Jäger ging Nieberle davon aus, dass selbst der stärkste Gegner irgendwo einen Schwachpunkt haben müsse und wahrscheinlich war Lisa diese Stelle bei Svensen. „Wahrscheinlich", sagte Nieberle laut vor sich hin. Erschreckt von seiner eigenen Stimme schaute er auf, aber er saß immer noch ganz allein am obersten Ende des Bahnsteigs. Allein, wie er es liebte.
Der große Uhrzeiger ruckte vor. Sieben Minuten noch. Es begann zu tröpfeln. Besser aufstehen, um sich unterzustellen. Seine Gedanken verloren sich gleich wieder bei seinem Plan, während er zur Überdachung herüber schlenderte. Wo war diese verdammte schwache Stelle?
Es war noch einiges zu tun. Bevor er seinen Plan verwirklichen konnte, musste er, sobald er den Schwachpunkt kannte, mehr darüber herausfinden. Nicht auszudenken, wenn an seiner Vermutung nichts dran war. Dieser Lump von Privatdetektiv hatte ihn erst auf diesen Gedanken gebracht. Deswegen folgte er bereits seit drei Wochen mal dem einen, mal der anderen. Bisher hatte er jedoch nur herausgefunden, wie gut sich die beiden miteinander verstanden. Es blieben trotzdem zwei Möglichkeiten: Ent-

weder lag er mit seiner Mutmaßung völlig falsch, oder die beiden verdienten einen Preis bei den Filmfestspielen. Was, wenn in dieser Hinsicht nichts zu holen war? Wenn wirklich nichts dran war? Dann könnte er beiden bis zum Jüngsten Tag hinterherlaufen. Er musste bald eine Entscheidung treffen, denn wenn erst einmal einer der beiden bei seiner Verfolgung auf ihn aufmerksam würde, dann könnte er den Rest seines Planes gleich vergessen.
Vielleicht sollte er sich auch schon mal über Alternativen Gedanken machen. War vielleicht Frau Dr. Lechner der schwache Punkt in diesem System? Man konnte nie wissen, wenn sie auch bisher nur ihre Kurgäste und ihre Methode zu kennen schien. Wirklich ein Workaholik zum Vorzeigen. Die Welt könnte untergehen, und sie würde es nicht bemerken, jedenfalls nicht, solange sie arbeitete.
Besser, zunächst noch an Lisa und Svensen dran bleiben. Einen Punkt sollte er allerdings nicht aus den Augen verlieren: Wenn Svensen auch aussah, als würde er für die Weltbank arbeiten, dieser Mann war gefährlich. Sehr gefährlich! Der Däne, genauso wie er selbst, war zu allem in der Lage, vor allem, wenn er sich in die Ecke getrieben fühlte. Von überflüssigen Skrupeln, einen unliebsamen Gegner endgültig aus dem Weg zu räumen, wurden sie beide mit Sicherheit nicht geplagt.
Ein statisches Knistern wurde in den Lautsprechern über seinem Kopf wach: „Achtung! Achtung! Der Zug nach Augsburg, planmäßige Abfahrt 17.07 Uhr wird voraussichtlich zehn Minuten Verspätung haben.“
Nieberle seufzte tief, fasste sich aber gleich wieder, griff sofort nach dem Gedanken, an den er sich schon seit Tagen wild entschlossen festklammerte: Ein Jäger braucht Geduld! Die Lechners würden bald erfahren, dass er zu den gefährlichsten Jägern gehörte.

28.06.2012, 14.49 Uhr

Letzter Versuch! Es machte keinen Sinn, die beiden ewig weiter zu verfolgen. Diese Warterei musste endlich ein Ende haben!

Bereits in Bad Wörishofen hatte Nieberle den gleichen Zug genommen wie Lisa, hatte sich jedoch in ein anderes Abteil gesetzt. Svensen war nirgends zu sehen gewesen. Vorsichtig vergewisserte sich Nieberle bei jedem Halt mit einem Blick durch die Fenster, ob Lisa aussteigen würde. Zwischendurch schaute er auch in ihr Abteil, als würde er einen freien Platz suchen.

Sein Versteckspiel wäre gar nicht notwendig gewesen, denn bis der Zug im Hauptbahnhof in Augsburg einlief, blieb Lisa ruhig sitzen, hielt, als würde sie von etwas Schönem träumen, die meiste Zeit ihre Augen geschlossen, und öffnete sie nur, wenn sie auf ihrem iPod ein anderes Lied suchte. Ansonsten schien es für sie die Welt um sie herum nicht zu geben. Bei den sommerlich drückenden Temperaturen galt diese träge Stimmung allerdings auch für die meisten anderen Fahrgäste, die dicht gedrängt um sie herumsaßen.

Vom Hauptbahnhof war Nieberle am Prinzregentenplatz entlang dem hüpfenden, blonden Pferdeschwanz in Richtung Innenstadt gefolgt, wobei er sich schwitzend vornahm, es wäre das absolut letzte Mal, dass er hinter ihr herlief.

Die Verfolgte blieb unmittelbar unter dem Perlarchturm stehen, schaute zunächst hinauf zur großen Uhr, dessen großer Zeiger sich gerade auf die Zwölf vorbewegte. Vier Uhr! Als sie sich auf dem Rathausplatz umschaute, drängte Nieberle sich schnell in eine Gruppe von Touristen, die vor dem Rathaus gerade einem Fremdenführer bei seinem Bericht über die Bauweise in der Barockzeit zuhörten.

Es war keine gute Idee von Nieberle, sich unter die Reisegruppe zu mischen, denn diese bewegte sich schon wieder

weiter, riss ihn einfach mit, so dass er das Mädchen aus seinen Augen verlor. Mist! Alles war umsonst gewesen! Am liebsten hätte er diese holländischen Deppen um sich herum niedergestochen.
Als er sich endlich mühsam wieder aus der Gruppe befreit hatte, stand Lisa nicht mehr vor dem hoch aufragenden Wahrzeichen der Stadt. Verzweifelt schaute er um sich. Nichts war von ihr zu sehen!
Wütend lief er am mächtig dastehenden Rathaus der Stadt vorbei, eilte schließlich um das Gebäude herum. Nichts! Was hatte er auch erwartet? In der Menge von Touristen und Einheimischen hatte er keine Chance, ein einzelnes Mädchen zu finden. Trotzdem hastete Nieberle so schnell, wie es ihm die Passanten erlaubten, über den Rathausplatz. Nichts!
Es war völlig sinnlos! Enttäuscht und erschöpft entschloss er sich, seine Verfolgung aufzugeben. Ein für alle Mal! Mit einer trägen Geste wischte er sich den Schweiß von der Stirne. Er musste unbedingt etwas trinken. Entkräftet ließ er sich an einem freien Tisch vor einem Café niedersinken. Kaum hatte er sich in die Karte vertieft, als er seitlich, nur zwei Tische entfernt, eine bekannte Stimme hörte. „Nils, ich dachte die ganze Zeit, du würdest nicht mehr kommen." Verstohlen schaute Nieberle über seine Karte hinweg, ließ die beiden nicht mehr aus seinen Augen. Schau einmal an, wie gut sich die beiden doch verstehen! Tatsächlich hielten sie sich so gar nicht wie Stiefvater und Stieftochter an den Händen.
Falls sie jetzt noch in einem Hotel verschwinden würden, dann hatte sich seine Geduld doch gelohnt.
Als er eine gute Stunde später zurück zum Augsburger Hauptbahnhof ging, wusste er es mit Sicherheit: Die Zeit des Wartens und Beobachtens war endgültig vorbei. Es

würde jetzt eine neue Phase des Spiels beginnen ... und zwar in mehr als einer Beziehung.

07.09.2012, 10.23 Uhr

„Sepp?"

„Ja!"

„15.30 Uhr! Wiederhole: 15.30 Uhr!"

Dann hatte der Anrufer auch schon wieder aufgelegt. Alles wie vereinbart. Nur für den Fall, dass das Telefon abgehört wurde. Man konnte schließlich nie wissen.

Keine Namen! Weder der angerufene Fälscher noch der wortkarge Hehler hießen tatsächlich Sepp.

Keine verwertbaren Hinweise!

15.30 Uhr war auch nicht der Zeitpunkt ihres Treffens. Der war immer eine Stunde später. Sicherheitshalber, um ausreichend Zeit zu haben, mögliche Verfolger abzuschütteln.

Keinen Ort!

Dieses Mal trafen sie sich in einem Einkaufzentrum im Augsburger Wolfram- und Herrenbachviertel. Den genauen Platz im Zentrum hatten sie bei ihrem letzten Zusammentreffen mündlich ausgemacht. Wie sie das immer am Ende eines Treffens taten. Trotz Überwachungskameras waren betriebsame Einkaufszentren erfahrungsgemäß ein sehr passender Treffpunkt für ihre Geschäfte. Viele Menschen. Viele Winkel. Jede Menge Möglichkeiten zur Flucht. Das sprach für diese öffentlichen Orte, denn es wäre nicht das erste Mal, dass jemand hinter ihnen her war.

Vor allem keinen Hinweis am Telefon, warum sie sich trafen. Warum auch? War schließlich nicht notwendig, denn was der Hehler dem Fälscher anzubieten hatte, gehörte grundsätzlich sowieso nicht zu den gutsortierten Warenangeboten von Einkaufszentren. Bestimmt nicht!

07.09.2012, 11.05 Uhr

Ärger stand an!

Das konnten alle deutlich spüren. Nach dem, was in der Lateinstunde gelaufen war, brauchte man allerdings auch nicht gerade ein Wahrsager zu sein, um die Auseinandersetzung wie einen Panzer auf sich zukommen zu sehen.

Schrilles Läuten. Kleine Pause im Mariengymnasium. »Gänsefarm« wie das Mädchengymnasium in Kaufbeuren genannt wurde.

„Lisa!" Als wäre die schneidende Stimme zu überhören gewesen, gleich noch einmal. „LISA!" Noch lauter, noch ungehaltener. „Du bleibst noch einen Augenblick da! BITTE!" Das klang trotz der ausdrücklichen Höflichkeitsform weder nach einer Frage noch nach einer netten Aufforderung.

„Was denn? Is' ja echt ätzend!" Diese spontane und nicht gerade sehr kooperative Reaktion der angesprochenen Schülerin ließ nicht auf sich warten, denn ihre unüberlegte Äußerung nahm wieder einmal keine großen Umwege über die Teile des Gehirns, die sonst für sachliche, ruhige Erwägungen zuständig waren.

Obwohl in der Regel beim Klingelzeichen der Raum schneller leer war, als Dr. Seifert »Pause« sagen konnte, waren dieses Mal doch einige Schülerinnen an der Tür stehen geblieben. Sie waren neugierig geworden: Der scharfe Ton ihres Lateinlehrers. Lisas provozierende Reaktion. Zwar nicht gerade eine Premiere, aber dennoch versprachen die Vorzeichen, dass sich das Warten lohnen würde. Das sah Dr. Seifert offensichtlich anders. Mit beiden Händen machte er eine wegscheuchende Bewegung in Richtung der Schülerinnen, als würde sich eine Schar Gänse um die Klassentür drängen. „Ihr geht schon mal runter. Alle! Ich muss noch ein paar Worte in Ruhe mit Fräulein Lechner sprechen."

Nach einem unsicheren Blick auf Lisa zogen die Schülerinnen mit einem bedauernden Achselzucken ab. Vom Gang drangen noch einige getuschelte Satzfetzen ins Klassenzimmer: „Au weia! Der ist wieder drauf. Wenn der in Ruhe reden meint, dann …“ „Sie kann aber auch nie ihren Mund …“
Der Lehrer wartete geduldig bis die Letzte die Tür hinter sich zugezogen hatte. Sein eiskalter Blick genügte, um Lisas Gehirnwindungen in heftige Bewegung zu versetzen. „Und was gibt's so Wichtiges?“ Unverkennbar eine weitere vom Gehirn unkontrollierte Bemerkung. Am liebsten hätte sich die siebzehnjährige Gymnasiastin auf die Zunge gebissen. Zu spät! War doch klar: Jetzt stand noch mehr Ärger an. Als wenn sie mit dieser anderen Geschichte nicht schon Probleme genug am Hals hätte. Verdammt!
Ihre grauen Zellen sollten mit dieser pessimistischen Einschätzung Recht behalten, wie sich gleich herausstellte. „Zunächst mal nicht in diesem Ton, Lisa, wenn ich dich bitten darf!“
Das löste bei Lisa ein automatisches Programm des Widerstands aus: Sie verdrehte die Augen zur Decke der 11 B, seufzte laut. Alles auftrittsreif. „Wieso denn schon wieder? Es ist PAUSE, Herr Doktor Seifert! Die anderen können doch auch …“
„Ich denke, wir beide haben da etwas miteinander zu klären.“
„Was sonst noch? Ich hab' jetzt Pause!“
„Wenn du es vorziehst, können wir das Gespräch auch im Zimmer von Herrn Bäumler weiterführen.“ Allein wie der Name des Direktors des Mariengymnasiums ausgesprochen wurde, machte klar: Ende der Fahnenstange war wieder einmal angesagt.
Lisa hatte das auch nicht anders verstanden. Besser endlich das Gehirn einschalten! Auch wenn die Nerven seit

Wochen blank lagen. Mit dem Einschalten ließ sie sich trotz der warnenden inneren Stimme Zeit. Vielleicht es doch mit der Einschleimnummer versuchen? Der angesprochene Leiter des Mädchengymnasiums galt nicht gerade als sehr entgegenkommend, wenn ein Lehrer mit einer Schülerin zum »Gespräch vorbeikam«. Verweis, Disziplinarausschuss, das ging schnell bei ihm. Vor allem wenn man, wie Lisa, mehrfach aus einschlägigen Gründen bereits bei ihm »zum Gespräch« war. Zuhause in Wörishofen würde es auch wieder einmal ziemlichen Zoff geben, wenn die Suppe hier auch noch überkochte. Verdammter Mist!

Aber der Moment sich einzubremsen, wie Lisas Stiefvater, Nils Svensen, es nannte, war längst vorbei. Sie hatte diesen ganzen Schulkram satt. Satt! Die hatten doch gar keine Ahnung, was im Moment gespielt wurde. Und dann noch dieser blöde Cicero Text, den kein Schwein kapierte. Und diesem Seifert war es nie recht zu machen. Nie! Warum musste er auch noch Deutschlehrer sein, der keine Stilblüte bei der Übersetzung durchgehen ließ?

Auch schon egal! Dann sollten sie sie eben rauswerfen. Nur zu! Nein, sie würde nicht klein beigeben. Egal, was Mama daheim sagte. Da gab es doch im Moment wirklich Dinge, die wichtiger waren als Schule. Viel wichtiger! Wenn Mama wüsste, was da gerade gespielt wird, dann wäre das hier ein reiner Nebenkriegsschauplatz. Aber an der anderen Sache ließ sich im Moment sowieso nichts ändern. Sie musste mitspielen. Dafür war der Einsatz zu hoch. Es blieb ihr kaum etwas anderes übrig.

Aber erst mal diesem Idioten klarmachen, wo es langging.

„Direktor? Wieso denn der Direks? Was hat der denn wieder damit zu tun?"

„Das werden wir dann mit ihm gemeinsam besprechen, wenn du dich nicht gleich um mehr Höflichkeit bemühst."

„Mann, Alter! Ich muss gleich mein Referat in Geschichte halten." Ihr Reiz-Reaktionsmechanismus reagierte bei solchen Sprüchen in Rekordzeit.
Beim Wort »Alter« machte Dr. Seifert ein Gesicht, als würde sein Herz jeglichen weiteren Dienst versagen. Dann schien er sich aber doch zu entscheiden, bei den inhaltlichen Aspekten ihres Beziehungsproblems zu bleiben. „Referat? In Geschichte? Da kann man ja der Frau Kollegin nur wünschen, dass du dich da etwas besser vorbereitet hast als bei mir in Latein. Was ist eigentlich los mit dir? Seit Wochen keine Hausaufgaben. Keine Vokabeln. Keine Grammatik. Nichts!"
„Ich muss bei uns in der Klinik helfen", versuchte es Lisa mit der erstbesten Notlüge, die ihr einfiel. Sie konnte nur hoffen, dass ihre Mutter nichts von dieser Nummer erfuhr. Die war glatt in der Lage, sie für ein paar Wochen beim Wort zu nehmen. Trotzdem, sie konnte diesem Lateinheini ja kaum sagen, was es Wichtigeres für sie im Moment gab. Der würde Himmel und Hölle in Bewegung setzen. Als wenn das etwas ändern würde.
Viel Zeit, ihre Aussage zu korrigieren, ließ ihr der Lehrer allerdings nicht gerade. „Euer Sanatorium scheint dir wirklich nicht viel Zeit für die Schule zu lassen. Kein Test, der besser als fünf ausgefallen wäre. Und nach dem, was ich gestern bei der Lehrerkonferenz so mitbekommen habe, bin ich ja kaum der Einzige, der sich über deine schulischen Leistungen beklagt. Versagen an der ganzen Schulfront, kann man wohl sagen."
Jetzt standen sie sich wie zwei japanische Schwertkämpfer gegenüber, jeder für den tödlichen Schlag bereit.
„Herr Doktor Seifert, meine Probleme bekomme ich schon selbst in den Griff, da müssen Sie sich keine Gedanken machen."
Irgendwie klang das nicht überzeugend, und sie wusste recht

gut, dass es so auch nicht stimmte. Dennoch blieb ihr nichts weiter übrig, als die trügende Fassade aufrechtzuerhalten, musste sich weiter durchbluffen: „Und wenn andere Lehrer etwas an mir auszusetzen haben, dann können sie es mir auch selbst sagen. Und jetzt entschuldigen Sie mich, BITTE! Referat! Sie wissen schon.“ Sie drehte sich um, nahm demonstrativ ein paar Blätter von ihrem Tisch, mit denen sie gewichtig winkte, als müsse sie gleich eine Rede vor der UNO halten. Besser nicht merken lassen, wie sie sich wirklich fühlte.

Dass sich nur das oberste Blatt mit seinem halben Dutzend handschriftlicher Notizen auf das Referat bezog, und dass es sich beim Rest der Blätter um heimlich kopierte Unterlagen von den neuesten Forschungsunterlagen ihrer Mutter handelte, ging diesen Idioten wirklich nichts an.

Der schneidende Ton in ihrem Rücken machte deutlich, dass die Angelegenheit für ihren Lateinlehrer noch nicht abgeschlossen war: „Lisa, damit wir uns da richtig verstehen: Ich werde mir im Unterricht von dir nicht weiter diesen herablassenden Ton gefallen lassen. Haben wir uns da verstanden?“

Als wenn er sie von hinten mit einer Keule geschlagen hätte, fuhr sie herum, fauchte: „Und ich werde mir auch nicht weiter Ihren Ton gefallen lassen, Herr DOKTOR SEIFERT. KLAR? Und was Ihren sogenannten Lateinunterricht angeht ....“ Ihre verächtliche Handbewegung hätte auch ohne weitere Äußerungen geklärt, was sie davon hielt. „Nicht gerade prickelnd. Da schlafen ja der ganzen Klasse die Füße schon nach fünf Minuten ein.“

Treffer! Herr Dr. Seiferts Gesicht wechselte zu einer Farbe, die an überreife Tomaten denken ließ. Ein pädagogisch interessanter Unterricht, wie bei ihrem Kunstlehrer, Herrn Becker, war wirklich nicht sein Ding. Nach einem wütenden

Schnauben durch die Nase, ließ er die halberhobene Hand wieder fallen. „Lisa, wir hören voneinander! Verlass dich drauf!“ Lisa warf ihm einen Blick von der Seite zu. „Wie Sie meinen, Herr DOKTOR!“

07.09.2012, 13.23 Uhr

„Blöder Mist!“, fluchte Lisa in der hinteren Reihe des Busses vor sich hin. Auf der Heimfahrt nach Bad Wörishofen ärgerte sie sich über sich selbst. Das mit Seifert war wirklich nicht notwendig gewesen. Jetzt hatte sie ein Problem mehr an der Backe. Himmel! Als wenn sie nicht schon bis zum Hals in Problemen stecken würde.

Scheiß Schule! Es gab im Moment doch wirklich Wichtigeres. Zum Beispiel diese kopierten Blätter, die sie gerade auf dem Plärrer, dem Busbahnhof von Kaufbeuren, diesem Mann übergeben hatte. Sicher, sie hatte keine andere Chance, als zu machen, was er von ihr verlangte. Dafür stand viel zu viel auf dem Spiel.

Immer die gleichen Gedanken, die gleichen Ängste. Dieses verdammte Schwein von Erpresser! Konnte sie wirklich nichts machen, als diesem Mann ständig nachzugeben? Der würde doch nie Ruhe geben. Und diese Augen. Diese verdammten eiskalten Augen. Der würde keine Gnade kennen. Niemals!

Und wenn sie doch einfach zur Polizei ging?

Nein! Das ging nun wirklich nicht. Nils würde für immer aus ihrem Leben verschwinden. Für Jahre im Gefängnis. Nein, sie durfte nicht zulassen, ihn im Gefängnis verschwinden zu sehen. Nein, nicht ihr Nils!

Und was, wenn sie Nils einfach alles sagen würde? Dass sie Bescheid wüsste mit seiner ersten Frau? Dass er sich auf sie verlassen könnte?

Aber wer konnte schon wissen, wie Nils dann reagierte. Der konnte schon auch ganz schön heftig werden, wenn es mal nicht nach seinen Vorstellungen lief. Wenn er es in den falschen Hals bekam, würde sie ihn auch noch verlieren. So wie ihre Mutter. Die hatte nie Zeit für sie. Sanatorium. Kurgäste. Entspannungsgerät. Immer dasselbe! Jahrein, jahraus! Die merkte längst nicht, was um sie herum ablief. Aber ihre Mutter war bestimmt nicht ihr Hauptproblem. Das blieb ihr Nils. Verdammt!

Der Typ hatte ihr deutlich gedroht. „Ein kleiner Fehler und Nils ist raus aus dem Spiel", hatte er gesagt. „Für immer!", hatte er ihr noch hinterhergerufen. Das wäre sicherlich nicht notwendig gewesen, so wie die Dinge mal standen.

Nein, sie konnte Nils nichts von diesem Typen erzählen. Sie liebte ihn doch.

Nils sie auch? Manchmal hatte sie ihre Zweifel, egal was er sagte. Und das, was er gemacht hatte, war nicht richtig.

07.09.2012, 16.30 Uhr

Zwanzig Jahre Gefängnis kamen bei den beiden schon zusammen. Trotzdem, einen Hehler und einen Fälscher vermutete mit Sicherheit niemand hinter den recht unscheinbar wirkenden Gesichtern der beiden Herren, die auch kaum von der Menschenmenge um sie herum beachtet wurden.

Die beiden waren vor gut einer Viertelstunde aus unterschiedlichen Richtungen hier in dieses Einkaufszentrum in Augsburg gekommen, hatten sich erst gründlich umgesehen, ob sie vor unliebsamen Überraschungen sicher waren, bevor sie wie zufällig vor der Auslage eines Schuhgeschäfts im Erdgeschoss stehen blieben.

Wirklich nichts Auffälliges! Nur zwei Herren im mittleren Alter, die sich für nichts als für die Sonderangebote im Schau-

fenster zu interessieren schienen. Kurz, nicht gerade bemerkenswert in einem Einkaufszentrum, in dem Hunderte und Tausende von Kunden ausreichend damit beschäftigt schienen, ihren eigenen alltäglichen Geschäften nachzugehen.
Trotzdem schaute der Hehler immer wieder nervös über seine Schulter, bevor er vor sich hinmurmelte: „Hätte da eine interessante Sache für dich."
Der angesprochene Fälscher schaute nicht einmal herüber, hütete sich auch, nach Einzelheiten zu fragen. Es war nicht ihr erstes Treffen, und ihr üblicher Sprachgebrauch ließ kaum Platz für Missverständnisse. Bei der »Sache« handelte es sich bei ihren Gesprächen in der Regel um echte und falsche Dokumente, in deren Besitz der Hehler auf die eine oder andere Weise gckommen war. Kleinliche rechtliche Erwägungen spielten zwischen den beiden keine nennenswerte Rolle. Es war eher eine Frage des Preises.
Entsprechend einer vielfach bewährten Verhandlungsstrategie fiel die Reaktion des angesprochenen Fälschers auf das einschlägige Angebot auch zunächst recht verhalten aus: „Weiß nicht recht. Ich muss den Ball im Moment flach halten. Die Bullen, du weißt ja selbst."
Das Problem mit der Polizei war für beide nichts Neues, aber das stellte weder für den einen noch für den anderen einen ausreichenden Grund dar, für die ständig wachsenden Kundenkreise nicht auch weiterhin gestohlene Ware und Dokumente zu besorgen. Was den Fälscher betraf, war dieser auch gegen entsprechendes Entgelt gerne bereit, Papiere nach Wunsch umzugestalten. Fachgerecht. In künstlerischer Vollendung. Versteht sich.
Übertriebener Enthusiasmus, wenn ihm eine »Sache« angeboten wurde, war von dem Fälscher bestimmt nicht zu erwarten. Das hätte nur den Preis für die Ware unnötig heraufgetrieben. Zunächst einmal so tun, als gäbe es

drängendere Probleme. Wenn die beiden sich auch schon seit Jahren in die Hände arbeiteten, spielten sie diesen kleinen inszenierten Verhandlungspoker jedes Mal neu. Geschäft war unter den Schwaben schließlich Geschäft, und das Ausfeilschen der Bedingungen gehörte nicht nur bei zwielichtigen Zeitgenossen, wie sie es nun mal waren, mit zum Geschäft. Der Fälscher brummte beiläufig vor sich hin, als würde es sich um den besonders günstigen Preis eines Paars brauner Lederschuhe handeln, die er nicht aus den Augen ließ: „Es kann gut sein, dass ich eine Zeit lang aus Augsburg verschwinden muss."

Das Übliche eben! Das behauptete er jedes Mal, ohne dass er freiwillig jemals über Neusäß hinausgekommen wäre, wenn man einmal den gänzlich unfreiwilligen Aufenthalt in staatlich finanzierten Einrichtungen außer Acht lassen wollte.

Obwohl dem Hehler dies ausreichend bekannt war, nickte er bekümmert, ohne zu seinem Geschäftspartner herüberzuschauen. Ihr übliches Spiel eben. Der Hehler hatte längst mit dieser vertrauten Geschichte gerechnet, so dass es ihm nicht sonderlich schwer fiel, teilnahmsvoll zu seufzen und bedauernd den kahlen Kopf zu schütteln. „Himmelsakrament. Die Polizei gibt aber auch nie Ruhe."

Nachdem er sein Bedauern so eindrucksvoll in Szene gesetzt hatte, murmelte er weiter vor sich hin, als müsste er auch den ausgestellten Schuhen von seinen besonders günstigen Papieren erzählen. „Es ist wirklich eine einmalige Gelegenheit, die sich ganz sicher nicht mehr so schnell bieten wird."

„Dann red' schon! Gibst ja eh keine Ruh'!"

Der Hehler hatte auf diese Aufforderung nur gewartet. Wie ein Maschinengewehr schoss er auch gleich los: „Kompletter Satz von Papieren. Ausweis. Führerschein. Zeugnisse, Zulassung als Arzt. Auf den Namen Eberhard Brüchle. Deutscher."

„Echt?"

Der Hehler versuchte erst gar nicht, sich bei der Doppeldeutigkeit dieses Wortes aufzuhalten. „Und ob! Alles echt, mein Lieber! Das Geschäft deines Lebens, sag ich dir!"
„Ist doch sicherlich etwas faul daran, oder?"
„Faul? Aber nein! Wo denkst du hin? Die Sache ist schnell erklärt. Hast doch sicher schon von der Geschichte mit Karl gehört, oder?"
Ein kurzes bestätigendes Nicken genügte. Es war nicht erforderlich, die leidigen Details dieser Geschichte zu besprechen. Die pikanten Einzelheiten machten sowieso mit einem kaum unterdrückten Lachen seit Wochen in den einschlägigen Kreisen der Schwabenmetropole die Runde, ohne dass allerdings der Name des beteiligten Arztes allgemein bekannt geworden war.
Dr. Eberhard Brüchle war – Betonung lag eindeutig auf der Vergangenheitsform – noch ein recht unerfahrener Chirurg gewesen, der erst in diesem Hochsommer nach Augsburg gekommen war. In den wenigen Wochen, in denen er in der Stadt lebte und arbeitete, wurde er nicht gerade vom Glück verfolgt. Sein allererster Versuch, bei Karl Neustätter, einem bekannten Augsburger Ganoven, das markante Gesicht chirurgisch etwas nachzubessern, war ziemlich schiefgelaufen … und zwar für beide betroffene Seiten, nachdem sich das Ausmaß des Missgeschicks erst einmal nach Abnahme der Verbände in seiner ganzen Tragweite herausgestellt hatte.
Karl, der äußerst unglücklich operierte Patient, wurde trotz – oder gerade wegen – seiner Entstellung als gesuchter Bankräuber erkannt, als er sich am Nachtschalter einer Apotheke Schmerzmittel mit einem gefälschten Rezept besorgen wollte. Seitdem saß er für zunächst unbestimmte Zeit in der JVA Kempten in Untersuchungshaft.
Dumm gelaufen! Das galt noch mehr für den Mediziner. Die sterblichen Überreste dieses jung verstorbenen und un-

erfahrenen Chirurgen lagen seit einigen Tagen auf dem Protestantischen Friedhof der Stadt. Gänzlich anonym, denn die völlig unkenntliche Leiche war irgendwo bei Bobingen aus der Wertach gezogen worden.
In eingeweihten Kreisen hieß es, Karl hätte sich vor seiner Verhaftung wegen der Pfuscharbeit als etwas nachtragend herausgestellt. Für diese Annahme sprach auch das kleine Loch in der Stirn der Leiche, das entschieden für die Notwendigkeit einer Obduktion sprach. Trotz intensiver Ermittlungen der Kripo Augsburg konnte die Identität des Ermordeten nicht geklärt werden, weil weder dessen Fingerabdrücke elektronisch gespeichert waren, noch dessen Zahnprofil bei den informierten Dentisten bekannt war. Die Ergebnisse der DNA-Analyse waren auch nicht gerade ermutigend. Keine Fremd-DNA. Keinerlei Hinweise auf die Identität des Toten. Und über die Insiderinformationen des Hehlers und des Fälschers verfügte die Polizei nun einmal nicht. Zumindest war mit dem Hinweis auf diese Hintergrundgeschichte für den Fälscher ausreichend geklärt, dass der ehemalige Dr. Brüchle seine Papiere nicht mehr brauchen würde. Sicherheitshalber hatten die beiden Herren getrennt ihren Standort nach dieser schnellen Klärung gewechselt. Sicherheitshalber. Schaufenster zur Auswahl gab es ja im Einkaufszentrum genug.
Der Fälscher ergriff gleich die Initiative, als sie sich zwei Minuten später vor einem Lebensmittelmarkt trafen, und so taten, als warteten sie nur darauf, gleich ihren Ehefrauen mit dem Einkauf behilflich sein zu müssen.
„Kenn' die Story von Karl. Und was ist damit?"
„Na was schon? Ich kann dir die Papiere dieses Arztes günstig anbieten. Wirklich zum Spottpreis!"
„Schön und gut, dass du da an mich dabei denkst, aber ich bin nicht interessiert. Wirklich nicht!"

„So?“ Mit euphorischen Äußerungen des Fälschers war auch kaum zu rechnen gewesen. Der Hehler kannte seinen Pappenheimer und ließ sich von den vertrauten hinhaltenden Verhandlungsstrategien seines Geschäftsfreundes nicht abschrecken. „Zweitausend, und dafür machst du das Geschäft deines Lebens. Okay?“
„Fünfhundert Steine. Wenn die Ware passt.“
„Fünfhundert? Nicht dein Ernst.“
„Doch, die Ware ist doch im Moment viel zu heiß.“
„Ach was! Das seh’ ich aber ganz anders. Die Bullen wissen nicht, dass der Herr Doktor auf ein Nimmerwiedersehen verschwunden ist. Auf jeden Fall taucht er auf keiner Vermisstenliste auf.“
„Überprüft?“
„Hör mal! Für wen hältst du mich? Hab’ ich dir schon einmal faule Eier ins Nest gelegt?“ Ohne dem Fälscher eine Gelegenheit für eine unpassende Antwort zu geben, fuhr der Hehler gleich fort. „Und weißt du, was das Schönste ist? Der gute Herr Doktor war erst so kurz im Geschäft, dass niemand seinen wirklichen Namen kennt. Das heißt für dich, dass du nichts, auch rein gar nichts an den Papieren verändern musst. Und die Ware kann auch hier in der Gegend bleiben. Alles kein Problem.“
„Aber ich müsste erst einmal einen Kunden für so etwas auftreiben. Arzt? Ich weiß nicht. Ist doch schon sehr speziell. Kannst du dir vorstellen, wie schwer es sein wird, für dein Glump einen Kunden zu finden? Ich werd wahrscheinlich jahrelang auf deinem Zeug sitzen bleiben.“
Unbeirrt ging es so eine Weile hin und her, wobei man alle paar Minuten das Schaufenster vorsichtshalber wechselte. Die beiden Schwaben, wie die meisten anderen, waren nicht gerade bekannt für ihre Nachgiebigkeit, wenn es um ihr Geschäft ging, was jedoch nicht verhinderte, dass die Papiere

nach einer guten Viertelstunde harten Ringens um jeden Euro auf dem Parkplatz des Warenhauses für bare siebenhundert Euro den Besitzer wechselten.
Die Herrschaften machten dabei sehr zufriedene Gesichter, konnten sie doch beide mit dem Ausgang ihrer Verhandlungen sehr zufrieden sein.
Der Hehler hatte die Ware auf »Kommission« und Karl, der ihm die Ware zukommen lassen hatte, war für einige Jahre aus dem Verkehr. Wie gesagt, JVA Kempten auf unbestimmte Zeit. Der Hehler würde ihm zwei- vielleicht dreihundert Euro über bestimmte Kanäle für die Papiere zukommen lassen. Aber das hatte Zeit. Ein, zwei Jahre spielten in einem Knast für die Langjährigen keine große Rolle. Bis dahin konnte er mit dem Kapital in Ruhe arbeiten.
Der Fälscher seinerseits hatte zwar in der Tat keine direkte Nachfrage nach Papieren für einen Mediziner, aber er ging erfahrungsgemäß davon aus, dass dieses Problem nur eine Frage der Zeit sein dürfte. Seine einschlägigen Beziehungen würden über kurz oder lang genügen, damit sich die »Sache« rumsprach. Echte Papiere für einen Arzt. Die konnten ein Vermögen wert sein, immer vorausgesetzt, er geriet an den richtigen Mann.
Trotz der beidseitigen Zufriedenheit, verabschiedete man sich nur mit einer kurzen grüßenden Handbewegung.
„Mach's gut! Nächstes Mal: City Galerie."
Im Weggehen drehte sich der Fälscher noch einmal herum.
„Ah, da wir gerade dabei sind. Mein Bruder hat da noch einen Kunden an der Hand, der an einer Puste interessiert wäre. Kaliber ist egal. Hauptsache sie macht schöne Löcher. Könntest du …?"
In diesem Moment mussten die beiden ihr Gespräch unterbrechen, weil eine etwas ältere Dame sich mit ihrem vollgefüllten Einkaufswagen von hinten näherte.

Aber das kurze Nicken des Hehlers hatte schon geklärt, dass die Beschaffung einer Pistole kein größeres Problem darstellen würde.
Bestimmt kein Grund zum Jubeln für den Fälscher, aber das konnte er nicht wissen. Noch nicht …

01.10.2012, 19.49 Uhr

Frau Dr. Lechner hatte es satt. Seit Wochen fühlte sie sich zerschlagen, reagierte auf die kleinste Belastung sofort ungewohnt gereizt. Kein Wunder. Täglich zehn, zwölf Stunden als medizinische Leiterin ihres eigenen Sanatoriums auf den Beinen und dann eine Tochter, die sich nicht gerade einsichtig und kooperativ zeigte, wenn es um die recht einschlägigen Beschwerden ihrer Schule in Kaufbeuren ging. Und davon gab es inzwischen eine gute Anzahl.
Lisas Schulprobleme machten ihr Sorgen. Es würde wohl nichts aus ihren Träumen werden, Lisa könnte eines Tages als Medizinerin in ihre Fußstapfen treten. Was war in letzter Zeit nur in Lisa gefahren? Das Mädchen war ständig unterwegs, kam nachts zu den unmöglichsten Zeiten heim, stand morgens nicht auf, um in die Schule zu gehen, aß tagelang nichts, um ein anderes Mal zu unmöglichen Zeiten alles Mögliche in sich hineinzuschlingen.
Frau Dr. Lechner schaute auf den Blauen Brief, der am Morgen gekommen war. Weiter Totalausfall, was Lisas Leistungen in der Schule anging. Wenn sich das nicht bald änderte, konnte ihre Tochter froh sein, wenn es noch für das Abitur reichte. Aber warum? Warum war es so weit gekommen? Vor einem halben Jahr war sie doch noch Klassenbeste gewesen? Und jetzt? Alles sprach dafür, dass die Talsohle noch längst nicht erreicht war.
Frau Dr. Lechner hatte gekämpft und sie hatte … verloren.

Auf der ganzen Linie. Sie hatte es im Guten versucht. Herausgekommen war nichts. Nach ihren langen Gesprächen hatte Lisa gewöhnlich nur die Schultern hilflos gezuckt, hatte ungehalten losgeheult. „Mama, ich weiß doch auch nicht." Die strenge Variante hatte sie auch nicht viel weiter gebracht. Diese Versuche hatten jedes Mal damit geendet, dass sie sich gegenseitig angeschrien und sich heftige Vorwürfe gemacht hatten, worauf die eine oder andere wütend das Zimmer verlassen hatte, wobei sie die Türen hinter sich zuwarfen. In dem Punkt waren sich die beiden sehr ähnlich.
Dementsprechend verstimmt fragte Frau Dr. Lechner ihren Mann, der bereits vor einem vollen Tisch saß. „Nils, wo ist Lisa schon wieder?"
„Bei einer Freundin, soweit ich es verstanden habe. Irgendetwas mit Latein, hat sie gesagt."
„Latein?" Sie hätte kaum skeptischer geschaut, wenn ihr Mann ihr erzählt hätte, ihre Tochter wäre zum Beichten in die Pfarrkirche Sankt Justina rübergegangen. „Wer's glaubt. Da hat sie sich auch schon bessere Geschichten ausgedacht."
„Sag das nicht, Franziska. Vielleicht hat der Blaue Brief heute früh doch seinen Zweck erfüllt. Man soll die Hoffnung nie aufgeben."
Frau Dr. Lechner fiel auf, wie oft ihr Mann für Lisa Partei ergriff, was er früher nie gemacht hatte. Im Moment ließ sie es mit einem vor sich hin gebrummten Kommentar zu seinen pädagogischen Hoffnungen bewenden. „Dein Wort in Gottes Ohr! Und wann wollte sie wieder hier sein?"
„Pffff… Franziska, du kennst doch deine Tochter. Lisa meinte, als sie bei mir im Büro vorbeikam, es könnte etwas später werden."
„Ist ja ganz was Neues", sagte sie im sarkastischsten Tonfall, der ihr zur Verfügung stand.
Er schaute nur kurz von der Käseplatte, in der er mit der

Gabel herumstocherte, zu ihr herüber. „Dass sie später käme, hat sie allerdings erst gesagt, als ich ihr einen kräftigen Vorschuss auf ihr Taschengeld gegeben habe."
„Was?" Viel überraschter konnte ihre Stimme kaum klingen. „Sie hat … hat dich wieder um Geld gebeten?"
„Ja, doch! Ist doch nichts dabei, oder?"
Frau Dr. Lechner konnte deutlich heraushören, dass ihr Mann für den Moment viel mehr daran interessiert war, welche Käsesorte er für sein Brot auswählen sollte. Zumindest schien es ihr so. Trotzdem ließ ihr das ausgeliehene Geld keine Ruhe. „Natürlich ist da nichts dabei. Ist ja nur, weil ich ihr jetzt am vergangenen Wochenende selbst schon zweimal mit Geld ausgeholfen habe, und zwar mit saftigen Summen, und nachdem sie bei mir heute früh auf taube Ohren gestoßen ist, hat sie offensichtlich dich um Geld gebeten."
„Sie wird wohl ihre Gründe haben, Franziska. An deiner Stelle würde ich mir da keine allzu großen Gedanken machen."
Obwohl ihr Blick eindeutig sagte, dass sie ihm am liebsten die Brezeln an den Kopf geworfen hätte, beschränkte sie sich nach einem deutlich hörbaren Seufzer doch auf die Gesprächsvariante: „Sicher wird es seine Gründe haben. Ich wollte trotzdem mal gern wissen, wofür Lisa auf einmal so viel Geld braucht. Alle paar Tage kommt sie damit. Mal angeblich für dies, mal für jenes. Und mit zwanzig Euro ist die nicht zufrieden. Da stimmt doch etwas nicht."
Offensichtlich fühlte Nils Svensen sich in seiner Rolle als Stiefvater alles andere als wohl. „Lass mal gut sein, Franziska! Ist doch im Moment nicht wichtig. Du warst doch auch mal jung, und so wie unsere Klinik im Moment läuft, brauchen wir nicht gerade mit unserem Geld zu knausern."
„Nils, wie du wieder daherredest. Darum geht es doch über-

haupt nicht! Ist ja schön und gut, dass ihr beide euch in letzter Zeit so gut versteht, aber deswegen musst du ihr nicht ständig die Stange halten."

„Was habe ich jetzt schon wieder falsch gemacht?" Man brauchte nicht gerade ein Wahrsager zu sein, um aus dem gereizter werdenden Umgangston herauszuhören, dass alles wieder einmal geradewegs auf einen ausgewachsenen Ehekrach hinauslief.

Bevor der entscheidende Punkt überschritten war, versuchte sie rechtzeitig einzulenken. „Du hast nichts falsch gemacht, Nils. Mann, versteh doch! Ich mache mir eben Sorgen um Lisa. In dem Alter. Da gerät man schnell in die falschen Kreise."

„Was meinst du jetzt mit ‚falsche Kreise'?"

„Weiß auch nicht so recht. Man liest heute so viel von Rauschgift, Kriminalität, Jugendbanden …"

„Jugendbanden? Hier in Wörishofen? Ist jetzt nicht dein Ernst, oder?"

Und ob es ihr Ernst war. Das hätte ihm ihr besorgter Gesichtsausdruck eigentlich verraten müssen, aber den bemerkte Svensen gar nicht erst, war er doch ausreichend damit beschäftigt, ein, zwei Scheiben Gouda von der Käseplatte zu fischen. „Wie alt ist DER denn?", fragte er, als er den Käse auf seiner Gabel misstrauisch ins Licht hielt.

Offensichtlich schien er tatsächlich mit dem Käseaufschnitt, den er immer noch skeptisch hin und her drehte, ganz andere Probleme zu haben, als mit den Erziehungs- und Umgangsfragen seiner Stieftochter.

Aber mit dem Käse hatten seine wirklichen Gedanken auch recht wenig zu tun, aber das war eine Sache zwischen Lisa und ihm. Das würde seine Frau nie verstehen. Ganz sicher nicht.

08.11.2012, 21.45 Uhr
„Und? Können Sie mir die Dokumente, von denen wir gestern Abend gesprochen haben, beschaffen oder nicht?“, fragte der etwa dreißigjährige Kunde, an dem nur drei Dinge aufgefallen wären, wenn jemand in der schummrig beleuchteten Bar sich überhaupt die Mühe gemacht hätte, sich für ihn näher zu interessieren, was nicht der Fall war.
Zum Ersten war bemerkenswert, wie wenig bemerkenswert dieser Kunde auf seine Umwelt wirkte, denn wäre später jemand in der Bar nach ihm befragt worden, so hätten die meisten wohl nur gefragt: „Welchen Mann meinen Sie denn?“ Das war nicht zufällig so, denn Werner Nieberle hatte ziemlich in die Trickkiste der Verwandlungskünstler gegriffen, um genau diesen Effekt der völligen Unauffälligkeit bei seinen Mitmenschen zu erzielen.
Nur in einem Punkt war ihm dies trotz aller Bemühungen vor dem Spiegel nicht gelungen. Seine Augen ließen nach wie vor an arktische Gletscher denken. Aber wer würde ihm schon lange in die Augen schauen wollen?
Schlicht eine falsche Spur war, dass er sich eisern an sein Apfelschorle hielt, während die fünf, sechs, meist vornehm gekleideten Herren trotz der verhältnismäßig frühen Abendstunde eher Hochprozentigem zusprachen. Die nicht gerade so vornehme Damenbegleitung einiger Herren hielt sich weitgehend an Sekt, der erst im Laufe der Nacht eine verdächtige Ähnlichkeit zu kaltem Tee bekommen würde, was den wenigsten der zahlenden Herrschaften auffallen würde, wofür unter anderem auch ein weißes Pulver verantwortlich war, mit dessen Verkauf unter der Theke der Barkeeper seinen Lohn etwas aufbesserte.
Der Fälscher hatte am Vortag diesen Treffpunkt vorgeschlagen, weil sie am frühen Abend sehr ungestört dort miteinander reden konnten. Es hatte gleich mehrere gute Gründe,

warum er sich mit dem Interessenten mehrmals traf, bevor es zur Übergabe der Papiere kam. Zum einen machte das den Eindruck, als müsse er sich erst selbst sehr intensiv um die Beschaffung der Dokumente bemühen, was einen erheblichen Einfluss auf den Preis der Ware hatte, und zum anderen hatte er aus der leidigen Erfahrung einiger Gefängnisaufenthalte gelernt, sich erst zu vergewissern, ob sich nicht wieder einmal die Polizei mit einem ihrer Tricks versuchte. Soweit sich das bereits sagen ließ, war dieser Kunde sauber, was allerdings nicht dafür sprach, in irgendeiner Weise nachlässig zu sein, schließlich war nicht zu erwarten, dass der Richter bei einem Wiederholungstäter wie ihm ein allzu großes Einsehen hätte, wenn es um die Frage der Schuldbemessung ging. Aber aus verhandlungstechnischen Gründen ließ der Fälscher sich wieder einmal alle Zeit der Welt, machte sich zunächst mit seinem Whisky zu schaffen, als müsste er später noch ein Gutachten über dessen Qualität schreiben.

„Die Papiere, meinen Sie?", bequemte er sich schließlich doch, als sein Gegenüber Anstalten machte, das Schaustück abzubrechen.

„Was sonst? Oder treffen wir uns hier, um uns über das Nachtleben im Schwabenland zu unterhalten?"

„Kein Grund zur Aufregung, der Herr. Ich habe Ihnen ja schon gestern erklärt, wie schwer es heutzutage ist, wirklich gute Papiere zu beschaffen. Ist doch schon sehr speziell, was Sie da brauchen."

„Der Mann, der Sie mir empfohlen hat, meinte, es wäre für Sie kein Problem, die Papiere für einen Arzt zu beschaffen."

„Glauben Sie nur nicht, was die Leute so daherreden. Aber um es kurz zu machen, ich könnte Ihnen tatsächlich die notwendigen Dokumente beschaffen. Ärztliche Approbation, die Zeugnisse, alles, was so dazugehört. Sogar richtig echte Papiere, aber …"

„Und der dazu passende Ausweis, der Führerschein?"
„Ausweise? Die machen heutzutage immer erhebliche Probleme. Diese Papiere lassen sich nicht so einfach mal auf die Schnelle nachmachen, aber ich arbeite da mit einem Kollegen zusammen, der sich echte Papiere verschaffen kann. Dokumente jüngst Verstorbener. Sie verstehen sicher? Allerdings ..." Die eindeutige Bewegung mit Daumen und Zeigefinger sowie der bedauernde Gesichtsausdruck bezogen sich eindeutig auf eine gehobene Preiskategorie dieser Art von Dokumenten.
Der Kunde nickte gleichgültig, hütete sich jedoch, nach weiteren Details über das Herkommen der Papiere zu fragen. Die Antworten hätte er sowieso nicht von diesem Mann bekommen, auf jeden Fall keine allzu glaubwürdigen Aussagen. Mit einem gleichgültigen Achselzucken meinte Nieberle nur: „Soll mir recht sein, solang es möglichst rasch geht, wird es auch Ihr Schaden nicht sein."
„Schwierig. Wirklich schwierig. Ich bin mir nicht ganz sicher, ob das in der Eile ..."
„Dann können wir unser Geschäft vergessen." Offensichtlich hatte der Kunde für dieses Spiel weit weniger Geduld als der Hehlerfreund des Fälschers.
„Nun mal halblang! Schwierig heißt ja nicht unmöglich. Ich bin ja an der Arbeit. Ich könnte möglicherweise an die Papiere eines gewissen Herrn Doktor Brüchle kommen. Vierunddreißig Jahre alt und in etwa Ihre Größe. Deutscher. Arzt, das heißt, er war Arzt. Das würde doch sehr gut zu Ihren Vorstellungen passen, nicht wahr?"
Ein versierter Verkäufer in einer Herrenboutique hätte die Vorzüge einer Anzugshose wohl kaum besser zum Ausdruck bringen können. Was man auch immer über den Fälscher sagen konnte, mit seiner Geschäftstüchtigkeit hätte er auch in vielen legalen Bereichen durchschlagenden Erfolg gehabt,

wenn da nicht die Sache mit dem regelmäßigen Erscheinen auf der Arbeitsstelle gewesen wäre. Das war nun wirklich nicht sein Ding.
Nachdem geklärt war, dass der Kunde durchaus bereit war, sich die Papiere etwas kosten zu lassen, ließ der Fälscher sich mit seiner Whiskyprobe wieder so viel Zeit, als wäre er ein Kandidat bei »Wetten dass«, der sowohl den Jahrgang als auch den Herkunftsort des Getränks bestimmen müsste.
„Wie bereits gesagt, solche echten Dokumente haben allerdings ihren Preis, wie Sie sich wohl denken können, vor allem wenn …"
„Wie viel?", fragte der Kunde, dem man deutlich ansah, dass er dem Fälscher am liebsten seine Schorleflasche auf dem Kopf zerschlagen hätte.
Das schien den Fälscher in seinen Darlegungen wenig zu beeindrucken: „Ausweis, Führerschein, angepasste Urkunden und Zeugnisse, alles in allem, sagen wir fünf, fünftausend. In bar und im Voraus. Versteht sich."
„Und wann bekomme ich dann die Papiere?"
„Wann? … Sagen wir in zehn, spätestens aber in vierzehn Tagen." Natürlich hätte der Fälscher die Ware gleich übergeben können, aber das hätte ihm den weiteren Verhandlungsspielraum für einen besseren Preis genommen.
Der Kunde war von seinem Platz aufgesprungen, als hätte er sich versehentlich auf einen Stacheldrahtzaun gesetzt. Entweder war er ebenfalls ein guter Schauspieler, oder die Sache hatte wirklich Eile. „Vergessen Sie es, Meister! So lange kann ich unmöglich warten. Ich brauche die Ware GLEICH! Ich habe einen Bewerbungs… ist ja auch egal. Gleich oder gar nicht!"
„Also gut. Vier Tage, und Sie kommen mir mit tausend Euro mehr entgegen, weil ich dann selbst die Papiere in Wien … Sie verstehen sicher." Seine Stimme hörte sich jetzt so an,

als müsste der Fälscher von seinen liebsten Angehörigen für immer Abschied nehmen.

Dem Kunden schien das notwendige Verständnis gänzlich abzugehen. „Was? Vier Tage? Nein! Kommt ja gar nicht in Frage. In zwei Tagen und ich bezahle Ihnen zweitausend extra, und in der Zeit können Sie von mir aus die Papiere nach La Paz holen gehen."

Das erschrockene Gesicht des Fälschers gehörte immer noch zu seinem üblichen schauspielerischen Repertoire bei Geschäftsverhandlungen, genauso wie das äußerst zögernde Nachgeben, als müsste er die Dokumente tatsächlich persönlich in Lateinamerika besorgen. „Äh ... also gut. Zwei Tage. Wir treffen uns wieder hier, sagen wir morgen um neun, und bis dahin besorgen Sie das Geld. Bar! Siebentausend und Sie bekommen Ihre Papiere dann schon übermorgen."

„Das Geld habe ich dabei. Ich werde auf der Toilette auf Sie warten." Der Kunde warf einen harten, abschätzigen Blick auf den Fälscher, der sich weiter an seinem Whiskyglas festhielt. „Bevor ich es vergesse zu erwähnen. Sollten Sie da in irgendeiner Art einen linken Dreh mit mir versuchen, sagen wir, dass Sie mit den Papieren in zwei Tagen hier nicht auftauchen, dann wird Ihr Bekannter, der die Papiere jüngst Verstorbener besorgen kann, Ihre eigenen Dokumente auch bald anderweitig verwenden können. Ich denke, wir verstehen uns in diesem Punkt, oder? Das Gleiche gilt genauso, falls irgendwelche Leute von meiner neuen Identität erfahren sollten. Ich gelte in solchen Dingen als sehr ... sagen wir, sehr nachträglich. Besser Sie glauben mir!"

„Keine Angst, meine Kunden waren bisher mit meiner Arbeit und meiner Diskretion immer sehr zufrieden. Sie können sich da getrost umhören."

„Angst?" Der eisige Blick des Kunden war noch um einige

Grade eisiger geworden, was man von seiner Stimme in gleicher Weise sagen konnte. „Wenn hier jemand Ursache haben sollte, richtig Angst zu haben, dann sind Sie das wohl eher, falls Sie sich nicht an unsere Vereinbarungen halten sollten. Klar so weit?“ Es klang nicht gerade so, als wenn es an Nieberles Aussage noch viel zu klären gäbe.

Der Fälscher wusste wie alle klugen Gauner, die in ihrem eigenen Bett sterben wollten, dass unzufriedene Kunden sehr ärgerlich werden konnten. Die Geschichte von Karl war ja nicht gerade ein Ausnahmefall. Deshalb war die Vorsicht des Fälschers leicht nachzuvollziehen, als er gleich klarstellte, dass es für ihn an der Glaubwürdigkeit dieser Drohung wenig zu deuteln gäbe: „Und ob ich Sie da verstehe. Sie erhalten Ihre Papiere und danach vergesse ich Ihren neuen Namen. Und jetzt muss ich mal auf die Toilette. Wenn Sie mich kurz entschuldigen wollen.“

Nach einer schnellen Hochrechnung auf seinem Weg zur Toilette war der Fälscher sehr zufrieden mit seiner Verhandlungsstrategie. Selbst hatte er siebenhundert bezahlt und kassierte jetzt siebentausend von diesem eingebildeten Typen. Und das ganz ohne etwas an den Papieren machen zu müssen. Und ganz steuerfrei! Kein schlechter Schnitt. Verbrechen lohnte sich eben doch. Für solche wie ihn auf jeden Fall. Das glaubte der Fälscher zumindest zu diesem Zeitpunkt noch. Wie es sich für ihn sehr schnell herausstellen sollte, ganz fälschlicherweise, wenn ein solches Wortspiel für eine so ernste Angelegenheit erlaubt sein mag. Er hatte nämlich übersehen, dass er nach der Übergabe der Ware nur noch ein unliebsamer Zeuge sein würde, und dass der Kunde kaum zu dem Schlag von Menschen gehörte, die es darauf ankommen ließen, ob ihr Vertrauen tatsächlich gerechtfertigt war oder nicht. Kein Wunder also, dass auch der gutgläubige Fälscher nach der endgültigen Regelung der gemeinsamen

Geschäfte seine letzte Ruhe fand, allerdings auf dem Allheiligsten Dreifaltigkeit Friedhof in der Neusäßer Straße.
Was die Todesursache angeht, zeigten die drei kleinen Löcher in seinem Körper auch ohne offiziell beantragte Obduktion, wie erklärlich sein vorschnelles Ableben war. Es wäre wohl auch kaum ein Trost für den Verblichenen gewesen, wenn er noch erfahren hätte, in welcher Weise er selbst bei der Beschaffung der »Puste«, die diese Löcher in seinem Körper gemacht hatten, behilflich gewesen war.
Es gab keinerlei Spuren, die zur Ergreifung des Täters geführt hätten. Die Polizei ging davon aus, in Unterweltkreisen hätte man wieder einmal eine Streitigkeit untereinander geklärt. Nicht das Problem der Polizei. Wirklich nicht.
Wie dem auch sei, erfuhr nach dem unheilvollen Tod des Fälschers niemand, wie wichtig es dem frisch gebackenen Dr. Brüchle war, sein eigenes Versagen beim Staatsexamen als Werner Nieberle zu korrigieren. Das mussten ihm die siebentausend Euro und die kleine Mühe schon wert sein. Abgesehen davon, hatte er sich das Geld nicht gerade vom Munde abgespart. Eine junge Dame war bei der Beschaffung des Geldes zur Hand gegangen. Lisa war zwar nicht gerade sehr bereitwillig, aber zumindest einsichtig genug, dass ihre Kooperationsbereitschaft für sie und ihren Stiefvater und »Freund«, zumindest kurzfristig, wesentlich zuträglicher war, als ihre plumpe Weigerung, das üble Spiel mitzumachen. Aber der Erpressten blieb ja immer noch die Hoffnung, dieses Mal würde das letzte Mal sein. Das hoffen die Erpressten ja immer.
Genau genommen war Dr. Brüchle, alias Werner Nieberle »die Sache« sogar noch einige Tausend Euro teurer zu stehen gekommen, weil er bei einem Internetspezialisten einige einschlägige Fachartikel in Auftrag gegeben hatte. Hinzu kamen einige spezielle Zertifikate und Zeugnisse auf den

Namen Dr. Brüchle, die nicht unerheblich finanziell zu Buche geschlagen hatten. Aber auch in diesem Punkt hatte die junge Dame ihn nicht ganz freiwillig unterstützt.
Dr. Brüchle wusste recht wohl, seine falschen Papiere würden einer intensiven Nachprüfung durch die Polizei nicht lange standhalten, aber diese neue Identität war ja nur so lange notwendig, bis sein Plan aufgegangen war. Und hinterher konnte es ihm egal sein, denn am Schluss würde er nicht viele Zeugen zurücklassen.
Wie auch immer, es würde sich für ihn nicht nur in einer Hinsicht lohnen, aber bis dahin mussten noch einige Hindernisse genommen werden. Das störte Dr. Brüchle nicht weiter. Für jemanden, der, wie er, nach all den Jahren des vergeblichen Suchens zu allem bereit war, gab es immer Wege, zu bekommen, was man sich in den Kopf gesetzt hatte. Und es gab niemanden, auch wirklich gar niemanden, der ihn jetzt noch aufhalten konnte.
Da war Dr. Brüchle sich ganz sicher.

11.11.2012, 12.32 Uhr

Später konnte keiner der beiden mehr so recht sagen, wer an diesem Sonntagmorgen auf die Idee kam, für ein paar Stunden Klinik Klinik sein zu lassen und eine Spazierfahrt in der Gegend zu machen. Es kam nicht gerade häufig vor, dass Frau Dr. Lechner und ihr Mann, Nils Svensen, eine solche Gelegenheit nützten.
Sie waren mit Svensens neuem BMW aufs Geratewohl über die Dörfer gefahren, waren auf nicht gerade direktem Weg über Markt Rettenbach und Obergünzburg schließlich in Ottobeuren gelandet, wo sie beide die bekannte Benediktinerabtei und die Klosterkirche besichtigten. Sie war begeistert von der barocken Pracht des Kuppelbaus, er

weniger. „Bayrischer Barock liegt eben nicht jedem“, hatte er sich versucht zu verteidigen. Da sie vor jeder Malerei stehen blieb, als müsste sie diese abmalen, begann er sie ungeduldig zu drängen, doch endlich mit ihm zum Essen zu gehen. Mit einem Seufzen gab sie schließlich nach.

Fast am Fuß der weit ausholenden Klostertreppen gab es eine Gastwirtschaft, wo sie dann schließlich einkehrten. Endlich konnten sie einmal eine Mahlzeit ungestört zu sich nehmen, ohne dass jemand aus dem Sanatorium etwas von ihnen wollte. Dennoch kehrten sie – nach einem recht kurz gehaltenen Abstecher in die wechselhafte Geschichte der katholischen Kirche im Allgäu – zu ihren vertrauten Gesprächsthemen »Lisa« und »Klinik« zurück.

Da der wachsende Geldbedarf der Tochter bei der hervorragenden Maultaschensuppe weiter ungeklärt blieb, schwenkte Frau Dr. Lechner ohne große Umstände auf den zweiten Themenkomplex über: „Wenn wir schon von Problemen sprechen, wie läuft es bei dir in der Verwaltung im Moment?“

„Gut, dass du es ansprichst, Franziska. Auf deine Bitte hin habe ich es mir die letzten Tage noch einmal durchgerechnet. Bei der derzeitig guten Nachfrage erhöhen wir ab Anfang des nächsten Jahres leicht unsere Preise. Mit knapp achtzig Euro für die Einzelzimmer werden wir dann immer noch gut im Schnitt liegen.“

„Meinst du, unsere Kurgäste werden das einfach so hinnehmen?“, fragte sie leicht verunsichert.

„Und ob. Kannst dir meine Berechnungen ja später, wenn wir nach Bad Wörishofen zurückkommen, einmal näher anschauen. Wie auch immer, wir brauchen unbedingt einen Assistenzarzt in der Klinik. Du allein an ganzer Front, das kann unmöglich noch lange so weitergehen. Du schläfst ja schon im Stehen ein.“

„Und du bist dir ganz sicher, dass wir den Mann auch bezahlen können? Medizinische Fachkräfte sind ja heutzutage nicht so ganz billig."
Er winkte nur lächelnd mit der Hand ab. „Mach dir keine Gedanken. Wenn es weiter so gut bei uns in der Klinik läuft, dann können wir bald ein halbes Dutzend neuer Assistenzärzte anstellen."
„Jetzt übertreib mal nicht! Ich bin froh, dass wir erst einmal aus dem Gröbsten raus sind."
Ihr Mann konnte ihr trotz der Vorbehalte deutlich anhören, wie erleichtert sie nach all den Monaten der beruflichen Anspannung war, dass sie in absehbarer Zeit entlastet werden sollte. Zwar war es nicht ungewöhnlich, dass viele der kleinen und mittelgroßen Sanatorien in der Kurstadt nur einen einzigen Arzt zur Verfügung hatten, der in der Regel auch die Klinik leitete. Ihre Forschungsarbeiten im Bereich der alternativen Medizin, die sie parallel seit Jahren sehr erfolgreich betrieb, sprachen eindeutig für die Einstellung eines Assistenzarztes. Arbeit gab es mehr als genug, und außerdem wäre eine Unterstützung bei der Weiterentwicklung verschiedener Methoden sicher auch sehr hilfreich. Ihr Mann, als Wirtschaftsspezialist, stellte in diesem Punkt keine große Hilfe dar.
Dieser ließ sich sowieso von ihren vorgebrachten Bedenken nicht beirren, war die Entscheidung für eine personelle Aufstockung doch bereits vor einiger Zeit von ihnen beiden getroffen worden. „Ich habe auf jeden Fall in der Allgäuer Zeitung und in der Süddeutschen für das Wochenende noch einmal eine Stellenanzeige aufgegeben."
„Wir hatten doch schon vorletzte Woche Annoncen geschaltet."
„Ja, stimmt schon. Ich habe auch schon die ersten Bewerbungen vorliegen. Aber sicher ist sicher, obwohl, da hast du

wahrscheinlich recht, es wäre vielleicht nicht notwendig gewesen. Jetzt, wo du mit deiner neuen Methode so bekannt geworden bist, würde es mich wundern, wenn wir keinen Passenden für die ausgeschriebene Stelle finden würden. Ich muss nur schauen, dass der neue Herr Doktor nicht auch noch gleich meine Stellung als Mann für alle Fälle in Anspruch nimmt."

Sie schüttelte spielerisch ihre Faust zu ihm herüber. „Wie du wieder daherredest. Und was meine Entwicklungen betrifft, bin ich mal gespannt, wie lange es dauert, bevor wir richtigen Ärger mit der Konkurrenz bekommen."

„Keine Sorge, bisher wirst du noch von allen Seiten gefeiert, Franziska. Da traut sich so schnell keiner, dir an den Karren zu fahren."

Sichtlich verlegen von so viel Zuspruch, wich sie gleich auf ein anderes Thema aus: „Bevor ich es vergesse, Nils. Rat mal, wen ich heute Morgen, bevor wir losgefahren sind, kurz angerufen habe!"

„Keine Ahnung. Die Kommission für den Nobelpreis vielleicht?", fragte er hörbar erleichtert, wahrscheinlich weil es außer ihrer Tochter und der Klinik doch noch andere gemeinsame Gesprächsthemen zu geben schien.

„Nobelpreis? Von wegen." Ihr drohender Zeigefinger sollte wohl sagen, dass es noch viel zu früh sei, um mit so etwas zu scherzen. Gleich nahm ihr Gesicht wieder diesen ernsten, konzentrierten Ausdruck an, den die Patienten so sehr an ihr schätzen. „Mal im Ernst, Nils! Ich habe mit Klaus gesprochen."

„Deinem Bruder? Wenn das keine Überraschung ist. Kommt ja nicht gerade häufig vor, dass ihr beiden miteinander telefoniert. Wolltest du etwas Bestimmtes von ihm? Ihn zu ein paar Tagen zur Kur bei uns in der Klinik einladen vielleicht?"

Ihr war es nicht danach zumute, auf seinen scherzenden Ton einzugehen: „Nein, ich habe nur mal so bei ihm angerufen, um zu hören, wie es ihm geht und so."
„Und? Was sagt er?"
„Nicht viel. Du weißt doch, wie brummig er immer ist. Er kommt eben über diese tragischen Geschichten von damals nicht hinweg."
„Wann war das noch mal, Franziska?"
„Was meinst du? Seine Frau? Das war 2007 in München."
Er nickte nachdenklich. „Ist ja damals auch eine üble Geschichte gewesen. Sich einfach vor die S-Bahn zu werfen. Und dann das mit Marion in Kaufbeuren ein Jahr später. Eigentlich unglaublich. Ein Kriminalkommissar, der seine eigene Tochter im Dunkeln erschießt, weil er sie für einen Einbrecher hält, der ihn vermeintlich mit einem Gewehr bedroht. Zieht das Unglück ja richtig an, dein Bruder. Will nicht wissen, wie es in ihm drin aussieht."
„Da hast du sicher recht, aber man sollte meinen, nach so vielen Jahren müsste er doch endlich die Vergangenheit hinter sich lassen können. Er ist doch damals schließlich nicht umsonst in vorgezogenen Ruhestand gegangen. Ich hoffte eigentlich die ganze Zeit, jetzt mit seinen Schnitzereien würde er es langsam schaffen, darüber wegzukommen, aber richtig zufrieden hat er sich am Telefon nicht gerade angehört, obwohl … ich meine, er hat doch mit seinen Arbeiten Preise gewonnen, hat Erfolg mit seinen Werken."
Sie zuckte hilflos mit den Schultern, begann von der geschnitzten Holzfigur ihres Bruders zu reden, die sie zu Hause auf der Anrichte stehen hatten. „Das ist doch wirklich eine faszinierende Art von Waldgeist. Als hätte dieses Wesen immer schon darauf gewartet, in dieser Wurzel entdeckt und befreit zu werden."
„Stimmt schon. Dein Bruder ist wirklich begabt. Irgendwie

schon fantastisch, wie er das macht." Aber so ganz konnte Nils den Marketingexperten in ihm nie vergessen. „Wenn er auf mich hören würde, dann könnte er ein Vermögen mit seinen ungewöhnlichen Arbeiten verdienen. Hätte er nur mehr Sinn für das Geschäft, dann ließe sich das mit seinen künstlerischen Figuren sicher ausbauen."

„Meinst du wirklich?"

„Aber klar. Allerdings dürften seine Figuren für den Markt nicht so, wie soll ich sagen, so schwermütig wirken. Man sieht ja seinen künstlerischen Arbeiten richtig an, wie ihn die Vergangenheit immer noch quält."

„Da hast du sicher recht, Nils, aber es gibt eben Dinge, über die kommt er einfach nicht weg. Als ich ihn gefragt habe, ob er mal zu Besuch zu uns nach Bad Wörishofen kommen wollte, redete er nur noch davon, dass er seine Ruhe haben will."

„Seine Ruhe? Die müsste er in Fischen doch ausreichend haben, wenn du mich fragst. Ist doch absolute Ortsrandlage, wo er da haust."

„Das mag schon sein, aber obwohl er mehr als fünfzehn Jahre älter ist als ich, habe ich immer das Gefühl gehabt, ich müsste irgendwie auf ihn aufpassen. Er ist auf seine Art so weltfremd. In München kannte er früher nur seine Verbrecherjagd. Und jetzt versteckt er sich hinter seinen Schnitzereien. Ich mach mir wirklich Sorgen um ihn."

„Sorgen? Warum denn?"

„Ich weiß auch nicht recht. Er scheint mir ja mit seinen Schnitzereien ziemlich zufrieden zu sein, trotzdem … irgendwie kann ich einfach nicht glauben, dass es ihm gut bekommt, so lange allein dort draußen zu leben. Fast ganz außerhalb von Fischen. Dahin verirrt sich ja bestenfalls ein Tourist alle drei Jahre einmal. Ich telefoniere immer wieder mit seiner Nachbarin, der Huber, eine Schriftstellerin."

„Und was sagt sie?"

„Was soll sie schon sagen? Dass der Wegner schon ein sonderbarer Heiliger sei. Wo er nur könne, ginge er jedem Gespräch aus dem Weg."
„Trotzdem. Mach dir keine Sorgen um ihn. Dein Bruder wird schon klarkommen."
„Ich weiß nicht recht. Ganz ohne jemand, mit dem er den lieben langen Tag reden könnte. Irgendwie unheimlich, findest du nicht? Es gab wirklich eine Zeit, nachdem das mit Marion damals passiert war, da habe ich gedacht, er … na ja, er würde sich was antun. Was weiß ich. Ich meine, er konnte ja nichts dafür, dass er seine eigene Tochter … Aber Schuld und Schuldgefühl, das können doch zwei sehr unterschiedliche Dinge sein."
Als ihr Mann ihre feuchten Augen bemerkte, versuchte er seine Frau zu trösten. Richtig überzeugt, wie er es in wirtschaftlichen Fragen sein konnte, klang er allerdings nicht: „Du, Franziska, als ehemaliger Kommissar ist der schon hart im Nehmen. Mach dir mal keine unnötigen Gedanken um ihn. Der wird schon wieder. Wirst sehen."
„Schön wär's", brümmelte sie vor sich hin.
Sie sprachen nicht oft von ihrem Bruder, aber jedes Mal fühlte Nils sich ein wenig hilflos, wenn er es mit Wegner zu tun hatte. Als Wirtschaftsexperte brauchte Nils Sicherheit und Kontrolle, die ihm bei den 3 Ks, wie er es nannte, – Kitsch, Kunst, Kreativität – ganz abging.
Bevor das Gespräch ganz in philosophische Untiefen geriet, wollte auch Frau Dr. Lechner lieber das Thema wechseln. „Apropos Probleme. Wo steckt eigentlich Lisa wieder? Habe sie gestern und heute noch nicht gesehen."
Wobei sie unglücklicherweise wieder bei ihrem üblichen Dauerbrenner der vergangenen Monate gelandet war. Wo ist Lisa? Und vor allem, gab es wirklich etwas, worüber sie sich als Mutter Gedanken machen musste?

„Lisa? Keine Ahnung." Er warf ihr einen verunsicherten Seitenblick zu. „Gibt es etwas Bestimmtes?"
Sie schaute ihn ebenfalls verunsichert an, sah aber gleich wieder weg. „Was Bestimmtes? Weiß nicht genau. Wenn wir zurückkommen, muss ich auf jeden Fall noch mal mit ihr reden. Da kam gestern schon wieder ein Blauer Brief von ihrer Schule. Denk mal! Das ist der dritte in sechs Wochen. Es wäre besser, wir würden uns nach einer anderen Schule für sie umschauen. Das schreibt zumindest dieser Bäumler, der Direktor des Mariengymnasiums."
Wie üblich versuchte Nils sie zu beschwichtigen: „Ich war in ihrem Alter auch nicht besser. Es gab kaum eine Schule in Aarhus, die ich nicht besucht habe. Das ist immerhin die zweitgrößte Stadt bei uns in Dänemark. Glaub mir, Franziska, das wächst sich aus! Wirst schon sehen."
Er war nicht halb so überzeugt, wie er klang. Er kannte sich mit Geld aus. Wenn er die Summen auch nur halbwegs realistisch hochrechnete, die allein er in den vergangenen Wochen Lisa unter der Hand zugesteckt hatte, dann kam er locker auf einen Betrag, der über zehntausend Euro lag. Aber dieses Geld schien schneller zu versickern als ein Schluck Wasser im heißen Wüstensand. Wenn er sie fragte, wich sie nur aus. Er solle sich nur keine Gedanken machen. Wäre alles schon okay.
Den Eindruck hatte er zwar nicht, aber vielleicht war es ja wirklich, wie er ständig selbst behauptete, nur ein Problem, das die Zeit schnell lösen würde. Wenn er an ihre wöchentlichen Treffen dachte, schien ihm das Geld sehr gut investiert zu sein. Es hatte nichts mit Drogen zu tun. Da war er sich sicher.
Kein Problem. Auf jeden Fall kein Problem für ihn. Nicht wirklich.
Auf der Rückfahrt nach Bad Wörishofen kamen Nils dann

doch Bedenken. Trotz Lisas Behauptungen, alles wäre völlig im grünen Bereich, wurde ihm mehr und mehr klar, irgendetwas war gerade dabei, ganz aus dem Ruder zu laufen. Aber was genau?
Nils war entschlossen es herauszufinden. Und er hatte auch schon so seine Ideen, wie er das angehen konnte. Würde etwas Geld kosten, aber das war kein Problem, auch das würde Franziska nicht mitbekommen.
Wahrscheinlich war es auch nicht legal, was er vorhatte. Was soll's! Musste ja niemand wissen und seinen Hobbyraum im Keller konnte er ja abschließen.

15.11.2012, 14.54 Uhr

Den Pfad zwischen dem Bahnhof in Mindelheim und der Allgäuer Straße im Gewerbegebiet hatte Werner Nieberle für sein Treffen mit Lisa bewusst vorher ausgewählt, weil der Weg gleich zwei Vorteile bot: Zum einen konnte er auf diesem nur wenig benutzten Trampelpfad ungestört ihr Gespräch führen, ohne dass jemand die Möglichkeit gehabt hätte, unbemerkt zuzuhören, und zum anderen war er vor unangenehmen Überraschungen, zum Beispiel vor der Polizei, ziemlich sicher, da das flache Gelände nach allen Seiten hin sehr überschaubar war.
Er glaubte zwar nicht wirklich, dass die Siebzehnjährige irgendwelche Tricks versuchen würde, aber er hatte sicherheitshalber sein Auto ganz in der Nähe geparkt, so dass er gleich in Richtung Autobahn verschwinden konnte, wenn es irgendwelche Probleme geben sollte. Aus denselben Sicherheitsüberlegungen heraus hatte er sich ihren Treffpunkt wie immer auch eine gute Zeit vorher eingehend angeschaut und alle Möglichkeiten der Flucht noch einmal geprüft, bevor er sie von einem öffentlichen Fernsprecher aus auf ihrem

Handy anrief, um sie zum Bahnhof in Mindelheim zu dirigieren.
Als sie dort ankam, stellte es dann kein Problem mehr dar, ihr über Handy kurze Anweisungen zu geben, wohin sie kommen sollte. Waren ja nur ein paar hundert Meter.
Wie üblich war bis dahin alles nach seinem Plan gegangen, aber er hatte an diesem Tag nicht mit ihrem entschiedenen Widerstand gerechnet, da sie bisher allen seinen Forderungen ohne größeren Widerspruch nachgekommen war. Es war ihr ja bisher auch kaum etwas anderes übrig geblieben. Dafür stand für sie zu viel auf dem Spiel. Bei ihrem ersten Kontakt hatte er ihr ohne Umschweife erzählt, auf welche Weise ihr Stiefvater am Tod seiner ersten Frau und einem angeblichen Entführer verantwortlich war. „Verstehst du? Er ist mindestens ein Doppelmörder, dein lieber Stiefvater. Und ich habe da meine Beweise. Glaube mir!"
Besser hätte die Sache gar nicht laufen können. Sie hatte gehorcht, hatte gemacht, was er wollte und sie hatte geschwiegen. Bisher. Wahrscheinlich war ihr jetziger Widerstand nur ein Versuch, ob sie damit durchkommen würde. Trotzdem sollte er ihr am besten gleich unmissverständlich klarmachen, dass sie bei ihm mit dieser Nummer nicht durchkommen würde: „Jetzt hör mir mal gut zu, meine Liebe! Ich glaube, da gibt es zwischen uns immer noch ein kleines Missverständnis. Die Aufgabenverteilung zwischen uns beiden ist doch längst geklärt. Ich sage dir, was gemacht wird, und du machst, was dir gesagt wird. Klar soweit?"
„Aber …"
„Vergiss dein ‚aber', und zwar ganz, ganz schnell, wenn du nicht willst, dass heute noch ein paar ganz schreckliche Dinge passieren", zischte er.
„Aber Sie haben schon so oft versprochen, dass Sie aufhören würden, mich zu erpressen."

„Erpressen? Was für ein hässliches Wort." Er schüttelte in gespielter Entrüstung seinen Kopf.
„Sie haben es mir trotzdem schon so oft versprochen."
„Dann habe ich es mir eben noch einmal anders überlegt. Kann doch vorkommen, oder?"
„Dann … ich werde einfach nicht länger …"
„Wie kann man nur so verbohrt sein? Glaubst wohl, du hättest einen deiner netten Lehrer vor dir. Unglaublich! Hast du dir schon einmal überlegt, was mit eurer schönen Klinik werden wird, wenn … sagen wir, dein geliebter Stiefvater ins Gefängnis wandert, und alle Zeitungen über seine gemeinen Verbrechen schreiben? Wer wird dann noch bei euch in die Klinik kommen?"
„Selbst wenn Ihre Geschichte stimmt, dann müssten Sie mir das schon auch beweisen."
„Wie kann man nur so uneinsichtig sein? Glaubst du wirklich, ich hätte keine Beweise? Wenn ich du wäre, würde ich es nicht darauf ankommen lassen, wirklich nicht. Kann mir nicht vorstellen, dass du dann deinen geliebten Stiefvater jemals wieder sehen würdest. Wenn überhaupt, dann werdet ihr beiden bei eurem Wiedersehen ein sehr gutes Stück älter sein. Zwanzig Jahre können eine verdammt lange Zeit sein. Glaub mir!"
„Ich mach es trotzdem nicht! Und wenn Sie mich nicht endlich in Ruhe lassen, dann … werde ich dafür sorgen, dass mein Stiefvater davon erfährt, und dann werden Sie ein richtiges Problem haben", sagte Lisa atemlos.
„Wirklich schade, dass du mit dir nicht vernünftig reden lässt. Aber wie du meinst. Erzähle es ruhig deinem geliebten Nils. Wirst schon sehen, wie dankbar er dir ist. Jetzt mal im Ernst: Dieses Mal ist es viel einfacher für dich. Ich weiß ja selbst, dass du im Moment kein Geld auftreiben kannst, nachdem deine Leute nur darauf warten, dich auf frischer Tat zu ertappen."

„Und was wollen Sie sonst von mir?"
„Ein Spatz hat mir vom Dach gepfiffen, dass deine Leute einen Assistenzarzt für ihr sauberes Sanatorium suchen."
„Na und? Ich glaube nicht, dass ich Ihnen da in irgendeiner Weise wirklich helfen kann."
„Oh, sag das nicht, meine Gute! Du hältst mich in der nächsten Zeit auf dem Laufenden. Ich muss unbedingt wissen, wer für diese Stellung in die nähere Auswahl kommt."
„Und wie soll ich das bitteschön machen?"
„Genau so, wie du das so geschickt bei den Forschungsunterlagen deiner Mutter auch gemacht hast. KOPIEREN! Verstanden?" Sein Ton ließ keinen Zweifel daran, dass er auch andere Seiten aufziehen konnte.
„Mama hätte mich neulich fast erwischt."
„Zu schrecklich aber auch. Und wenn die liebe Frau Mama dann noch erfährt, dass ihre liebe Tochter mit ihrem lieben Mann …"
„Hören Sie auf! Sie wissen ja gar nicht, wovon Sie da reden?"
„Wie? Wirklich nicht? Die große Liebe vielleicht? Wie romantisch! Ich weiß nur nicht, ob die liebe Frau Mama diese Romantik auch so teilen würde, wenn sie davon erfährt. Sie scheint mir doch ziemlich an ihrem Nils zu hängen, oder? Und jetzt Ende der Diskussion! Wir treffen uns alle zwei Tage. Wir machen die Treffen mit dem Handy aus. Alles wie gehabt. Ich sag dir vorher immer Bescheid, wohin du zu kommen hast, und du bringst das Material mit. Und keine Spielchen!"
„Aber …"
Wütend schnaubte er durch die Nase. „Eins lass dir noch gesagt sein, bevor du auf falsche Gedanken kommst. Bisher habe ich den guten Onkel gespielt. Ich weiß nicht, ob der nette Nils dich immer noch so mag, wenn dein Gesicht nicht mehr so hübsch ist."

„Was … was wollen Sie …?“
„Was ich alles machen kann? Liebe Lisa, ich würde es an deiner Stelle nicht darauf ankommen lassen, herauszufinden, wozu ich tatsächlich in der Lage wäre, vor allem, wenn ich mit deiner Arbeit nicht mehr so zufrieden bin wie bisher. Also, du weißt, wo es langläuft. Und jetzt verschwinde! Ich rufe dich an. Denk dran, dass ich nicht der Einzige bin, der dich gut beobachtet! Solltest du irgendwelche Dummheiten machen, dann … Na ja, du weißt schon. Noch bist du … hübsch.“
Mit dem ausgestreckten Daumen fuhr Nieberle quer über sein Gesicht. Sein höhnisches Lächeln sagte nur allzu deutlich, wie sehr es ihm Vergnügen bereiten würde, ihr zu beweisen, wie ernst es ihm war, wenn sie es wirklich darauf ankommen ließ.
Aber all dies war noch nichts, gegen diesen Blick, diesen eisigen Blick, den er ihr zuwarf, bevor er sich umdrehte, um in Richtung Parkplatz wegzugehen.
Er lächelte weiter kalt vor sich hin. „Auch deine Zeit läuft ab, meine Liebe! Wirklich sehr bald …“

28.11.2012, 11.07 Uhr

Jedes Bewerbungsgespräch hat einen entscheidenden Punkt, zumindest jedes professionell geführte. Wie es auch immer läuft, irgendwann kommt die Gretchenfrage, und diese war Frau Dr. Lechner gerade im Begriff, in ihrer denkbar direktesten Form zu stellen: „Herr Doktor Brüchle, mir wurde in unserem Gespräch bisher noch nicht ganz klar, warum sie sich gerade bei uns hier im Sanatorium in Bad Wörishofen als Assistenzarzt bewerben? Mit ihren Qualifikationen würden Ihnen trotz ihres relativ jungen Alters doch ganz andere

Möglichkeiten offen stehen. Bei Ihren Papieren!“ Sie wies mit der Hand auf seine eindrucksvolle Bewerbungsmappe, die offen vor ihr lag.

Nils Svensen, ihr Mann, folgte dem Gespräch interessiert, wenn er auch bis dahin selten aktiv eingegriffen hatte. Dass seine Frau auf ihren eigenen Wunsch hin die Initiative behielt, war schon etwas außergewöhnlich, denn normalerweise hielt sie sich im wirtschaftlichen Bereich zurück, denn sie war als leitende Ärztin mehr an der Weiterentwicklung ihrer Methode und der medizinischen Betreuung der Kurgäste interessiert. Er hatte jedoch gleich nachgegeben, als sie ihn bat, die Leitung des Gesprächs selbst zu übernehmen, schließlich musste sie später mit dem neuen Assistenzarzt direkt zusammenarbciten.

Svensen hatte so weit einen sehr positiven Eindruck von dem Bewerber. Sicher, sein Blick war etwas zu kalt, aber man konnte ihn ja kaum wegen seiner Augen als qualifizierten Arzt ablehnen. Vielleicht lag es ja nur an der Bewerbungssituation. Da reagierte ja jeder anders.

Aufmunternd nickte Svensen nur bisweilen, wenn er sich von Dr. Brüchle unbeobachtet fühlte, seiner Frau zu, erlaubte sich sogar das ein oder andere Mal ein vertrauliches Zublinzeln, denn bei der festgelegten Rollenaufteilung spielte jeder der beiden ganz bewusst sein eigenes, wenn auch nicht gerade sehr originelles Spiel: Sie hatte die Rolle der angriffslustigen, mit allen medizinischen Wassern gewaschenen Sanatoriumsleiterin übernommen, so dass Svensen in aller Ruhe auf seinen eher vermittelnden Einsatz warten konnte.

Dr. Brüchle hatte, als zweiter eingeladener Bewerber, bisher auf alle ihre herausfordernden Fragen sehr ruhig und souverän reagiert, was man in dieser Form von Frau Dr. Friedrichs, der ersten Bewerberin, so nicht sagen konnte.

Nachdem diese fast keinen Satz ohne Stottern herausgebracht hatte, konnte Herr Dr. Brüchle durch sein selbstbewusstes Auftreten die Frage, warum er sich beworben hatte, sehr selbstbewusst beantworten. „Gut, dass Sie mich so direkt darauf ansprechen, Frau Doktor Lechner. Sie werden es mir vielleicht nicht glauben, aber ich hätte mich auch ohne Ihre Stellenausschreibung mit Ihnen in den nächsten Wochen in Verbindung setzen wollen."

„Was Sie nicht sagen?" Es war dem spöttischen Ausdruck ihrer Stimme deutlich anzuhören, dass sie in mehr als in einem Punkt an seiner Behauptung zweifelte, wobei ihr Mann allerdings nicht sagen konnte, ob ihre Bedenken echt waren, oder ob ihre sarkastische Bemerkung nur sehr gut der von ihr übernommenen Rolle entsprach.

In diese Richtung fragte sie auch gleich weiter: „Wieso wollten Sie sich mit uns ins Einvernehmen setzen, wenn ich mir diese Frage erlauben darf?"

„Natürlich dürfen Sie. Meine Antwort ist sehr naheliegend, da ich ja wohl kaum der Einzige sein dürfte, der seit Wochen und Monaten in der Presse Ihre Erfolge hier in der Lechner-Klinik verfolgt. Interessantes Neuland, was Sie da betreten haben. Meinen Respekt."

Ein Teil des Respekts gebührte auch Svensen, der jede kleine medizinische Weiterentwicklung seiner Frau werbe- und medienwirksam als epochemachenden Durchbruch in der alternativen Medizin vermarktet hatte.

Die beiden Ärzte wechselten geflissentlich so viele medizinische Fachbegriffe, dass sie für Svensen genauso gut gleich nur noch Lateinisch und Griechisch hätten sprechen können. Der beiläufigen Art, wie sie über einschlägige Krankheiten, Behandlungsmethoden und deren Risiken in der alternativen Medizin sprachen, machte deutlich, wie sehr Dr. Brüchle dem Anforderungsprofil der Ausschreibung in fachlicher Hinsicht entsprach.

Dieser redete, nein, er dozierte inzwischen wie ein erfahrener Hochschulprofessor. „Wenn ich es einmal auf den Punkt bringen darf, Frau Doktor Lechner, dann ist Ihnen mit Ihrer neuen Entwicklung ein ganz großer Schlag gelungen und es gibt wohl eine Menge von Kollegen, die meine Meinung teilen."
Entsprechend ihrer übernommenen Rolle reagierte Frau Dr. Lechner nicht besonders beeindruckt. „Finden Sie?"
Bevor seine Frau den Bewerber zu sehr verschreckte, sprang Svensen, wie es ihre Rollenverteilung vorsah, vermittelnd ein. „Wie ich Ihren Unterlagen entnehme, Herr Doktor Brüchle, sind Ihre bisherigen Arbeiten aber auch nicht gerade unbedeutend auf dem Gebiet der alternativen Medizin."
Der Bewerber hatte tatsächlich in seinem Anschreiben auf einige Internetlinks und einige Referenzen in seinen Papieren verwiesen. Svensen hatte sie sich kurz im Internet angeschaut, bevor er diesen Bewerber in Absprache mit seiner Frau zu diesem Gespräch eingeladen hatte. Seine Frau hatte eine nähere Prüfung nicht für erforderlich gehalten. „Nils, es ist mir nicht wichtig, was er gemacht hat, sondern wie er sich hier bei uns in der Klinik bewährt, falls wir uns für ihn entscheiden sollten."
Svensen fiel es nicht weiter auf, wie übertrieben bescheiden sich Dr. Brüchle mit einem Mal gab. „Ich bitte Sie. Das ist doch nichts gegen die durchschlagenden Erfolge Ihrer Gattin. Man erzählt sich ja geradezu Wunderdinge von ihrem Gerät."
Obwohl Svensen aus Erfahrung bewusst war, wie wenig man solche Bemerkungen bei einem Bewerbungsgespräch auf die Goldwaage legen durfte, erklärte er dennoch mit dem hörbaren Stolz eines erfolgreichen Managers: „Als wir vor drei Jahren das Sanatorium mit unseren neuen Ideen und unserer Therapiemethode übernahmen, sagte uns damals jeder, damit könnte es niemals etwas werden. Aus ihrer Sicht

hatten sie ja gar nicht so unrecht. Wir hatten gerade diese Einrichtung in einer Zeit übernommen, in der viele andere Kureinrichtungen hier in Bad Wörishofen zumachen mussten, weil sie sich nicht mehr getragen haben. Alles im Sinne von: ‚Der Letzte macht bitte das Licht aus'."
Dr. Brüchle lachte einen Moment, aber wohl eher, weil es von ihm erwartet wurde, denn schon im nächsten Moment griff er das Thema von seiner sachlichen Seite auf: „Kann ich mir sehr gut vorstellen, Herr Svensen. Seitdem die Krankenkassen viele Kuren und Rehabilitationsmaßnahmen nicht mehr finanzieren, ist die Luft nicht nur hier in Bad Wörishofen für die Sanatorien und Kliniken sehr dünn geworden. Da geht es in anderen Kurstädten zum Teil noch schlimmer den Berg abwärts."
„Ja, sicher, wem sagen Sie das, Herr Doktor Brüchle? Irgendwie haben wir es trotzdem geschafft, wenn wir auch selbst zwischendurch nicht mehr an unseren eigenen Erfolg glauben wollten. Vor allem jetzt, nach den Artikeln in der Regenbogenpresse, einmal ganz abgesehen von denen in den Fachzeitschriften, können wir uns hier im Sanatorium vor Nachfragen nicht mehr retten."
Unerwähnt glaubte Svensen lassen zu können, auf welche Weise er bei den Veröffentlichungen in der Boulevardpresse nachgeholfen hatte. In diesem Punkt hatte er sich nicht nur auf seine guten Beziehungen verlassen, aber diese Hintergründe kannte selbst seine Frau nicht, zumindest nicht in all ihren delikaten Einzelheiten.
„Das dürfte sich ja nicht nur auf die Belegung in Ihrem Haus sehr positiv ausgewirkt haben, nicht wahr?", versuchte Dr. Brüchle das Gespräch in Gang zu halten.
Svensen glaubte eine leichte Spannung zwischen Dr. Brüchle und ihm zu spüren. Aber warum? Jedenfalls klang der Bewerber längst nicht mehr so selbstsicher, seitdem jeder Satz

nicht mehr nur aus medizinischem Fachjargon bestand. Wie auch immer, besser, auf der sachlichen Ebene bleiben. „Natürlich hatten diese Pressemeldungen positive Effekte. Wir sind jetzt bereits für das ganze nächste Jahr ausgebucht. Nach den aktuellen Nachfragen könnten wir derzeit doppelt so viele Betten belegen."

Das stimmte zwar so nicht ganz, aber es kam für einen Werbestrategen der Wahrheit schon recht nahe, zumindest was den Punkt anbetraf, dass mit dem medizinischen auch endlich der wirtschaftliche Durchbruch geschafft war. Das Haus war tatsächlich bis auf das letzte Zimmer belegt, obwohl die Wintermonate in Bad Wörishofen nicht gerade als Hauptsaison galten.

Richtig war auf jeden Fall, nach einer anfänglichen Durststrecke ging es derzeit gerade steil aufwärts. Fürs Erste zumindest. In diesem Punkt machte sich Svensen keine Illusionen. Was sie mit Hilfe der Medien erreicht hatten, konnte durch nur einen einzigen negativen Artikel wieder zerstört werden. Presseberichte konnten sich zu wahren Lawinen entwickeln, und das sowohl im positiven wie auch im negativen Sinne. Es gäbe sicher einige Leute in Bad Wörishofen, die nicht todunglücklich wären, wenn sie mal etwas Negatives über die Lechner Methode lesen könnten.

Seine Frau nahm den Ball mit dem medizinischen Erfolg und der Belegung geschickt auf, blieb aber weiterhin streng bei ihrer Rolle, dem Bewerber nicht allzu sehr entgegenzukommen: „Diese verstärkte Nachfrage ist ja auch der Grund, warum wir hier in der Klinik ab sofort dringend eine qualifizierte Verstärkung brauchen. Die Betonung liegt dabei eindeutig auf dem Wort ‚qualifiziert'. Ich will Sie nicht darüber im Unklaren lassen, dass es außer Ihnen auch noch einige weitere ernst zu nehmende Mitbewerber gibt, aber ..."

„... aber von einer solchen Qualifikation gehen wir bei

Ihnen selbstredend aus", unterbrach Svensen, dem klar war, wie wenig brauchbare Alternativen ihnen tatsächlich noch blieben. Mit einem warnenden Seitenblick auf seine Frau fuhr er fort: „Wegen Ihrer einschlägigen Vorerfahrungen in der alternativen Medizin kamen Sie von den dreihundert schriftlichen Bewerbungen, die wir aus dem ganzen Bundesgebiet erhalten haben, in den engeren Kreis der Bewerber, die wir hierhin nach Bad Wörishofen zum Gespräch eingeladen haben."

Den Rest behielt er lieber für sich. Einige eingeladene Bewerber hatten unerklärlicherweise kurzfristig abgesagt oder hatten sich gar nicht mehr gemeldet. Eigentlich schon merkwürdig, aber das brauchte er ja diesem Dr. Brüchle nicht unbedingt auf die Nase zu binden.

Mit einem kurzen Lächeln wendete sich Dr. Brüchle gleich wieder an Frau Dr. Lechner. „Ich will Ihnen auch meinerseits nicht verschweigen, ... na ja, es ist mir bereits eine sehr gut dotierte Stelle in Hamburg zugesagt worden, aber ..."

Nun war es an Svensen, ganz gegen die Vereinbarung mit seiner Frau, etwas zu sarkastisch zu bemerken: „Dann dürfen wir uns ja wohl äußerst glücklich schätzen, wenn Sie uns hier in der Provinz als ernst zu nehmende Alternative betrachten, nicht wahr?"

Für einen Moment glaubte Svensen ein wütendes Blitzen in den sonst so unterkühlten Augen des Bewerbers gesehen zu haben, aber dieser wandte sich ihm bereits im nächsten Augenblick mit einem verständnisvollen Lächeln zu: „Aber ich bitte Sie, Herr Svensen. Was ich damit nur sagen wollte, ist, dass auch ich meinerseits selbstverständlich einige Erwartungen an meinen zukünftigen Arbeitsplatz haben werde."

„Was die finanzielle Seite betrifft", mischte sich gleich wieder Frau Dr. Lechner mit einem besorgten Unterton ein, „sind uns natürlich die Hände gebunden."

„Aber in diesem Punkt werden wir uns sicher einig werden, Herr Doktor", übernahm Svensen, weil er für die wirtschaftliche Seite zuständig war. „An wie viel hatten Sie denn konkret gedacht?"
Unklar blieb Svensen, ob Dr. Brüchle ihr kleines Spiel tatsächlich nicht längst durchschaut hatte, zumal ihre Rollenverteilung weder sehr innovativ noch sehr undurchsichtig war. Sie sollten sich in Zukunft etwas Besseres einfallen lassen, als diese veraltete Nummer vom guten und bösen Onkel. Aber vielleicht tat Dr. Brüchle ja auch nur so, als wenn dies so seine Richtigkeit hätte, denn er fuhr sachlich und höflich fort: „Als Forscher und Mediziner bin ich natürlich sehr daran interessiert, an der Weiterentwicklung Ihrer Methode mitzuarbeiten, Frau Doktor Lechner." Wenn er nicht die begnadete Begabung eines Staatsschauspielers besaß, dann schien es wirklich nichts Wichtigeres für ihn zu geben, als medizinische Forschungsarbeit zu leisten.
Wohlwollend lächelte Svensen: „Das wäre selbstverständlich ganz in unserem Sinne."
„Mein Mann will sagen, dass eine aktive Beteiligung an meinen Forschungsarbeiten eine unabdingbare Voraussetzung für die Besetzung dieser Stelle ist." Svensen konnte die Verärgerung in ihrer Stimme deutlich heraushören.
„Ich glaube, ich hätte da tatsächlich schon einige Ideen, Frau Doktor Lechner."
„Natürlich könnten Sie bei uns auch Ihre eigenen Ideen verfolgen, soweit sie in mein … in unser Konzept herein passen", sagte Frau Dr. Lechner. „Es bleibt ja dann immer noch ein sehr weites Feld, wenn auch ein deutlicher Anfang von mir bereits gemacht wurde."
Svensen glaubte deutlich ein zufriedenes und selbstgefälliges Lächeln über das Gesicht von Dr. Brüchle huschen zu sehen, als dieser seiner Frau dankbar zunickte. „Das wäre natürlich

ganz in meinem Sinne. Ich bin mir sicher, wir werden eine für alle Seiten befriedigende Lösung bei der Verteilung der Aufgaben finden.“
Seine Frau hatte Dr. Brüchles eitles Lächeln wohl auch bemerkt, denn sie sagte mit ziemlich energischem Ton, der keine Zweifel offen ließ: „Damit wir uns da nicht missverstehen, Herr Doktor Brüchle, falls wir uns für Ihre Person entscheiden sollten: Ich bin und bleibe die Leiterin dieser Klinik! Sollte es in diesem Punkt irgendwelche Bedenken geben, tun Sie gut daran, sich weiter auf Ihr Hamburger Angebot zu konzentrieren.“ Das hatte jetzt nichts mehr mit ihrer Rolle zu tun. Als anerkannte Ärztin wusste sie um ihren herausragenden Platz in der alternativen Medizin.
Für einen Augenblick musste Svensen lächeln. Von dieser selbstbewussten Seite zeigte sie sich ihm gegenüber nur recht selten. Aber das war keine Ursache, diesen Mann in irgendeiner Weise einzuschüchtern. Höchste Zeit, auf ein neues Thema überzuleiten: „Herr Doktor Brüchle, wir suchen eine Person, die möglichst bald hier anfangen könnte. Sie verstehen das sicher, in Anbetracht der Belegung.“
„Das würde kein Problem darstellen, Herr Svensen. Ich könnte sehr kurzfristig disponieren.“
Das war ja ideal! Für Svensen war die Entscheidung bereits getroffen: Ein wenig zu eitel, der Herr Dr. Brüchle, und seine Augen etwas zu unterkühlt, aber das stellte für die Besetzung der Stelle kaum ein Problem dar, solange er sich als so gut herausstellte, wie seine Papiere glauben ließen.
Abgesehen davon, kamen selbstbewusste Mediziner bei den Kurgästen gut an. Svensens persönliche Meinung lief sogar darauf hinaus, dass der fachkompetente Eindruck nach außen schon den halben Therapieerfolg darstellte, aber er hütete sich, dies gegenüber seiner Frau so offen zu formulieren. Was sollten sie also noch länger suchen: Dieser Mann hatte

trotz seiner vierunddreißig Jahre nicht ohne nachweisbare Anerkennung bei Fachkollegen in einigen Bereichen der alternativen Medizin erfolgreich geforscht, und seine tatsächlichen Fähigkeiten würden sich im Sanatorium sehr schnell zeigen. Da konnte Svensen sich ganz auf seine Frau verlassen. Nicht umsonst gab es ja eine Probezeit, und falls Brüchle sich als nicht geeignete Persönlichkeit erweisen sollte … Sicherheitshalber würde Svensen sich die ein oder andere Tür bei seinen Mitbewerbern offen lassen. Viele waren ja davon nicht übrig geblieben.

Mit einer raschen Bewegung nahm Svensen noch einmal die Bewerbungsunterlagen in die Hand und ließ einen raschen Blick darüberschweifen: kreativ, ehrgeizig und zielorientiert, bis zum Fanatischen, kurz, ein Mann, der wusste, was er im beruflichen Bereich erreichen wollte. Vielleicht sogar der Mann, der in ein paar Jahren die Klinik übernehmen wollte. Immer vorausgesetzt, er konnte es sich finanziell leisten, denn, angenommen es ging mit ihrem Erfolg so weiter, würde der Preis des Sanatoriums bis dahin um einiges gestiegen sein. Aus der Portokasse ließ sich der Kauf des Hauses und ihrer Methode auf keinen Fall finanzieren.

Und danach Südfrankreich … aber dann ganz ohne ständig jammernde Kurgäste. Seine lang gehegten Träume.

Eigentlich hätte Svensen als Wirtschaftsfachmann wissen müssen, wie jeder bei einem Bewerbungsgespräch sein eigenes Spiel aufzog, und dass kaum etwas wirklich so war, wie es erschien.

Nicht nur er und seine Frau hatten da so ihre Vorstellungen …

29.11.2012, 19.43 Uhr

Der endgültige Durchbruch war geschafft. Schon ab Anfang Dezember würde Dr. Brüchle im Lechner Sanatorium

seine Arbeit aufnehmen können. Nur noch einige Telefongespräche, und den Punkt Bewerbung konnte er abhaken. Er wählte, wartete, bis sich auf der anderen Seite eine Stimme meldete. „Dr. Lukas am Apparat. Was kann ich für Sie tun?"
„Ihr wohlwollender Freund ist am Apparat."
„Was wollen Sie noch von mir? Ich habe doch meine Bewerbung im Lechner Sanatorium, wie Sie es verlangt haben, zurückgezogen."
„Eine wirklich kluge Entscheidung von Ihnen, sich an Ihren Teil der Abmachungen zu halten. Fast schade. Ich kenne da eine Zeitung, die würde ein Vermögen für das Material …"
„Sie können doch nicht … ich meine, wir haben doch vereinbart …"
„Keine Angst, Herr Doktor Lukas. Ich rufe nur an, um Sie ausdrücklich vor weiteren Fehlern zu warnen. Sollten Sie in irgendeiner Weise Frau Doktor Lechner von unserem kleinen Geschäft erzählen, dann werden Sie der Erste sein, der aus der Presse erfährt, wie nachtragend ich sein kann, wenn ich in irgendeiner Weise enttäuscht werde. Ich denke, wir haben uns in dem Punkt verstanden, nicht wahr?"
Bevor der andere etwas sagen konnte, hatte Dr. Brüchle bereits aufgelegt. Für ihn war alles geklärt. Dr. Lukas würde sich an die Existenz der kompromittierenden Papiere erinnern. Das garantierte sein Schweigen für die Zukunft.
Dass es noch ein paar ähnliche Telefongespräche zu machen gab, konnte sich Dr. Lukas sicher ebenfalls gut denken, da er sich ja wohl kaum für den einzigen ernsthaften Bewerber für die Stelle eines Assistenzarztes in Bad Wörishofen halten würde. Für den Moment würde Dr. Lukas ganz zufrieden sein, noch einmal mit einem blauen Auge davongekommen zu sein.
Dr. Brüchle rieb sich die Hände, grinste breit. Er hatte allen

Grund, mit sich selbst zufrieden zu sein. Dank Lisas regelmäßig gelieferten Informationen, hatte er sich erfolgreich aller ernst zu nehmenden Mitbewerber entledigen können. Bei Frau Dr. Friedrichs, der Bewerberin vor ihm, hatte er die Sprache auf einige ungeklärte Todesfälle in der Lechner Klinik gebracht, die von ihm allerdings frei erfunden waren. Es hatte genügt, um die bereits nervöse Bewerberin ganz aus der Fassung zu bringen.
Jetzt galt es den nächsten Schritt zu gehen. Medizinisch gab es ein klares Ziel: Die selbständige Nutzung der Methode, ohne auf Frau Dr. Lechner weiter angewiesen zu sein und dann …
Dr. Brüchle, alias Werner Nieberle, grinste bösartig: Svensen, du bist deinem Tod in den letzten beiden Tagen ein gutes Stück näher gekommen.
Verlass dich darauf!

22.12.2012, 08.00 Uhr

Zwei Tage vor Weihnachten war in den wenigsten Allgäuer Haushalten die Welt morgens um acht Uhr noch in Ordnung. Wie auch, wenn der letzte verkaufsoffene Samstag die letztmalige ganztägige Gelegenheit darstellte, sich für die Festtage so richtig einzudecken, als wenn die Geschäfte frühestens zu Ostern wieder ihre Tore öffnen würden.
Das galt zumindest auch für Frau Huber in Fischen, die ausnahmsweise mal keine Zeit hatte, sich über ihren Nachbarn, diesen kauzigen Wegner, zu wundern, den sie nur zu sehen bekam, wenn er an ihrem Haus vorbeischlich, um irgendwelche Wurzeln im Wald für seine Schnitzereien suchen zu gehen. Sie traute ihm nicht so richtig über den Weg. Weiß der Himmel, was Wegner ganz allein in diesem ehemaligen Bauernhof da so trieb.

Nein, die Vorweihnachtstage mussten für den Ernstfall genützt werden, wenn Frau Huber auch ständig ihrem nicht gerade interessierten Sohn Xaver zusicherte, man würde es sich dieses Jahr mal so richtig gemütlich machen, und sie würde nur die allernotwendigsten Vorbereitungen für die anstehenden Festtage treffen. Aber dies beteuerte die nicht mehr ganz so junge Frau Huber seit Wochen, und fand so gar keine rechte Muße mehr, ihren begonnenen Liebesroman »Reden ist Silber, Lieben ist Gold« zu Ende zu schreiben.
Nein, an Schreiben war unter diesen Bedingungen wahrlich nicht zu denken. An diesem Morgen saß sie bereits seit einer guten Stunde mit dem Mantel angriffsbereit am noch gedeckten Frühstückstisch und ging zum vierten oder fünften Mal ihre ellenlange Einkaufsliste durch, nicht umsonst, denn sie fand immer weitere Artikel, die sie unbedingt noch mit einem Bleistiftstummel hinzufügen musste. Man konnte schließlich nie wissen. Am Ende kam jemand zu Besuch, und man hatte nichts im Haus. Das war zwar jahrelang schon nicht mehr der Fall, aber trotzdem.
Ihr zwanzigjähriger Sohn hingegen schien von den Vorbereitungen für die alljährlich anstehenden Panikkäufe keine Notiz nehmen zu wollen, wusste er doch aus leidiger Erfahrung, um wie viel besser er wegkam, wenn er sich einfach den Anweisungen seiner Mutter zu gegebener Zeit fügte. Er schnäuzte abwechselnd in ein riesiges blau-kariertes Taschentuch, stocherte dann mit einem zugespitzten Streichholz in den Zähnen, wobei er es sich nicht nehmen ließ, wie jeden Morgen die Allgäuer Zeitung durchzuforsten, als wenn er dort doch noch im letzten Augenblick eine Information finden könnte, dass die Geschäfte aus welchen Gründen auch immer, an diesem Tag geschlossen bleiben müssten. Er ließ sich Zeit bei seiner Suche, und vor allem bei den lokalen Themen studierte er die kleinste Einzelheit,

natürlich nicht, ohne zu jedem Artikel seinen ungefragten Kommentar abgeben zu müssen.
„Mama, hast du das gelesen?“ Eine völlig unnötige Redewendung, denn die Frage erübrigte sich von selbst, hatte seine Mutter doch seit Wochen nichts anderes als einschlägige Angebote zur Weihnachtszeit gelesen. Außerdem hatte sie wirklich ganz andere Probleme damit, das Haus auf Vordermann zu bringen. Schließlich sollte es ja an Weihnachten schön werden.
Es schien Xaver nicht weiter zu stören, dass sie noch nicht einmal zum Schein irgendwas vor sich hin brümmelte. „Stell dir das nur einmal vor, Mama! Da haben sie doch in einem verlassenen Bauernhaus in der Nähe von Memmingen ein siebzehnjähriges Mädchen im Keller entdeckt, wo sie offensichtlich schon eine Weile gefangen gehalten wurde. Und keiner will wieder mal etwas gewusst haben.“
Frau Huber sah einen Moment besorgt von ihrem Einkaufszettel auf: „Meinst du, zwei Kilo Gulasch genügen für uns zwei?“
Ihr Sohn verstand ihre Frage als eindeutige Aufforderung, aus der Allgäuer Zeitung vorzulesen. „Wie die Kriminalpolizei Kempten mitteilte, ist die junge Frau momentan nicht vernehmungsfähig. Deshalb tappt die Kripo derzeit völlig im Dunkeln, wie lange das Opfer im Keller festgehalten wurde. Auch gilt als völlig ungeklärt, inwieweit der Stiefvater des Mädchens, ein Fernfahrer, der zurzeit in Polen und Weißrussland unterwegs sein soll, mit dieser Tat in Verbindung gebracht werden kann.“
Frau Huber machte ein nachdenkliches Gesicht, rechnete an den Fingern, wie lange die Geschäfte in Sonthofen über die Feiertage geschlossen haben würden, als hätte sie das nicht schon seit Anfang November gemacht. Nachdem ihr Sohn sich abermals erneut kräftig geschnäuzt und sein Taschentuch in die Hosentasche gestopft hatte, fuhr er mit dem

Vorlesen fort, als wäre er selbst mit den Ermittlungen des Falls betraut worden.

„Pressesprecher Friedrich wies ausdrücklich darauf hin, dass dies der dritte vergleichbare Allgäuer Fall im ausgehenden Jahr darstelle. Er wollte sich allerdings nicht zur Frage unserer Zeitung äußern, inwieweit es da eine Beziehung der Fälle untereinander geben könnte und …"

„Xaver, was hältst du davon, wenn wir schon einmal losfahren?", unterbrach ihn seine Mutter, die inzwischen ihre Hochrechnungen von einkaufsfreien Tagen und zusätzlichem Bedarf an Festtagen beendet hatte, wobei die Unbekannte blieb, wie viele Gäste sie völlig unvorbereitet an Weihnachten überraschen könnten. Als ihr Sohn etwas unwillig von seinem Artikel aufschaute, glaubte sie, ihr Drängen erklären zu müssen. „Du weißt doch selbst, Xaver, wie lang man an einem solchen Tag wie heute an der Theke warten muss, und am Ende muss man auch noch leer ausgehen, weil man wieder zu spät dran war." Das war zwar noch nie der Fall gewesen, aber Frau Huber war kaum die Person, die es darauf ankommen ließ, diese traurige Erfahrung wirklich einmal machen zu müssen.

Es war nicht ganz eindeutig, worauf sich das leichte Seufzen ihres beim Vorlesen unterbrochenen Sohnes bezog: Die unvermeidlich langen Wartezeiten an solchen Tagen? Die Tatsache, dass seine Mutter schon zum Aufbruch drängte? Die Befürchtung, man könne nach zwei Stunden Wartezeit gänzlich leer ausgehen? Das Schicksal dieses Mädchens? Der Umstand, dass er frühestens am Abend nach Ladenschluss erfahren würde, was die Ermittlungen der Polizei sonst noch alles an Fragen offengelassen hatten?

Auf jeden Fall hatte sein Seufzen nichts damit zu tun, dass es Monate dauern würde, bevor er wieder unter sehr dramatischen Umständen an diese Geschichte mit dem im

Keller gefangen gehaltenen Mädchen erinnert werden sollte. Nein, die beiden hatten wie Tausende andere Allgäuer wirklich an diesem letzten Adventssamstag andere Probleme, vor allem Xaver, denn sein Auto, ein altersschwacher Opel, der bis auf die Karosserie nur noch aus ausgetauschten Ersatzteilen bestand, wollte wieder einmal nicht anspringen, was seine Mutter ihm über die Festtage im Halb-Stunden-Rhythmus vorhielt, so dass der junge Mann heilfroh war, als er zu Beginn des neuen Jahres sein Fachhochschulstudium in Kempten wieder aufnehmen konnte.
Da Frau Huber Berg- und Liebesromane im Sechzig-Seiten-Format und keine Krimis schrieb, wäre sie beim Abschied von ihrem Sohn auch kaum auf den Gedanken gekommen, ihr Sohn könnte auf sehr dramatische Weise bei der Entführung eines jungen Mädchens gleich in der Nachbarschaft verwickelt werden.

29.12.2012, 11.34 Uhr

„Hallo Lisa, ich bin's."
„Sie Herr Becker ... äh, du Sebastian? Ich kann mich einfach noch nicht an das DU gewöhnen."
„Nur weil ich Lehrer bin? Kannst du reden oder soll ich es später noch einmal versuchen?"
„Nein! Nein! Ich dachte nur, in den Weihnachtsferien ..."
„Tut mir leid, Lisa, dass ich dich erst jetzt auf dem Handy anrufe. Habe mir eine ziemlich schwere Grippe über die Tage zugezogen."
„Tut mir leid, Sebastian."
„Macht nichts. Hat auch sein Gutes. So hatte ich wenigstens ein wenig Zeit, über deine Geschichte nachzudenken."
„Sebastian, ich bin mir wirklich nicht mehr so sicher, ob es eine so gute Idee von mir war, dich da auch noch mit reinzuziehen."

„Quatsch! Das war die beste Idee, die du jemals hattest. Warum sind wir Freunde, wenn wir uns nicht gegenseitig helfen."
„Trotzdem. Glaube mir, dieser Brüchle meint, was er sagt. Du solltest mal seine Augen sehen."
„Habe ich schon."
„Du hast was?"
„Ich habe mir erlaubt, ein wenig Privatdetektiv zu spielen. Bin dem Mann ein wenig gefolgt. Du hast recht. Wenn Augen nicht lügen, dann sollte man diesem Mann nicht den Rücken zudrehen."
„Du, Sebastian, mach nur keinen Scheiß!"
„Mach ich schon nicht. Du, Lisa, nimm es mir nicht übel, aber ich glaube, es ist keine gute Idee …"
„Was?"
„Na, dass du mit diesen beiden Männern unter einem Dach wohnst. Dein Stiefvater könnte wirklich ein Mörder sein, und dieser Doktor Brüchle ist kaum viel besser. Was immer er auch genau will, der wird sich von dir nicht aufhalten lassen."
„Und was schlägst du vor?"
„Was hältst du von einer kleinen Entführung?"
„Ist doch jetzt nicht dein Ernst?"
„Doch, ist es. Wäre gut, wenn du bei euch im Sanatorium raus kämest, zumindest bis die Luft bei euch rein ist. Ist doch viel zu gefährlich für dich, weiter dort …"
„Sebastian, vergiss es! Hast du sonst noch eine glorreiche Idee?"
„Ja, habe ich."
„Und die wäre?"
„Sag deinem Stiefvater endlich, dass Schluss ist. Das macht doch keinen Sinn!"
„Das kann ich nicht."
„Lisa, du musst! Am besten gleich heute noch."

„Ich kann trotzdem nicht."
„Dann hör mir wenigstens einen Augenblick zu! Ich habe da etwas über deinen Stiefvater herausgefunden, was du unbedingt wissen solltest."
Sie sprachen noch eine lange Weile miteinander, und Lisas fester Entschluss, mit ihrem Stiefvater nicht Schluss zu machen, kam ganz gewaltig ins Wanken …
Damit hatte sie nicht gerechnet.
Jedenfalls nicht damit, dass sie bei ihrem Stiefvater nicht die Einzige war.

31.12.2012, 23.42 Uhr

Eher hätte sich Lisa ihre Pulsadern aufgeschnitten, als sich von diesem schmierigen Typen auch noch helfen zu lassen. Deshalb winkte sie entschieden mit ihrem Kopf ab, als ihr der Assistenzarzt anbot, mit ihr zusammen aus dem weitläufigen Keller des Sanatoriums weiteren Sekt für die Silvesterparty heraufzuholen. „Danke, Herr Doktor Brüchle, aber ich glaube, ich komme schon allein zurecht."
Im nächsten Moment war sie auch schon zwischen den Kurgästen und dem Personal zur Tür hinaus verschwunden.
Auf halbem Weg hatte sie allerdings ihr Stiefvater bereits eingeholt. Als sie ihn fragend anblickte, sagte er nur, er könne sie doch nicht die schwere Kiste allein hinauftragen lassen. Sie hatte Zweifel an seiner beflissenen Hilfsbereitschaft, aber sie begnügte sich damit, gleichgültig mit den Schultern zu zucken: „Wie du meinst, Nils."
Auf dem Weg nach unten schien sie tief in irgendwelche düstere Gedanken versunken zu sein. Ihr einmal so herzliches Verhältnis war spürbar abgekühlt, seitdem Dr. Brüchle ihr erzählt hatte, was ihr Stiefvater mit seiner ersten Frau gemacht haben sollte. Und als sie von Sebastian Becker, ihrem Kunst-

lehrer, erfuhr, sie sei nur eine von vielen Liebhaberinnen ihres Stiefvaters, war die Entscheidung endgültig gefallen. Sie hatte es sich zwar vorgenommen, mit ihm offen darüber zu reden, aber dann hatte sie das klärende Gespräch doch aufgeschoben. Es gab eben Dinge, die sich nicht schnell und einfach durch ein paar Worte klären ließen.
Aber es war an der Zeit, einen Schlussstrich zu ziehen. Es würde doch nie wieder so wie früher, und es machte keinen Sinn, es ewig vor sich herzuschieben. „Du, Nils, es ist vielleicht nicht schlecht, dass du mit mir heruntergekommen bist. Ich wollte schon lange mal mit dir reden. Allein!"
„Jetzt? Die warten oben auf den Sekt. Vielleicht sollten wir uns später, wenn …"
„Nein! Jetzt gleich! Nur ganz kurz."
„Und was gibt es so Wichtiges? Du gehst mir doch schon seit Tagen aus dem Weg."
„Nils, ich habe in letzter Zeit viel nachgedacht. Bitte, verstehe mich nicht falsch, aber es ist besser, wir hören auf …"
„Hören auf womit?"
„Uns heimlich zu treffen, so wie früher. Was könnte ich sonst meinen?"
„Soll das etwa heißen, es gibt einen anderen?"
„Nein, das soll es nicht heißen. Darum geht es aber auch nicht. Jedenfalls nicht bei mir."
„Und worum geht es sonst?"
„Das kann ich dir nicht sagen, jedenfalls nicht im Moment. Aber glaub mir, es ist besser für uns … für uns alle beide."
„Willst du damit sagen, wir …?"
„Nur, dass wir uns nicht mehr treffen werden. Nicht so wie früher. Bitte, versteh mich …"
„Pssst! Da ist jemand!" Nils wies mit dem Finger in Richtung Kellertür.
Mit angehaltenem Atem lauschten sie beide. Ja, tatsächlich.

Sie hörten, wie jemand die Kellertreppe mit schnellen Schritten hinaufstieg. Es sah alles danach aus, dass jemand zumindest einen Teil ihres Gesprächs mitgehört hatte. Aber wer? Nur einer der Kurgäste? Dr. Brüchle? Frau Dr. Lechner?
Sie mussten wissen, wer und warum die Person so schnell nach oben verschwunden war. Beide rannten sie zur Kellertreppe, aber in diesem Moment machte jemand oben das Licht aus und drehte die Tür mit einem Schlüssel zu. Sie konnten die Tür von innen nicht aufschließen, weil der Schlüssel auf der anderen Seite noch steckte.
Zum Glück hatte Nils hier unten seinen Bastelraum, und der Schlüssel dazu hing an seinem Schlüsselbund. Lisa sah sich neugierig dort um, denn sie war noch nie hier drin in seinem kleinen Reich gewesen. Irgendwas mit Elektronik, erklärte er, als sie auf ein Gewirr von Kabeln und Schaltern deutete, ohne näher darauf einzugehen.
Jedenfalls hatten sie beide viel Zeit, bevor oben bei der Neujahrsparty jemand bemerkte, dass der Sekt langsam ausging. Beide nutzten das lange Warten, um … nein, nur um sich auszusprechen.
Die Wahrheit sagte dabei allerdings keiner von ihnen. Zumindest nicht die ganze.

Entführung

Tag nach der Entführung

08.09.2013, Uhrzeit unbekannt
Plätsch!
Lisa, du darfst dich nicht treiben lassen! Konzentrier dich!
Du bist eine Gefangene!
Aber warum?
Wenn sie sich doch nur erinnern könnte. Was genau war passiert?
Bilder der Erinnerung formen sich in ihrem Kopf zu einer Szene. Wie in Zeitlupe: Xaver ist nicht mehr da, als sie aufwacht. Sie will ihn überraschen. Schnell steht sie aus dem Bett auf, tappt durch einen dunklen Raum. Sie braucht Licht, um sich kurz in diesem fremden Zimmer zu orientieren. Sie tastet nach dem altmodischen Schalter. Dreht. Alles wird plötzlich hell. Sie blinzelt, wendet sich um. Eine Glühbirne, die nackt von der Decke herunterhängt.
Ganz plötzlich öffnet sich die Tür hinter ihr. Sie fährt erschreckt herum. Eine dunkel gekleidete Person kommt herein. Die Gestalt stockt, ist sichtlich auch überrascht, bleibt wie erstarrt im Türrahmen stehen. Offensichtlich hat diese Person nicht damit gerechnet, sie so nahe an der Tür stehen zu sehen. Die Gestalt hat eine Sturmmütze über das Gesicht gezogen. Große Schlitze für die Augen. Die Augen machen ihr Angst. Ja, es sind Augen, die sie kennt, die sie sehr gut kennt.
Bereits im nächsten Moment hat diese Person ihre Verwunderung schon wieder überwunden. Die dunkle Gestalt stürzt auf sie zu, packt sie am Arm.

Ein Schrei. Ihr Schrei. Ein Schrei, der sofort erstickt, als irgendein Lappen auf ihr Gesicht gepresst wird. Ein eindringlicher süßlicher Geruch, irgendwie nach Operationssaal.
Dann Leere. Nichts als eine abgrundtiefe Leere.
Plätsch!
Leere ... Die Bilder, Erinnerungen sind mit einem Mal wieder aus ihrem Kopf verschwunden.
Stattdessen meldet sich die mahnende Stimme wieder: Du musst weg von hier! Es geht um dein Leben!
Sie macht einen erneuten Versuch, ihre Gedanken festzuhalten, sie auf ihre Flucht zu richten. Sie muss doch ...
Pomm!
Da hat doch jemand eine Tür zugeschlagen?
Sie lauscht in die Dunkelheit. Ihr Herz schlägt schneller.
Feste, entschlossene Schritte, die lauter werden. Krrrrrr! Ein düsteres Knarren an der gegenüberliegenden Seite. Das Knarren einer Tür. Der schwankende Lichtkegel einer Taschenlampe, die kurz im Raum herum schweift. Dahinter ein dunkler Schatten, der sich schnell nähert. Dumpfe Schritte. Schritte, die auf sie zukommen.
Ein Klicken! Kurz. Metallisch. Durchdringend.
Sie kennt dieses Geräusch. Als ihr einfällt, woher sie dieses Klicken kennt, rast ihr Herz noch schneller. Sie hatte auch einmal ein Springmesser, das mit einem solchen metallischen Klick aufsprang. Ein Freund hatte es ihr geschenkt, damit sie sich wehren könnte, wenn ...
Der Schatten hat sie fast erreicht. Die Schritte dröhnen dumpf auf dem Boden, platschen durch eine Pfütze.
Szenen überstürzen sich in Lisas Kopf, die wie Sternschnuppen kurz aufleuchten, dann gleich wieder im Nichts verlöschen. Gedankensplitter, Erinnerungsfetzen. Szenen aus ihrer Kindheit. Szenen aus dem Gymnasium. Szenen aus

der Klinik ihrer Mutter. Szenen aus der Schnitzwerkstatt in Fischen.
Bilderchaos in ihrem Kopf: Menschen, schemenhaft fremd, mal ganz nah, mal weiter entfernt. Bekannte Menschen: Mama. Xaver. Onkel Wegner. Dr. Brüchle. Wieder Xaver. Nils. Dr. Seifert. Sebastian Becker, ihr Kunstlehrer. Noch mal ihre Mama.
Plötzlich diese Gewissheit. Das Springmesser! Ein entsetzlich klares Bild formt sich in ihrem Kopf: eine spitze, scharfe Klinge!
Nein! Nein, sie will nicht sterben!
Unvermittelt die Erinnerung an die Augen hinter der Sturmmütze: Sie kennt diesen Blick, kennt diesc Augen. Plötzlich fällt ihr ein, wem diese Augen gehören.
Nein! Nein!
Die Furcht greift mit eiskalter Hand nach ihrem Herzen, drückt es erbarmungslos zusammen, als die dunkle Gestalt neben ihr schweratmend stehen bleibt. Ihr Herz schlägt heftig, hämmert laut. Immer schneller, schneller ...
Die Person beugt sich zu ihr nieder, packt ihr langes Haar, reißt ihren Kopf hoch. Sie blickt direkt in das Licht der Taschenlampe, wird geblendet.
Sie will schreien, aber der Versuch ihres Schreis wird völlig erstickt durch das Klebeband auf ihrem Mund.
Sie spürt die kalte, spitze Klinge an ihrem Hals.
Nein! Sie schluchzt. Schüttelt heftig ihren Kopf. Nein, bitte nicht!
Das kann er doch nicht ...
Sie denkt an diese Augen. Versteht! Es gibt kein Entrinnen. Ihr Wissen ist viel zu gefährlich. Diese Person wird sie ...
Bitte nicht! Das kann nicht wahr sein!
Ich will nicht sterben ...
Bitte nicht!

Teil 3

2013 vor der Entführung

Sonntag, 24.04.2013

Allgäu-Rundschau: Vermisstenfall Becker

Wie die Polizeidienststelle Kaufbeuren offiziell mitteilte, gilt Herr Sebastian Becker seit Mitte April als vermisst. Der 34-jährige Kunstlehrer wurde von seiner Schwester in den frühen Samstagmorgenstunden des 13. Aprils zum letzten Mal gesehen. Der junge Mann verließ zu diesem Zeitpunkt mit seinem Auto ihr gemeinsames Haus in der Keltenstraße in Aitrang, um in die Tannheimer Alpen zum Wandern zu fahren. Sein Fahrzeug, ein Fiat Panda, mit dem amtlichen Kennzeichen, OAL-Z-1957, wurde inzwischen auf einem einsam gelegenen Parkplatz in der Nähe der Gemeinde Tannheim (Tirol/Österreich) aufgefunden. Von dem jungen Mann fehlt bisher noch jede Spur.

Da die Schwester von Herrn Becker einen Unfall oder ein Verbrechen in den Bergen nicht ausschließen kann, bittet die Polizei Kaufbeuren um sachdienliche Hinweise: Wer hat seit Samstag, den 13. April, den Mann gesehen?

Sebastian Becker ist 1.68 m groß, schlank und hat braune Haare. Unmittelbar unter dem rechten Auge befindet sich eine etwa drei Zentimeter lange Narbe.

Herr Becker arbeitet als sehr engagierter Kunstlehrer im Mädchengymnasium in Kaufbeuren. Er ist im Allgäu als Maler von vorwiegend surrealistischen Motiven bekannt. Zusammen mit seiner Schwester, Anita Becker, führte er im vergangenen Jahr einen damals etwas umstrittenen Sprayer-Wettbewerb für sozial benachteiligte Jugendliche in Marktoberdorf durch. Seit

Jahren engagiert er sich außerdem für unterschiedliche Hilfsorganisationen und er beteiligt sich oft auch auf nationaler und internationaler Ebene an spektakulären Aktionen für Flüchtlingsopfer und Asylanten.
Es bleibt unklar, ob sein Verschwinden mit einer solchen Aktion in Zusammenhang stehen könnte.

Viele seiner Kollegen, die den Artikel gelesen hatten, stellten sich die gleiche Frage: War Sebastian Becker bei einer solchen Aktion einmal zu weit gegangen? Keiner konnte ahnen, dass bestimmte zwielichte Elemente es nicht zu schätzen wussten, wenn Leute wie Sebastian Becker zu viele unbequeme Fragen stellten.

19.06.2013, 13.35 Uhr

„Verflucht und zugenäht! Dieser Alexander Bell gleich mit!"
Seit gut zehn Minuten verfluchte Wegner lautstark den Erfinder des Telefons genauso wie die Tatsache, dass er immer noch ein solches Gerät im Hause hatte. Er hätte es sich doch denken können. Noch nicht einmal in seinen eigenen vier Wänden hatte er seine Ruhe mehr.
Wäre es nach ihm gegangen, dann …
Alle möglichen Leute hatten ihm jedoch abgeraten, seinen Anschluss zu kündigen. „Herr Wegner, wenn ich einen Auftrag für Sie habe, dann muss ich Sie doch auch erreichen können", hatte einer der Verkäufer seiner geschnitzten Figuren auf ihn eingeredet, als der pensionierte Kommissar ihm vor gut einem halben Jahr erklärt hatte, er wäre gerade dabei, sein Telefon abzumelden.
Hinweise auf seine dreiundsechzig Jahre waren von allen Seiten gefolgt, und dass man in diesem Alter nie wissen könne, ob man nicht doch eines Tages froh wäre, wenn man für den

Notfall ein Telefon hätte. „Wegner, so weit wie Sie da draußen von der Ortschaft entfernt wohnen, kann es Wochen dauern, bis jemand mitbekommt, dass bei Ihnen etwas nicht stimmt.“ Schweren Herzens hatte Wegner seinen Abmeldeantrag bei der Telekom wieder zurückgezogen, denn so ganz unrecht konnte er diesen warnenden Stimmen nicht geben. Es gab ja tatsächlich immer Fälle, wo er vielleicht noch ganz froh wäre, jemanden anrufen zu können. Ein Handy hatte er noch aus der Zeit, als er noch Dienst in Kaufbeuren machte, aber er wusste nicht genau, wo es rumliegen würde und ob es überhaupt noch funktionierte. Er brauchte so etwas nicht. Glaubte er wenigstens.

War auch ziemlich einerlei mit dem Handy, der Festanschluss war mehr als genug, aber in seine Schnitzwerkstatt nahm er den tragbaren Hörer prinzipiell nicht mit. Hätte ja noch gefehlt, dass er jetzt nicht mal mehr beim Schnitzen seine Ruhe gehabt hätte. Die Leute sollten anrufen, wenn er … ach egal, auf jeden Fall nicht, wenn er gerade bei der Arbeit war. Am besten, sie ließen ihm ganz seine Ruhe.

Da er nur in seiner freien Zeit das Klingeln in seinem Wohnzimmer hörte, konnte er in der Mittagspause auch nicht wissen, zum wievielten Male seine Schwester bereits anrief, ohne ihn bis dahin erreicht zu haben. Hätte er gewusst, was sie von ihm wollte, wäre er ja gar nicht erst drangegangen. Er hatte gedacht, es wäre der Installateur aus Sonthofen, der Bescheid geben würde, wann er zur Reparatur des Wasserhahns, der seit Tagen tropfte, vorbeikommen wollte.

Es war auch nicht so, dass er seine Schwester in Wörishofen nicht mochte, ganz im Gegenteil, die war ja eigentlich ganz nett, aber ein kurzes Telefongespräch und ein dreiwöchiger Urlaub bei ihm mit der ganzen Familie, einschließlich der siebzehnjährigen Tochter Lisa, das war doch etwas mehr, als er ertragen konnte.

Wie oft musste er ihr noch sagen, wie wichtig es ihm war, allein zu bleiben. Natürlich hatte er gleich Nein gesagt, und das nicht nur einmal, aber an Hartnäckigkeit war ihm seine Schwester schon immer überlegen gewesen. Und das wollte wahrlich was heißen. Dass sie Probleme in Bad Wörishofen mit ihrem Sanatorium hatten, war ja gut und recht, aber das war noch lange kein Grund, sich bei ihm den halben Sommer einzunisten, nur weil sie einmal Urlaub von ihrer Klinik brauchten. Müssten doch wahrlich Geld genug haben, um weiß Gott wo hinzufahren. Letztes Mal hatte es doch auch für Kuba gereicht. Das war wenigstens weit genug weg von Fischen. Herrschaftszeiten!

Und dann gleich drei Wochen. Ein Wochenende, gut, das hätte er sich ja noch zur Not gefallen lassen, aber drei Wochen? Hatten die denn immer noch nicht begriffen, warum er sich hierhin nach Fischen zurückgezogen hatte? Doch bestimmt nicht, um ständig Leute um die Ohren zu haben. Und dann noch eine minderjährige Tochter, die wahrscheinlich den ganzen Tag nichts mit sich anzufangen wusste, als sich irgendeinen Krach anzuhören. Er konnte seine Nichte jetzt schon jammern hören. Onkel Klaus, wieso hast du keinen Fernseher? Onkel Klaus, wieso hast du keinen Computer? Onkel Klaus. Onkel Klaus. Den ganzen Tag. Onkel Klaus, warum hast du dies nicht, weshalb hast du jenes nicht? Kreuzsacklzement.

Vielleicht sollte er ihnen rechtzeitig schreiben, dass er leider krank geworden sei, und dass …

Nein, das würde auch nicht funktionieren. Dann würde seine Schwester eher noch einen zusätzlichen Grund haben, als wohlmeinende Ärztin bei ihm aufzutauchen. Und was, wenn er selbst verreisen würde? Ach was! So weit käm's noch. Verzweifelt suchte er nach einem Ausweg. Umsonst! Himmelsakramentnochmal!

Als wenn er das auch noch brauchen würde. Er hatte seine Schnitzarbeit, und damit war es gut. Mit dem Rest wollte er nichts zu tun haben. Warum auch? Eine nette Karte zu Weihnachten und zum Geburtstag. Das war's dann auch. Sie sollten ruhig mal in Bad Wörishofen bleiben, sonst könnte er ja gleich eine Pension, oder wie sie, ein Sanatorium aufmachen. Das fehlte noch!

Natürlich hatte er seiner Schwester Franzi das nicht alles so direkt am Telefon sagen können, aber er hatte keine Zweifel daran gelassen, dass ihm ein Besuch im Moment nicht so gelegen käme. Aber egal, was er auch gesagt hatte, Franzi hatte auf alles eine Antwort gewusst, hatte immer wieder betont, sie würden ihm sicher nicht lästig fallen. Wer's glaubt!

Und wegen des Essens solle er sich nur keine Gedanken machen. Als wenn er sich deswegen Gedanken gemacht hätte. Sie würden in Fischen, Sonthofen oder Oberstdorf essen gehen, hatte Franzi gesagt. Wäre ja kein Problem, das Allgäu sei schließlich bekannt für seine gute Küche. Und auf Fremde sei man in der Gegend ja eingestellt.

Fei gescheid dahergeredt.

Auf seine direkte Frage, ob sie es mit ihrer Familie in einem Hotel nicht doch gemütlicher und komfortabler hätten, hatte sie auch gleich eine Antwort gewusst. Wenn sie schon mit der ganzen Familie Urlaub machen würden, dann wäre es doch viel netter und familiärer, bei der eigenen Verwandtschaft untergebracht zu sein als in so einem anonymen Hotel. Kruzefix! Netter und familiärer? Wenn er das schon hörte. Dass er seine Augen bei diesem Argument verdreht hatte, hatte sie ja Gott sei Dank in Bad Wörishofen nicht sehen können. Bildtelefon hätte noch gefehlt. Verdammt!

Seine Schwester hatte ihn richtig weichgekocht. Statt Ärztin und Leiterin eines Sanatoriums hätte sie lieber Werbemanagerin werden sollen wie ihr sauberer Däne, dieser Nils.

Sicher, der war nicht grad unsympathisch, aber an den Franz, ihrem ersten Mann, kam der nicht ran.
Natürlich hatte er nachgegeben. Was hätte er auch machen sollen? Was war ihm denn anderes übrig geblieben? Sie hätte wahrscheinlich bis zum Jüngsten Tag auf ihn eingeredet, wenn er nicht schließlich doch ja gesagt hätte.
„Kreizdeifi“, maulte er vor sich hin, während er sich auf den Weg in seine Werkstatt machte. In der Tür holte ihn das Klingeln des Telefons wieder ein. „Kannst mich mal!“ Schließlich ging er doch dran, weil er ja immer noch auf den Installateur wartete. Der war tatsächlich dran, aber nur um zu sagen, es würde in den nächsten Tagen nichts aus seinem Versprechen, wegen des tropfenden Wasserhahns vorbeizukommen. Termindruck! Wegner verstehe sicher. Großbaustelle!
Grattler!
Hätten sie nicht mindestens zehn Kilometer Telefonkabel getrennt, hätte ihm Wegner in seiner Wut den Wasserhahn und die dazugehörige Installation gleich mit um die Ohren geschlagen, wurde er von diesem Bazi doch schon seit einer guten Weile von einer Woche zur nächsten vertröstet. Und jetzt? Was sollte er machen? Sein Vater hatte schon immer gesagt: Vom Strom und Wasser lässt man als Laie besser die Finger davon, wenn man sein Haus nicht zu einem Versicherungsfall machen will.
Verdammter Tag! Zuerst seine Schwester und jetzt das noch! So wie er die Handwerker kannte, würde es wieder Wochen dauern, bis dieser Hundsbua herbeikam.
Huarament!

20.06.2013, 06.23 Uhr

Im Schlafzimmer der Privatwohnung im dritten Stock des

Lechner Sanatoriums herrschte nicht gerade Hochstimmung, genauer gesagt, es lief wieder einmal alles anders als nach dem wohlüberlegten Plan von Frau Dr. Lechner. Sie hätte sich eigentlich Nils gereizte Reaktion denken können, wusste sie doch, wie genervt er sich zeigen konnte, wenn er sich in die Enge getrieben fühlte. Unerklärlicherweise genügten oft so harmlose Vorschläge wie im Moment.

Sie hatte alle ihre nicht ganz jugendfreien Verführungskünste spielen lassen, in der Annahme, die leichte Erschöpfung und Euphorie danach wäre recht günstig, ein alljährliches Reizthema vorsichtig anzusprechen. Zunächst mal nur im Allgemeinen. Das wäre schon schwierig genug. Die Umstände sprachen im Moment auch kaum dafür, die kritischen Details sofort zu klären. Geduld! Auch wenn es schwerfiel. Ihre Planung ließ Zeit für den ein oder anderen Rückschlag.

Und nach dem ersten sah es ganz aus: Ihre weibliche, in letzter Zeit etwas zu oft angewendete Taktik ging nicht auf, als sie – hinterher versteht sich – das Gespräch in die gewünschte Richtung lenken wollte. Ihr Mann hielt schon bei ihrer ersten Anspielung sichtlich irritiert inne, sich die Knöpfe seines makellosen weißen Hemdes vor dem Schlafzimmerspiegel zuzuknöpfen. Abrupt wandte er seinen Kopf um, warf seiner Frau einen mürrischen Blick zu, die gerade dabei war, einen Seidenstrumpf betont langsam und strategisch geschickt hochzuziehen, wobei sie sich so viel Zeit ließ, damit er im Spiegel auch genüsslich diesem Schauspiel folgen konnte.

„Ich? Mitfahren, Franziska? Im Sommer? In Urlaub, meinst du? Mitten in der Hauptsaison?“ Svensens Stimme hörte sich an, als hätte seine Frau ihm gerade vorgeschlagen, ihr Sanatorium, das sie seit drei Jahren so mühsam aufgebaut hatten, an die Stadt Bad Wörishofen zu verschenken.

„Warum denn nicht, Nils?“, fragte sie etwas enttäuscht über seine schroffe ablehnende Reaktion. „Auch als es hier in der

Klinik noch nicht so gut lief, sind wir doch jedes Jahr weggefahren."
„Du sagst es. Als die Kurgäste noch auf sich warten ließen, da hatten wir ja auch noch die Zeit, nach Kuba in Urlaub zu fliegen, wenn uns auch oft das Geld dazu fehlte."
Seine Frau, die merkte, wie wenig das Gespräch nach ihren Vorstellungen lief, entschloss sich, ihre einmal eingeschlagene Strategie auf ihre eigene weibliche Weise etwas zu intensivieren. So schnell wollte sie sich dann doch nicht geschlagen geben, schließlich war es sehr wichtig, dass sie sich in diesem Punkt durchsetzte.
Worum es ihr bei ihrem Plan wirklich ging, konnte sie ihm ja kaum direkt sagen, denn dann hätte er wahrscheinlich noch empfindlicher reagiert. Da kannte sie ihren Mann nur zu gut. Blieb die Frage, ob die schwäbischen oder die dänischen Dickköpfe die sttureren waren.
Sicher, notfalls konnte sie auch allein mit Lisa fahren, aber das war die absolute Notbremse. Wenn Lisa einmal hörte, dass Nils nicht mitfahren musste, dann würde sie kaum nachgeben. Es wäre schon die halbe Miete, wenn sie ihn auf ihrer Seite hätte.
Aber was, wenn sie doch zuerst mit Lisa spräche? Nein, besser die hier einmal angefangene Sache bis zum Ende durchziehen. Frau Dr. Lechner musste lächeln, als sie daran dachte, dass es Schlimmeres gab. Und was Lisa betraf, würde sie schon mit zu Onkel Wegner kommen, und um Lisa ging es ja eigentlich bei ihrem Plan.
Betont langsam und lasziv stand sie vom Bett auf, trat hinter ihren Mann, schmiegte sich eng an ihn. „Schatz, jetzt haben wir das Geld, und die Zeit, die nehmen wir uns einfach. Doktor Brüchle wird die Stellung für ein paar Wochen hier schon halten können. Ist doch auch sonst ein ganz brauchbarer Mann, wenn er auch immer mit seinem Kopf durch

die Wand will. Ganz koscher sind seine Vorschläge auch nicht immer. Egal, solange er in unserem Urlaub hier macht, was ich … “
„Franziska, ich weiß nicht … im Sommer einfach so wegfahren, wenn hier im Sanatorium …?“ Seiner belegten Stimme war deutlich anzuhören, dass das sanfte Streicheln seiner Frau nicht ganz ohne Wirkung blieb, und dass es für ihn im Moment eigentlich Wichtigeres als Urlaub oder Dr. Brüchles Alleingänge in manchen Dingen gab.
Entschlossen drehte er sich um, zog sie fest an sich. Seine Frau räkelte sich wie eine junge Katze in seinen Armen.
„Ach du, wir haben doch … gerade … Nils … du kannst aber auch nie genug …“
Das Thema gemeinsamer Urlaub wurde auf jeden Fall zu Gunsten einer harmonischeren Angelegenheit zurückgestellt. Fürs Erste zumindest.
Kein Problem! Sie würde weiter am Ball bleiben. Dafür war ihr der Plan zu wichtig. Und der erste Schritt war ja jetzt gemacht. Wenn sie es sich so richtig überlegte, hätte sie damit rechnen müssen, dass ihr Mann von ihrer Idee genauso wenig begeistert wäre wie ihr Bruder, aber Wegner hatte sie schließlich auch herumgekriegt. Und den Rest würde sie auch noch hinbekommen.
Davon wusste Nils allerdings nichts, aber sie würde schon dafür sorgen, dass er von ihrer kleinen Überraschung erfahren würde, immer vorausgesetzt, er machte nicht ganz zu.

20.06.2013, 11.46 Uhr

Andere hätten es möglicherweise Paranoia genannt, aber Dr. Brüchle, alias Werner Nieberle, zog es vor, es bei sich selbst als wohlbegründete Vorsicht zu bezeichnen. Wenn er an den Mann dachte, den er in Augsburg treffen wollte, so konnten

sich seine Vorsichtsmaßnahmen möglicherweise bald als überlebenswichtig herausstellen.
Er hatte zwar noch niemanden direkt entdecken können, aber dennoch schien es ihm nicht unwahrscheinlich, von dessen Leuten beobachtet und verfolgt zu werden. Besser von Anfang an ganz klar machen, wie sehr er auf der Hut war. Obwohl er den Zug nach Augsburg auch direkt von Bad Wörishofen hätte nehmen können, war Nieberle vorsichtshalber zuerst mit einem Taxi nach Kaufbeuren gefahren, um von dort – nach einigen Umwegen – mit einem anderen Taxi nach Türkheim zu fahren. Es brauchte schließlich niemand zu wissen, wohin er unterwegs war. Besser Frau Dr. Lechner erfuhr nichts von seiner kleinen Reise, und fing nicht erst an, unbequeme Fragen zu stellen. Umso weniger sie wusste, umso besser.
Sicher, da wäre noch sein eigener Wagen gewesen, aber den wollte er nicht benützen, weil seit einigen Tagen dessen Getriebe seltsame Geräusche von sich gab. Das hätte noch gefehlt, auf irgendeinem Kaff mit der Kiste für Stunden hängen zu bleiben und diesen Termin zu verpatzen. Dieser Mann würde keinen Spaß verstehen. Darüber war sich Dr. Brüchle schon im Klaren.
Mit einem Ruck schnaubte der Nahverkehrszug gerade an der grauen Fassade des Bahnhofsgebäudes in Türkheim vorbei, um langsam Fahrt aufzunehmen in Richtung Schwabmünchen, Bobingen. Dr. Brüchle hatte sich für den ganzen Tag freigenommen, um sich in Augsburg mit diesem wichtigen Geschäftspartner zu treffen. Noch nicht einmal zwölf Uhr! Zwei Züge später hätte wahrscheinlich für seinen Termin um drei Uhr auch noch gut gereicht, aber nach allem, was er von diesem Mann wusste, wäre es besser, ihn nicht warten zu lassen.
Während er mit seinem eisigen, undurchdringlichen Blick

durch die schlierigen Scheiben des Abteilfensters auf die flache Landschaft des Unterallgäus schaute, verloren sich seine Gedanken gleich wieder …
Sanatorium Lechner. Bad Wörishofen. Sein Aufenthalt war doch etwas länger geworden als der eigentlich geplante kurze Zwischenstopp. Ein halbes Jahr arbeitete er jetzt bereits in dieser kleinen Kurstadt. Klar hatte er gewusst, dass er Geduld für seinen Plan haben müsste, aber so wie es jetzt aussah, konnte es weitere Monate dauern, bis er den entscheidenden Schlag führen konnte. Auf der anderen Seite hatten sich bei seiner Arbeit in der Forschung mit Frau Dr. Lechner inzwischen Perspektiven eröffnet, mit denen er gar nicht hatte rechnen können, als er damals diese Artikel über das von ihr entwickelte Verfahren im Stern gelesen hatte.
Erstaunlich, was diese Frau aus einem ziemlich bekannten Prinzip gemacht hatte. Ihre Methode war reines Gold wert, immer vorausgesetzt, er fand den richtigen Geschäftspartner mit viel Geld zum Investieren und wenig Skrupeln. Wenn diese blöde Kuh ihn doch bei seinen Forschungsarbeiten einfach machen lassen würde. Kaum zu glauben, welche moralischen Bedenken diese Frau vorbringen konnte. Was wird die Konkurrenz sagen? Ist das rechtlich noch legal, was Sie da vorschlagen, Herr Doktor Brüchle? Was ist mit ethischen Bedenken? Gibt es für die Patienten irgendwelche Risiken? Wirklich nicht zu glauben.
Kaum vorstellbar, wie verbohrt sie sich weigerte, die sich bietenden Möglichkeiten zu nützen! Soll sie nur glauben, sie sitze am längeren Hebel. Kein Problem, wenn es drauf ankam, würde sie schon machen, was er wollte. Sie hatte gleich zwei Schwachstellen, bei denen er ansetzen konnte: Diesen Schwachkopf von Nils, aber den würde sie vielleicht sogar fallen lassen, wenn sie durchschaute, wen sie da geheiratet hatte. Bei Lisa war es nicht sehr wahrscheinlich, dass Frau

Doktor ihren Widerstand lange aufrechterhalten würde. Wirst schon sehen! Bald!
Wenn sich diese Zicke tatsächlich zu uneinsichtig zeigen sollte, dann würde er schon ausreichend Druck auf sie machen. Trotzdem besser, erst einmal mit Geld zu versuchen, sie umzustimmen. Kreativität funktionierte nicht unter psychischem Druck, auf jeden Fall nicht sehr gut. Gute Einfälle würde sie aber brauchen, wenn sie für einige Zeit mit dem Auftraggeber zusammenarbeiten musste. Aber wenn sie nicht nachgäbe, dann müsste er einfach versuchen, sie mit Nils oder Lisa zur Zusammenarbeit zu bewegen. Er würde sich da schon etwas einfallen lassen. Am Ende lief es schließlich nur darauf hinaus, wie viel Druck er auf die gute Frau Doktor ausüben konnte.
War schon besser, selbst die notwendigen Schritte zu erledigen. Falls er diese schmutzige Arbeit seinem neuen Geschäftspartner in Augsburg überließ, wäre es denkbar, dass dieser das Geschäft gleich direkt mit Frau Dr. Lechner machen würde. Ganz ohne ihn. Nein, dafür hatte er bestimmt nicht monatelang alles vorbereitet. Er wollte und er brauchte das Geld, um so leben zu können, wie er es sich schon immer erträumt hatte.
Wie er sie kannte, konnte sie eine harte Nuss zum Knacken werden. Dass sie sich aber auch ständig so uneinsichtig zeigte. Svensen, ihr Mann, war da schon wesentlich realistischer. Dem ging es hauptsächlich auch nur um die Belegung im Haus, um die aktuellen Einnahmen und um die Steigerung des Werts der Klinik. Solange später der Preis stimmte, würde Svensen nicht allzu viele Fragen stellen. Frau Dr. Lechner würde nicht nachgeben. Jedenfalls nicht freiwillig.
Der gute Svensen. Wenn die geschäftliche Seite einmal erledigt war, würde er trotzdem für immer verschwinden, jedoch erst, wenn er nicht mehr gebraucht wurde. Ja, mein

Lieber! Es ist noch nicht vergessen, dass du verdammtes Aas ganz allein für den Tod von Helmut verantwortlich bist. Ständig hatte sich Dr. Brüchle in den vergangenen Monaten genussvoll ausgemalt, wie viel Schmerzen er mit seinem medizinischen Wissen Svensen zufügen würde. Zeit würde dieser ausreichend haben, über seine Schuld nachzudenken. Geduld! Leicht gesagt. Trotzdem, bis alles geklärt war, würde er Geschäft und Gefühl strikt trennen, schließlich konnte er mit einem einzigen Schlag ... die Beschaffung von Geld würde danach in seinem Leben nie wieder eine Rolle spielen. Nur Geduld! Seinen Spaß könnte er später immer noch haben. Ein verlassener Bauernhof ganz außerhalb einer Ortschaft vielleicht? Er sollte vielleicht schon einmal mit Suchen anfangen. Hauptsache, niemand würde weit und breit hören können, was da vorging.

Sollte er die eigenen Papiere für den Kauf des Hauses benutzen? Nein, viel zu gefährlich, falls ihm einmal jemand auf die Schliche käme! Die Papiere eines Kurgastes? Wäre ja nicht das erste Mal, dass ein Kurgast verstarb. Ein Mann in seinem Alter. Das wäre schon schwieriger, aber nur eine Frage der Zeit. In der ersten Aufregung nach seinem unerwarteten Tod, würde man kein Aufhebens darum machen, dass die Papiere spurlos verschwunden blieben, wenn überhaupt jemand daran dachte.

Wie auch immer, für Svensen war die Uhr endgültig am Ablaufen. Er würde sterben ... auf sehr, sehr schmerzhafte Weise. Verlass dich darauf, mein Freund!

In einem Handspiegel überprüfte Dr. Brüchle, ob seine Perücke noch ordentlich saß. Ausgezeichnet! Er hätte sich kaum selbst wiedererkannt. Er bemerkte sein selbstgefälliges Lächeln und seine eisigen Augen, als er an Nils' schmerzhaftes Ende dachte. Du brauchst nicht mehr lange warten. Es hatte doch seine Vorteile, dass viele Bauernhöfe im Allgäu

immer noch aufgegeben wurden, die dann für einen Spottpreis zu haben waren. Nein, kein Problem.
Gleich morgen würde er anfangen, sich telefonisch bei den im Allgäu ansässigen Immobilienmaklern nach einem geeigneten, allein liegenden Objekt umzuhören.
Einsamer Bauernhof mit Keller. Das wäre schon sehr, sehr passend. Er würde dort schon seinen Spaß mit Nils haben. Ganz sicher! Dr. Brüchle grinste. Es hatte keine Eile. Zuerst das Geschäft und dann das Vergnügen …

20.06.2013, 12.24 Uhr

Strategische Kriegsführung! Wegen einer verlorenen Schlacht am frühen Morgen gab Frau Dr. Lechner noch längst nicht auf. Dafür war ihr der eigene Plan auch zu wichtig. Es wäre mehr als die halbe Miete, hätte sie Nils erst einmal auf ihrer Seite. Sie brauchte ihm ja auch nicht alles zu sagen.
Als sie mit ihrem Mann gegen Mittag in ihrer Wohnung darauf wartete, dass das Mittagessen unten aus der Küche hochgeschickt wurde, griff Frau Dr. Lechner das Thema Urlaub erneut auf. „Du, Nils, wir müssen im Sommer ja nicht weit wegfahren."
Als hätte er nichts von der Wiederaufnahme ihrer morgendlichen Kampfhandlungen mitbekommen, blätterte Nils geschäftig weiter in der vor ihm liegenden Mindelheimer Zeitung, als würde er dort ein brauchbares Argument gegen Urlaubsreisen im Allgemeinen und gegen zu hartnäckige Ehefrauen im Besonderen finden.
Da sie aus Erfahrung nicht weiter drängte, fragte er dann doch nach einer Weile so beiläufig, wie es ihm möglich war: „Und wo soll es dieses Jahr hingehen? Deiner Meinung nach? Wie ich dich kenne, hast du dir doch sicher bereits etwas ausgeheckt, oder?"

„Ausgeheckt? Ich bitte dich! Ich gebe ja zu, ich habe schon mit meinem Bruder in Fischen ge …“
„Mit Wegner? Was hat der denn damit …?“ Sein abruptes Aufschauen von der Zeitung sagte ihr nur zu deutlich, wie schnell der Groschen bei ihm gefallen war. „Willst du damit etwa sagen, wir sollten bei ihm … in Fischen?“
„Was hast du? Lass mich doch erst einmal erklären!“
Er verdrehte die Augen, seufzte. „Also? Hat er im Lotto gewonnen und will uns jetzt als Universalerben einsetzen?“
„Bleib mal ernst! Mein Bruder und du, ihr habt euch doch immer gut verstanden.“
„Komm auf den Punkt!“
„Ich mein ja nur. Ich habe doch schon früher mit ihm und seiner Familie so oft Urlaub in den Allgäuer Alpen gemacht, und da dachte ich …“
„Franziska, das ist doch schon lange her. Außerdem war das, bevor … du weißt schon … die Geschichte mit seiner Frau und seiner Tochter.“
„Trotzdem … wäre doch schön bei ihm in den Bergen … jedenfalls einmal etwas ganz anderes. Ich will nicht ständig in der Weltgeschichte herumfliegen. Das Allgäu ist doch wunderschön. Wirst sehen. Für ein paar Wochen …“
„Ein paar Wochen? Ist jetzt nicht dein Ernst, oder?“
„Doch ist es!“ Sie hatte ihre Fäuste in die Seite gestemmt, um ihre Entschlossenheit deutlich zu machen. Sie wusste, es war wie beim Fußball. Die Körpersprache war die halbe Miete.
Er schien dennoch nicht ganz überzeugt. „Und du bist sicher, dass Klaus das recht ist? So wie ich ihn kenne, ist er eigentlich nach Fischen umgezogen, um dort mit seiner Schnitzerei seine Ruhe zu haben.“
Sie schüttelte entschieden den Kopf, als wenn ein solches Argument doch sehr weit hergeholt wäre. „Nils, wie du

wieder daherredest. Natürlich hat er nichts dagegen, dass wir vorbeikommen. Das habe ich bereits alles mit ihm geklärt."

Vorsichtshalber behielt Frau Dr. Lechner lieber einmal für sich, dass ihr Bruder tatsächlich nicht so begeistert von ihrer Bitte gewesen war, mit der ganzen Familie bei ihm im Sommer drei Wochen verbringen zu können. Wahrscheinlich hatte er auch nur aus Höflichkeit nachgegeben, und weil sie am Telefon immer stur betont hatte, sie würden ganz bestimmt keine Umstände machen, aber sie müssten daheim unbedingt einmal raus, weil sie in ihrem Sanatorium nie zur Ruhe kommen würden.

Von ihrem tatsächlichen Hintergedanken wusste bis dahin weder ihr Mann noch ihr Bruder. Hätte sie ihre Absichten direkt und offen erklärt, wäre sie wahrscheinlich bis weit nach den Sommerferien auf Widerstand bei allen Betroffenen gestoßen. Die Wendung »taktisches Vorgehen« könnte von ihr erfunden worden sein, spottete Nils bei jeder Gelegenheit. Nicht ganz zu Unrecht, wenn sie das auch nie offen zugegeben hätte.

Wie ihr Vorgehen passend genannt werden konnte, war ihr auch ziemlich gleichgültig, solange sie erreichte, was sie sich einmal in den Kopf gesetzt hatte. Wenn für eine nähere Klärung der Urlaubsfrage auch noch knappe sechs Wochen Zeit blieb, so konnte es sicherlich nicht schaden, schon einmal erste leichte Anspielungen einfließen zu lassen. „Nils, es geht mir vor allem um Lisa."

„Lisa? Was ist mit ihr?"

„Was soll schon mit ihr sein? Nichts! Jedenfalls nichts Konkretes." Das stimmte zwar nicht ganz, aber Frau Dr. Lechner fühlte sich im Augenblick nicht in der Lage, sich auf eine endlose Diskussion einzulassen, worum es ihr eigentlich ging. Ein unbedachtes Wort von ihm bei Lisa, und ihr Plan hätte sich schon im Ansatz erledigt. Besser mal im Allgemeinen bleiben. „Nils, ich mach mir nur ein wenig Sorgen um Lisa. Mit siebzehn ist sie jetzt in einem schwierigen Alter. Weißt ja selbst. Hat doch Gründe, wenn sie schon zweimal die Schule wechseln musste. Und jetzt, wo wir beide so im Sanatorium … ist dir nicht aufgefallen, dass wir kaum noch Zeit für sie haben? Wenn wir mal zusammen sind, dann reden wir ja auch gleich immer von unseren neuen Verfahren, und davon, wie wir es weiterentwickeln sollen und, und, und. Man merkt doch richtig, dass es ihr immer noch nicht gut geht. Klar, es ist nach Silvester etwas besser geworden, aber richtig über den Berg sind wir alle noch nicht. “

Nils wandte sich rasch erneut seiner Mindelheimer Zeitung zu. „Wird schon wieder anders“, murmelte er hinter dem Tagesblatt, aber sehr überzeugt klang er nicht gerade.

Sie verstand seine Unsicherheit als Hinweis, möglichst rasch zu einem anderen Thema zu wechseln. „Nils, wir sollten hier im Haus auch langsamer treten. Die ganze Entwicklung geht mir viel zu rasch. Ist ja schön von dir, dass du meine Methode in die Presse gebracht hast, aber der Rummel geht doch ein wenig zu weit.“

„Ist doch nicht dein Ernst, oder? Jetzt, nach unserem großen Durchbruch? Man muss das Eisen schmieden, solange es warm ist. Wenn sich unsere Methode erst einmal richtig rumgesprochen hat, dann rennen die Kurgäste uns hier in Bad Wörishofen weiter die Türe ein.“

„Wir sollten trotzdem nichts überstürzen“, versuchte Frau Dr. Lechner hörbar verunsichert einzuwenden. Sie wusste, wie taub ihr Mann auf diesem Ohr war. Wenn es um Geld ging, dann verstand er keinen Spaß. „Es ist alles noch weitgehend unerprobt, gleichgültig wie sehr unsere Methode derzeit in der Presse bejubelt wird …“

„Geld stinkt nicht, Franzi“, unterbrach er sie gleich. „Die

Klinik ist inzwischen das Doppelte von dem wert, was wir, na ja, was du dafür hingeblättert hast. Ist dir das klar? Zwei, drei gute Jahre noch, dann können wir das Sanatorium abstoßen, und leben dann für immer in Südfrankreich, ohne einen Finger zu rühren. Davon hast du doch auch schon immer geträumt. Komm, lass uns die paar Jahre noch durchhalten! Okay?"

„Nils, im Moment rede ich nur von unserem Urlaub in diesem Jahr. Das wird den Wert des Hauses ja wohl kaum ins Abgrundtiefe stürzen lassen." Sie atmete tief durch, entschied sich von ihrem etwas zu sarkastischen Ton zu mehr Zärtlichkeit zu kommen. „Sag schon, kommst du jetzt mit, oder …?"

Statt sie zu fragen, was sonst, zuckte er nur unbeholfen die Schultern, faltete seine Zeitung so ordentlich zusammen, als müsse er sie weiterverkaufen. „Komme vielleicht nach, Schatz, wenn ich dazu komme."

Gewissermaßen als Erklärung erzählte er noch etwas von einem neuen Problem mit Dr. Brüchle, natürlich nicht ohne auch gleich die positive Seite herauszustellen. Sicher, wenn der mit seinen neuen Vorschlägen und Projekten recht behalten sollte, dann wäre tatsächlich noch sehr viel mehr Geld und noch einiges für das Renommee ihres Sanatoriums machbar.

„Redest du jetzt von dessen Vorschlägen, Nils?"

„Von was sonst?" Rasch stand er auf, lief ein paar Mal im Speisezimmer hin und her, bis er vor seiner Frau stehen blieb. „Du, Franziska, wenn das wirklich funktionieren sollte, was Brüchle da vorgeschlagen hat, dann liegen wir vielleicht bereits im nächsten Jahr an der Côte d'Azur und leben wie Gott in Frankreich. Und zwar für immer." Er zwinkerte seiner Frau vielsagend zu. Und als wäre ihm im letzten Moment noch das wichtigste Argument eingefallen,

fügte er hinzu: „Und für Lisa hätten wir auch mehr Zeit."
„Nils, ich weiß trotzdem nicht so recht."
„Worauf willst du jetzt wieder hinaus?"
Etwas hilflos zuckte sie mit den Schultern: „Weiß auch nicht so recht. Ich traue Brüchle nicht über den Weg. Der ist mir ein wenig zu glatt. Und die Geschichten, die er da vorgeschlagen hat, sind gerade noch so im Rahmen der Legalität, das heißt, wenn sie es überhaupt noch sind. Die Gesetzgebung hat sich da ja wohl noch nicht so klar geäußert."
„Schatz, du sagst es. Solche Neuentwicklungen in der alternativen Medizin sind nicht unproblematisch, das weißt du ja selbst, aber solange sie nicht wirklich ungesetzlich sind, habe ich keine Probleme damit. Die Sache mit dem möglichen Missbrauch, den angeblichen Abhängigkeiten, von denen einige deiner Kollegen angefangen haben zu reden, das ist doch alles andere als wirklich geklärt."
„Und wenn Brüchle doch einmal …? Allzu große Skrupel scheint mir dieser Mann nicht zu haben."
Nils schien tatsächlich nicht ganz zu verstehen. „Du meinst wirklich kriminelle Geschichten? Da solltest du mich aber besser kennen. Da mache ich auch nicht mit. Das hier ist immer noch dein Sanatorium und wird es auch bleiben. Falls er wirklich mit etwas Zwielichtigem daherkommt, dann geht er eben. Muss ja nicht sein, dass wir beide im Gefängnis …"
„Hey Leute, was höre ich da von Gefängnis?", fragte ihre Tochter Lisa, die gerade zur Küchentür hereinkam.
Die Mutter schüttelte schmunzelnd ihren Kopf: „Kind, ich habe gerade zu deinem Vater gesagt, kleine Mädchen wie du landen sehr schnell im Gefängnis, wenn sie zu oft ihre vorwitzigen Nasen in Angelegenheiten stecken, die sie nichts angehen."
„Du musst es ja wissen, Mama. Und wie war es bei deinem

letzten Aufenthalt im Knast? Wo hattest du da deine Nase reingesteckt?“
„Sag mir lieber, warum du schon aus der Schule …“
„Mama, erklär ich dir später. Muss nur noch gerade nach Mindelheim ...“
„Und was ist mit deiner Schule? Es hat doch nicht schon wieder …?“
„Erklär ich dir später. Ich muss jetzt wirklich weg! Nils, was Neues in der Mindelheimer Zeitung?“ Sie wies mit dem Kopf auf den Tisch, wo die Zeitung lag.
Richtig zu interessieren schien sie seine Antwort allerdings nicht, denn bevor er etwas sagen konnte, war ihre Tochter auch schon durch die Tür wieder verschwunden. Das Thema, warum sie nicht in der Schule war, war ebenfalls nur aufgeschoben. Sie würden sich die Zeit dieses Mal nehmen müssen. Nach zwei Schulwechseln innerhalb von einem halben Jahr, standen die Gymnasien, die sie in der Gegend noch aufnehmen wollten, nicht gerade Schlange. Andererseits, wenn ihr Plan mit dem Urlaub wirklich aufging, dann … Mal sehen. Sie musste unbedingt mit ihrem Mann darüber sprechen.
„Nils, hör mal! Es wäre mir wirklich wichtig, dass Lisa eine Zeit von hier wegkommt. Selbst wenn du nicht mit in Urlaub fährst, könntest du nicht mit ihr reden, dass sie auch allein mit mir fährt?“
„Ich? Mit ihr reden?“ Er fragte in einem solchen Ton, als hätte seine Frau ihn gerade gebeten, sich für eine Expedition auf den Mars freiwillig zu melden.
„Ja, natürlich du! Wer sonst könnte mit ihr reden? Ihr habt doch eine gute Beziehung zueinander. Sie mag dich. Das merkt man doch als Mutter.“
„Schon, aber … versprechen kann ich dir da nichts. Kennst ja selbst deine Tochter, du weißt doch , wie schwierig sie sein kann.“
Hastig blickte er weg …

20.06.2013, 15.00 Uhr

Alles war falsch an diesem Mann hinter seinem feudalen Schreibtisch. Das fing schon bei dessen Namen Steiner an, wenn er auch recht zum Charakter dieses Mannes zu passen schien. Seine vornehme Kleidung wirkte an ihm, als hätte er sie von einem reichen Verwandten ausgeliehen. Sein Lächeln war so echt wie das einer geschäftstüchtigen Prostituierten, die nach Freiern Ausschau hielt.

Wenn man den Gerüchten glauben wollte, ließ seine zum Gruß ausgestreckte Hand nie mehr los, was sie einmal festhielt. Wahrscheinlich versuchte dieser rücksichtslose Geschäftsmann gar nicht erst zu verbergen, dass die Freundlichkeit seiner Stimme nur so lange anhielt, wie er bekam, was er wollte. Sein Ruf, dass selbst russische Mafiabosse vor seiner Brutalität Angst haben sollten, störte diesen Mann offensichtlich nicht weiter. Ganz im Gegenteil. Umso mehr seine Geschäftspartner von seiner Grausamkeit überzeugt waren, umso weniger war es erforderlich, sie davon erst einmal überzeugen zu müssen.

Im Moment spielte er recht halbherzig die Rolle eines hocherfreuten Gastgebers, der ein gutes Geschäft witterte: „Herr Doktor Brüchle, schön dass Sie sich die Mühe gemacht haben, herzukommen. Und ganz die Pünktlichkeit selbst. Sie sollten für uns arbeiten. Mit Ihrer Zuverlässigkeit. Mit Ihren Talenten. Wirklich ein Jammer, auf jemanden wie Sie verzichten zu müssen."

„Herr Steiner, ich bitte Sie. Ich bin ja froh, dass Sie mir die Gelegenheit zu diesem Gespräch geben. Ist es notwendig, dass er …?" Dr. Brüchle wies fragend mit dem Kopf zu dem Mann, der ihn hereingeführt hatte, und der steif an der Tür stehen geblieben war, ohne dass der Mann den Besucher auch nur einen einzigen Moment aus den Augen ließ.

„Sie meinen Luigi? Beachten Sie ihn einfach nicht! Wenn

ich es möchte, ist Luigi blind und taub. Sehr zuverlässiger Mann übrigens, glauben Sie mir, Herr Doktor Brüchle. Ich meine, nur für den unwahrscheinlichen Fall, dass einer meiner Gäste jemals auf den falschen Gedanken kommen sollte, er könnte einen Vorteil davon haben, wenn es mich nicht mehr gäbe."

Dr. Brüchle hatte den Verdacht, diese Formulierungen gehörten zu einem durch ständige Wiederholungen fest eingeübten Repertoire, aus dem sich Steiner je nach Situation und Belieben bedienen konnte. Da gab es sicherlich Wendungen, die in ihrer Direktheit noch nicht einmal mehr für das Spätnacht-Programm eines kommerziellen Senders passten.

„Können wir dann gleich zur Sache kommen?", unterbrach Steiner Dr. Brüchles Überlegungen. „Sie verstehen sicher, dass ich nicht viel Zeit für Sie erübrigen kann."

„Versteht sich von selbst. Ich bin Ihnen ja auch sehr dankbar, dass Sie sich …"

„Schon gut! Das sagten Sie bereits. Erklären Sie einfach, womit ich Ihnen dienen kann!"

„Um es kurz zu machen, Herr Steiner. Ich suche … sagen wir einen zuverlässigen Geldgeber für eine sehr lukrative Investition hauptsächlich im Bereich der alternativen Medizin."

„Davon bin ich nach unserem Telefongespräch bereits ausgegangen. Was haben Sie mir also konkret anzubieten? Fassen Sie sich, wie gesagt, aber bitte kurz!"

„Wie bereits erwähnt, ein sehr gutes Geschäft für diejenigen, die es richtig anzugehen verstehen. Es ist vor allem nach sehr unterschiedlichen Seiten ausbaubar." Es brauchte zwischen den beiden nicht erst geklärt zu werden, dass bis auf eine eindrucksvolle legale Fassade die wenigsten dieser Seiten sich im Rahmen der allgemeinen Gesetzgebung bewegen würden.

„Und was würde mich dieses Geschäft kosten?", fragte Steiner, ohne weiter auf die Art des Angebots einzugehen.
„Zehn Millionen Euro auf ein Schweizer Nummernkonto."
„Das ist sehr viel Geld, mein lieber Herr Doktor. Was glauben Sie, was mir so viel Geld wert sein könnte?"
„Nichts weiter als die Tatsache, dass das angebotene Geschäft mindestens das Fünffache, wenn nicht sogar das Zehnfache wert ist oder zumindest wert sein könnte, immer vorausgesetzt, man geht es systematisch an und lässt sich nicht von irgendwelchen belanglosen Bedenken irritieren."
„Dann frage ich mich allerdings, warum Sie das Geschäft nicht allein machen wollen."
„Eine gute Frage. Sagen wir, mir fehlen für die Realisierung des Geschäfts auf nationaler und internationaler Ebene einfach die finanziellen Mittel und die erforderlichen geschäftlichen Verbindungen, um die Methode effektiv wirtschaftlich nutzen zu können."
„Also gut. Wie bereits erwähnt, bin ich ein vielbeschäftigter Mann. Sie haben jetzt genau zehn Minuten Zeit, mich von Ihrer sogenannten Methode zu überzeugen. Sollte das nicht ausreichen, dann wird sich Luigi dort an der Tür um den Rest kümmern." Steiners Blick verriet, wie wenig das dann noch mit den sonst üblichen Geschäftspraktiken zu tun haben würde. „Also legen Sie endlich los!"
Dr. Brüchle brauchte nur sechs Minuten und dreiundvierzig Sekunden, um diesen Mann von den finanziellen Möglichkeiten seiner Geschäftsidee zu überzeugen. „Wenn Sie das Sanatorium zusätzlich erwerben würden, hätten Sie sicherlich eine ausgezeichnete Fassade … Sie verstehen wohl, worauf ich hinaus will."
„Gewiss, Herr Doktor Brüchle. Wer ist alles in diesem Geschäft drin?"
„Wie bereits gesagt, nur diese Frau Doktor Lechner, die

diese Methode entwickelt hat. Wäre ganz gut, wenn sie in der Übergangsphase weiter für den Auftraggeber arbeiten würde, wenigstens so lange, bis alle möglicherweise auftauchenden Fragen für ihren Nachfolger geklärt sind."
„Verheiratet?"
„Ja, aber ich werde mich darum kümmern, dass ihr Mann nicht weiter bei dem Ablauf stört. Wir haben da noch eine kleine – sagen wir – persönliche Rechnung offen. Verlassen Sie sich in diesem Punkt ganz auf mich!"
„Na schön! Sind Sie sich ganz sicher, dass diese Frau ihr Sanatorium und die Methode uns überlassen wird?"
„Ich werde ihr einen entsprechenden Preis anbieten."
„Trotzdem wäre es ja denkbar, dass die Dame andere Vorstellungen über eine mögliche Zusammenarbeit haben könnte. Nicht jeder ist durch Geld gleich zu überzeugen. Manchmal völlig unerklärlich, welche Bedenken die Leute so haben können, wenn es um Geschäftsabschlüsse geht."
„Zugegeben, denkbar wäre es, aber ich glaube, ich habe da doch noch die ein oder andere Möglichkeit, um Frau Doktor Lechner von den Vorteilen unserer Geschäftsbeziehung zu überzeugen."
„Da kann ich Ihnen ja nur viel Erfolg wünschen. Wissen Sie, Luigi und seine Freunde können sehr empfindlich reagieren, wenn Geschäfte nicht in unserem Sinne abgeschlossen werden können, oder wenn sich die Abschlüsse ewig hinziehen. Wirklich bedauerlich, dass einige Leute erst durch Schaden klug werden."
Nur für einen Augenblick flatterten Dr. Brüchles Augenlider, bevor er ruhig nachfragte: „Sie wären also prinzipiell an der Geschäftsidee interessiert?"
„Ganz prinzipiell, ja. Beim Preis scheinen Sie mir jedoch deutlich zu hohe Erwartungen an die wirtschaftliche Machbarkeit zu haben, aber darüber können wir erst abschließend

sprechen, wenn alle Details von meinen Leuten geklärt wurden. Einer meiner Spezialisten wird sich in Ihrem Sanatorium als Kurgast anmelden, um sich vor Ort einen möglichst schnellen Einblick zu verschaffen."
„Schwierig. Das Haus ist auf lange Zeit belegt, aber …"
„Aber ich bin mir ganz sicher, Herr Doktor, Sie werden da Ihre eigenen Wege finden, damit ich nicht enttäuscht werde, nicht wahr?" Die letzten beiden Worte deuteten an, dass es kaum ein Gerücht war, wie Steiner auf Enttäuschungen zu reagieren pflegte. Wenig Grund, sich in diesem Punkt große Illusionen zu machen.
„Herr Steiner, ich werde mein Bestes …"
„Ich bin ganz sicher, Sie werden sogar noch mehr tun. Denken Sie immer nur daran, wie nervös Luigi und seine Leute werden könnten, wenn es unnötige Probleme mit der Unterbringung oder dem Verlauf unseres Geschäftes geben sollte. Und jetzt fürchte ich, muss ich Sie leider verabschieden. Ihre Unterlagen lassen Sie mir am besten gleich zur weiteren Prüfung da."
„Wer sagt mir …?"
„Luigi wird Sie hinausbegleiten, Herr Doktor Brüchle. Meinen allerbesten Dank noch einmal für Ihre Mühe, extra hierher nach Augsburg zu kommen." Nicht schwer zu erraten, dass die gesprochenen Worte und deren tatsächliche Bedeutung Lichtjahre voneinander entfernt lagen. „Sie werden von uns auf die ein oder andere Art und Weise hören. Da bin ich mir ganz sicher."
Ja, auf die ein oder andere Art und Weise.
In diesem Punkt glaubte ihm Dr. Brüchle direkt. Er würde auf der Hut sein, nur für den Fall, dass ihre Vorstellungen über den weiteren Verlauf der Geschäftsbeziehung zu weit auseinander gingen. Mit allzu großen Skrupeln war in einem solchen Fall von keiner der beiden Seiten zu rechnen.

20.06.2013, 19.36 Uhr

Eigentlich hatte Frau Dr. Lechner sich fest vorgenommen, sich mit Lisa nicht auf endlose Diskussionen einzulassen. Sehr erfolgreich war sie bisher mit ihrem Vorsatz nicht gewesen. Nicht gerade verwunderlich, denn ihre Tochter wollte ursprünglich mit irgendwelchen Freunden, die kaum viel älter waren als sie, nach Lanzarote fahren (natürlich ohne Begleitung ihrer Mamas), aber das hatte Frau Dr. Lechner nicht erlaubt. Die Auseinandersetzung mit ihrer Tochter hatte inzwischen kriegsähnliche Ausmaße angenommen. Die vorangegangene Unterhaltung mit ihrem Mann zum selben Thema konnte auch nicht gerade friedfertig genannt werden.

„Lass sie doch fahren", hatte er sie gedrängt.

„Du spinnst wohl. Sie ist erst siebzehn." Die Gründe, warum sie auf Ferien bei ihrem Bruder beharrte, sollten weiter ihr kleines Geheimnis bleiben.

„Lisa ist fast achtzehn, Franziska", stellte Nils sachlich klar. „Aber wie du meinst. Sie wird dir dort drei Wochen keine Ruhe lassen, weil sie gegen ihren Willen in das Oberallgäu verschleppt wurde. Wirst schon sehen."

Natürlich hatte Frau Dr. Lechner mit Lisas Widerstand gerechnet, aber so schlimm hatte sie sich ihre Gegenwehr dann doch nicht vorgestellt. „Oberallgäu? Mama, du bist so schrecklich altmodisch", hatte Lisa immer wieder losgejammert, als sie von den Urlaubsplänen ihrer Mutter erfuhr, und dass sie unbedingt dorthin mitfahren müsse.

Lisa hielt es für ein ihr zustehendes Menschenrecht, ihre Meinung aufs Entschiedenste auszudrücken und von diesem vermeintlichen Recht machte sie hinlänglich Gebrauch. Da hatten weder Drohungen, sie im nächsten Schuljahr ganz in einem Internat – am besten gleich im Oberallgäu – unterzubringen, noch das Versprechen geholfen, sie würde nächstes

Jahr ganz bestimmt mit ihr zusammen nach Lanzarote fliegen. Bei ihrem scherzhaften Versuch, Lisa könne ja auch in den Sommerferien Dr. Brüchle bei seiner Arbeit in der Klinik zur Hand gehen, war Lisa völlig ausgerastet. „Wenn du mir das antust, Mama, dann ziehe ich sofort aus und du siehst mich nie wieder!"

Frau Dr. Lechner hatte gleich begriffen: Lisas Reaktion war bestimmt kein Scherz.

Lisa hasste Dr. Brüchle.

20.06.2013, 23.45 Uhr

„Ja … was?"

Wegner wurde von seiner eigenen verängstigten Stimme aus dem Schlaf aufgeschreckt. Oft redete er im Schlaf. Wie fast jede Nacht in den vergangen Jahren, hatte er wieder einen dieser Träume. So ziemlich immer die gleichen. Renate, seine Frau. Marion, seine Tochter. Jedes Mal zu Beginn des Traums die Hoffnung auf ein gutes Ende. Und dann doch immer der gleiche tödliche Ausgang. Danach blieb immer dieses Gefühl der Schuld. Seiner Schuld.

Nacht für Nacht die gleichen zermürbenden Selbstanklagen, die gleichen Selbstvorwürfe. Oft Stunden der düstersten Erinnerungen, die ihn nicht mehr in Ruhe ließen.

Wegner hielt den Atem an, horchte. Auch das gehörte mit zum üblichen Ablauf. War da wer? Schritte vielleicht? Stimmen? Durch die offene Tür, die er nie zumachte, glaubte er in der Stille der Nacht das Tropfen des Wasserhahns unten im Bad zu hören.

Einbildung! Nein, da war nichts! Er sehnte sich nach Schlaf, wälzte sich hin und her. Immer wieder. Vergeblich! Das machte keinen Sinn!

Verdrossen von der Sinnlosigkeit seiner Bemühungen, Schlaf

zu finden, öffnete er zögernd die Augen, blinzelte hinüber zu seinem Nachtschränkchen. Sein erschöpfter Blick verfing sich in den leuchtenden Zahlen seines Radioweckers. Drei viertel zwölf. Sein Kopf begann automatisch zu rechnen. Fünf, nein noch etwas mehr als sechs Stunden, dann würde er von Radio Allgäu geweckt. Das allmorgendliche Wecken hätte nicht unbedingt sein müssen, aber Wegner wollte es so. Sein Leben musste auch im vorgezogenen Ruhestand eine gewisse Ordnung behalten. Äußerlich zumindest. Innerlich war sein Leben längst im Chaos seiner Schuldgefühle versunken.

Müde wankte er zum Klo, ließ Wasser. Immer derselbe nächtliche Gang. Manchmal sogar dreimal in der Nacht. „In unserem Alter ganz normal", hatte sein etwa gleichaltriger Hausarzt gemeint. „Altmännerblase, Wegner. Kann man nichts machen."

Vergeblich versuchte Wegner nach seinem Toilettengang gleich wieder einzuschlafen, warf sich trotz der drückenden Müdigkeit immer wieder hin und her. Es ging nicht, denn er war mit einem Mal wieder hellwach, so wie früher, als er nicht selten zu dieser Zeit zu einem Tatort gerufen wurde. In der Regel ein Mord. Bei Bereitschaftsdienst kam das recht häufig in München vor.

Erschöpft von seinen vergeblichen Versuchen, wieder in den Schlaf zurückzufinden, versuchte er, sich zu erinnern. Warum war er überhaupt aufgewacht? Ja, er hatte wieder diesen Traum, in den Bergen zu wandern, und da war noch deutlich dieses Gefühl, dass etwas Schreckliches geschehen würde. Bauchgefühl. Innere Stimme. Im Letzten kann trotzdem niemand seinem Schicksal entkommen.

Was konnte ihm denn noch geschehen?

Trotzdem, diese irrationale Angst hatte ihn wieder einmal geweckt. Eine reale Vorahnung? Aber auf was?

Schmarrn! Wer weiß, ob es so etwas überhaupt gab. Wahrscheinlich war da gar nichts dran.
Trotzdem, da war wieder diese entsetzliche Angst. Eine unbestimmte Furcht. Nur das vage Gefühl, es würde etwas Schreckliches geschehen, und er könnte es auch dieses Mal nicht ändern. Wie damals, als … Marion.
Besser sich nicht in diesen düsteren Erinnerungen erneut verlieren. Entschlossen versuchte er, sich auf den Rhythmus seines Atems zu konzentrieren, wie es ihm sein Therapeut empfohlen hatte.
Zwecklos! Die Gedanken, Ängste, Erinnerungen waren gleich wieder da. Mit all ihrer erdrückenden Macht. Davor konnte er keine Ruhe finden. Nie!
Aber … wovor hatte er solche Angst?
Er hätte es nicht sagen können. Es gab eigentlich keinen vernünftigen Grund dafür. Nur wieder so ein verdammtes Bauchgefühl, was er von früher bei der Polizei in München recht gut kannte. Eine Art sechster Sinn, den viele der Kollegen in der Polizeiinspektion 43 kannten. Überlebensinstinkt, innere Stimme, hatte Obermayr, der Leiter der Dienststelle, ständig gesagt. „Die kann man hier in den sozialen Brennpunktvierteln Münchens gut brauchen", wurde Obermayr nicht müde zu betonen.
Trotzdem … sein Überlebensinstinkt hatte ihm am Ende auch nicht viel genützt.
Besser nicht daran denken! Nicht an Obermayr! Nicht an Renate! Nicht an Marion! Und auch nicht an die vielen anderen, die Schuldigen, die Verzweifelten und vor allem nicht an die Toten … Das machte sie auch nicht mehr lebendig.
Wieder warf Wegner sich auf die andere Seite, aber seine Gedanken hatten sich längst wieder selbstständig gemacht, ließen ihn nicht mehr los. Dieser Traum? Irgendwie glaubte Wegner die vertraute Stelle gut zu kennen, denn damals

kam er regelmäßig aus München zu seinem Jahresurlaub in die Tannheimer Berge. Für ihn war es nie eine Frage, im Allgäu Urlaub zu machen, schließlich hatte er schon immer jede freie Minute mit Bergsteigen und Skifahren verbracht, zumindest wenn das Wetter so halbwegs passte. Und dabei blieb es auch, als er in München als Kriminalpolizist arbeitete. Zuerst kam er mit seiner jungvermählten Frau Renate, später auch zusammen mit ihrer Tochter Marion.

Oh ja, Marion. Kind, es tut mir furchtbar leid … ich wollte doch nicht … Bitte! Glaube mir!

Ohne dass er es wieder einmal verhindern konnte, machten sich bei diesem Namen seine Gedanken selbstständig. Gegen seinen Willen. Vier Jahre war das jetzt her, als er noch Kriminalkommissar in Kaufbeuren war.

Vier Jahre, und kaum eine Nacht war seitdem vergangen, in der er nicht daran gedacht hatte, wie er damals seine Tochter in der Aula des städtischen Gymnasiums in Kaufbeuren erschossen hatte. Der 27. Februar, 2009. Das Datum würde er nie vergessen. Denkzwang. Erinnerungszwang.

Ein tragisches Unglück. Das hatten sie alle gesagt. Die Kollegen in der Kaufbeurer Dienststelle. Der nette junge Psychologe, zu dem er einige Male gegangen war. Die Ergebnisse des Untersuchungsberichts waren auch zu diesem Schluss gekommen. Selbst die Sensationspresse, die sonst jede Gelegenheit wahrnahm, auf die öffentlichen Behörden zu schimpfen, zeigte ein Einsehen. Alle hatten sie es gesagt: Ein tragisches Unglück. Nichts weiter.

Trotzdem … es blieb dieses verdammte Gefühl seiner Schuld.

Nach dem Selbstmord seiner Frau und dem Tod seiner Tochter war er oft allein zum Wandern in die Tannheimer Berge gefahren. Schon wegen der Stille, und – ohne es sich selbst jedes Mal einzugestehen – vielleicht gerade wegen dieser Erinnerungen. An beide. Renate. Marion. Und dass er schuld an ihrem Tod war. An jedem Tod auf seine eigene Weise. Und wie so oft stürzte Wegner erneut in dieses Chaos seines Erinnerungskarussells, das sich immer schneller drehte.

Bilder. Bilder. Die Szene einer Überwachungskamera, als seine Frau sich in München vor einen einfahrenden S-Bahn-Zug warf. Auch deswegen hatte er sich von München nach Kaufbeuren versetzen lassen.

Bilder. Bilder. Die leeren Augen seiner Tochter, die er gerade in der Aula des Gymnasiums als gesuchte Serieneinbrecherin erschossen hatte.

Eigentlich hatte er deshalb damals, in 2009, den Polizeidienst für immer aufgegeben, hatte sich hierhin zurückgezogen, um seine Ruhe vor diesen Erinnerungen zu haben. Er wollte nichts mehr mit Verbrechen, mit endlosen Ermittlungen zu tun haben. Das war doch in einem anderen Leben … damals.

Schwer seufzte er. Wie so oft stand er auf, schlurfte mit hinten runtergetretenen Hausschuhen in seine Werkstatt, begann gleich, an einer angefangenen Figur weiterzuschnitzen. Warum seine Figuren so einen traurigen Eindruck machen würden, fragte man ihn immer wieder. Warum?

Kein Wunder! Wirklich nicht. Schnitzen war für ihn wie ein Ventil. Es war jedenfalls bisher der einzige Weg, in der Nacht diese bedrückenden Erinnerungen loszuwerden. Und diese entsetzliche Angst, dass wieder irgendetwas passieren würde. Irgendetwas Schreckliches. Und er könnte es wieder einmal nicht verhindern.

Es wäre wieder seine Schuld … allein seine Schuld.

02.08.2013, 13.21 Uhr

Nils war hartnäckig bei seinem anfänglichen Entschluss geblieben, die Stellung auch im Urlaub im Sanatorium zu halten. In letzter Zeit schien er die Rolle mit seiner Frau getauscht zu haben, denn nun war er es, den irgendetwas mehr und mehr zu beunruhigen schien, aber Frau Dr. Lechner schrieb dies mehr der sommerlichen Hitze und dem Hochbetrieb in der Klinik zu.

»Betriebsblind« waren sie beide schon lange, jeder auf seine eigene enge Weise.

In ihrer Privatwohnung saßen sie gerade beim letzten gemeinsamen Mittagessen vor dem Urlaub. »Gemeinsam« hieß wieder einmal wie so oft, er allein mit seiner Frau. Lisa war auf ihrem Zimmer verschwunden. Sie hätte sowieso keinen Hunger und sie müsse noch ein paar Sachen für die Ferien packen. Das hatte sie jedenfalls vor sich hin gemault, als es hieß, man würde heute etwas später zu Mittag essen.

„Nils, was ist mir dir?“, fragte Frau Dr. Lechner, nachdem er nur sehr geistesabwesend auf ein paar Last-Minute Fragen geantwortet hatte.

„Was sollte schon sein? Wieso meinst du?“

„Scheinst mir mit deinen Gedanken im Moment nicht gerade hier zu sein. Wenn du mich fragst, würden dir ein paar Tage Urlaub auch ganz guttun.“

„Komme vielleicht nach, wenn ich dazu komme“, sagte er, aber es klang für sie nicht wirklich so, als hätte er tatsächlich die Absicht dazu.

„Wenn du wirklich kämest, würden Lisa und ich uns sehr freuen“, sagte sie ohne viel Hoffnung in der Stimme.

„Das weiß ich ja, aber, Liebes, ich kann wirklich im Moment nicht hier weg. Versteh doch!“

„Du redest ganz so, als könntest du etwas Wichtiges hier verpassen, wenn du mal einen Tag nicht in der Klinik wärest.

Der alte Papst war kaum zurückgetreten, da hatten sie schon wieder einen neuen gewählt."
„Wie meinst du das jetzt?"
„Ich meine, niemand ist unersetzlich! Auch du nicht. Denk immer daran!"
Entweder aus Gewohnheit beim Essen über die Probleme in der Klinik sprechen zu müssen, oder um von dem heiklen Thema »Gemeinsamer Urlaub« abzulenken, begann er etwas von einer dringenden Anfrage zu reden, und dass er trotz Überbelegung zusagen haben müsse, da Dr. Brüchle gemeint hätte, der Geschäftsmann, für den ihr neuer Kurgast arbeiten würde, wäre ziemlich einflussreich in Augsburg.
„Aber wir sind doch bis unter das Dach belegt", wandte Frau Dr. Lechner ein, die inzwischen selbst nur mit halbem Ohr zugehört hatte, weil sie mit ihren Gedanken schon auf dem Weg zu ihrem Bruder unterwegs war.
Nils tat so, als würde er es nicht bemerken. „Ich habe im Sebastianeum nachgefragt, ob sie Frau Liebert von der Siebzehn vorübergehend aufnehmen können, so dass wir für diesen Herrn Scherrer Platz machen können."
„Du hast was?", fragte seine Frau überrascht.
„Franziska, versteh doch! Doktor Brüchle meinte, dieser Mann würde im Auftrag eines sehr reichen Finanziers unterwegs sein, der neue Anlagemöglichkeiten für sein Geld suchen würde."
„Na und? Frau Liebert kommt jedes Jahr. Kein Grund sie …"
„Unser Schaden würde es bestimmt nicht sein, wenn wichtige Leute mit Geld Interesse an deiner Methode zeigen. Mit ein wenig Kapital könnten wir deine Methode auf Dauer etwas ausbauen. In diesem Punkt hat Doktor Brüchle völlig recht. Natürlich beginnen wir mit der Vermarktung erst, wenn du mit deinen Forschungsarbeiten so weit bist. Versteht sich von selbst."

„Na, wenn ihr beiden Herrschaften euch so einig seid, dass es so wichtig ist", lenkte Frau Dr. Lechner ein, da sie sich nicht schon wieder auf diese lange Diskussion über die Zukunft des Hauses und ihrer Methode einlassen wollte. „Mir soll's erst einmal recht sein, solange du wegen Brüchles Spezies nicht gleich das ganze Haus leer räumst."

Ihr ungutes Gefühl blieb trotz ihres schnellen Zugeständnisses. Ein wenig seltsam kam ihr diese Geschichte schon vor. Dr. Brüchle kümmerte sich doch sonst auch nie um die Belegung im Haus. Sicher, er war ein sehr qualifizierter Mediziner, keine Frage, aber bei den Kurgästen wirkte er manchmal zu kalt, zu überheblich. Bei ihren Forschungsarbeiten brachte er jedoch viele eigene Ideen ein, aber wenn es einmal nicht nach seinen Wünschen lief, dann konnte er auch recht nachträglich sein. Ständig kam er damit, wie viele Möglichkeiten zur Vermarktung noch ungenützt wären. Kein Wunder, dass sich die beiden Herren so gut verstanden.

So richtig traute sie Dr. Brüchle allerdings nicht über den Weg. Zum Beispiel dieser eisige Blick neulich, als sie ihm sagte, er solle sich mit seinen hypnotischen Versuchen etwas zurückhalten, das wäre nicht ihre prinzipielle Richtung in der Klinik. Selbstsuggestionen ja, aber die mussten vom Patienten selbst kommen, da er sie selbst kontrollieren konnte.

Jetzt hatte sie ihre tägliche medizinische Tätigkeit am Ende doch wieder eingeholt, dabei hatte sie sich fest vorgenommen, Arbeit einfach mal Arbeit sein zu lassen …

Blieb nur zu hoffen, dass es ihr die nächsten Wochen bei ihrem Bruder nicht auch ständig so ging. Dafür war diese grandiose Landschaft dort in Fischen viel zu schade. Sie kannte die Gegend, wenn sie auch lange nicht mehr dort war. Als sie mit ihrem ersten Mann jung verheiratet war,

war sie mit ihm oft von Bad Wurzach nach Oberstdorf zum Kurzurlaub gefahren, und damals hatten sie sich bisweilen auch mit ihrem Bruder und ihrer Schwägerin getroffen, die ebenfalls regelmäßig in die Gegend um Sonthofen oder rüber in die Tannheimer Berge kamen. Oft hatten sie damals gemeinsame Wandertouren gemacht, hatten bisweilen auch in einer Berghütte übernachtet.
Für Frau Dr. Lechner war es ein Traum, den offensichtlich nicht alle teilten. In ihrer Vorfreude hatte sie mehreren Kurgästen von ihren Urlaubsplänen erzählt. Einige hatten sich sehr gewundert, hatten skeptisch geschaut. Das Oberallgäu? Sicherlich ganz schön, aber …
Nachsichtig hatte auch Dr. Brüchle gelächelt, als sie von ihrer Absicht erzählte, bei ihrem Bruder in Fischen Urlaub zu machen. „Und Sie wollen wirklich Ihre Tochter dahin mitnehmen?“, hatte er ungläubig gefragt, wobei das »dahin« bei ihm wie Wüste Gobi oder Dschungel irgendwo im Amazonasgebiet geklungen hatte. „Ihre Tochter wird sich wahrscheinlich dort langweilen, meinen Sie nicht auch?“
Als wenn ihn das was anginge. Sowieso – Dr. Brüchle und Lisa. Wenn die sich nicht hassten, wer dann sonst? Gingen sich aus dem Weg, wo es nur möglich war. Sie hatte Lisa ein einziges Mal gefragt, warum sie den Assistenzarzt nicht mochte. Ihre Reaktion war wie so oft in letzter Zeit äußerst heftig ausgefallen: „Mama, ich mag ihn nicht, und damit gut! Frag mich nie, nie wieder!“
Einen Moment hatte sich Frau Dr. Lechner gefragt, ob Dr. Brüchle vielleicht ihre Tochter belästigt … Sie hatte den Gedanken gleich wieder fallen lassen. Unwahrscheinlich!
Der kannte doch nur seine Arbeit … obwohl, man konnte nie wissen.

02.08.2013, 15.48 Uhr

Später glaubte Frau Dr. Lechner sich genau an die Situation auf ihrer Fahrt erinnern zu können, wann ihr selbst die ersten Bedenken gekommen waren, ob es wirklich so ein guter Plan von ihr war, in Fischen bei ihrem Bruder Urlaub machen zu wollen.

Ihre Anreise stand jedenfalls nicht gerade unter einem glücklichen Stern. Aus irgendwelchen ihr völlig unerklärlichen Gründen verwehrte das Navi seinen sonst so zuverlässigen Dienst. „Deine negative Ausstrahlung, Mama", spottete Lisa, als das Gerät hinter Waltenhofen plötzlich seinen sonst so bewährten Dienst aufgab.

„Sollte kein Problem sein, Kleines. Onkel Klaus hat es mir genau erklärt", hatte sie da noch zuversichtlich gekontert.

Das hätte sie allerdings besser nicht gesagt, denn ihre Tochter zitierte sie nicht nur einmal während der geschlagenen Stunde, die sie völlig verirrt in Fischen herumkurvten. Ja, Wegner hatte ihr eigentlich den Weg sehr detailliert erklärt. Eigentlich eine recht leichte Beschreibung, wenn man nicht wie sie eine Abfahrt zu früh von der B 19 abbog, was sie allerdings erst viel später erfahren sollten. Als ihre Tochter lauthals loslachte, als Wegner den kleinen Irrtum aufklärte, entschuldigte sich ihre Mutter damit, dass selbst mit funktionierendem Navigationssystem die abgelegene Adresse ihres Bruders ein Problem dargestellt hätte.

Natürlich versuchten sie sich durchzufragen, schließlich war Fischen nur ein Dorf von überschaubarer Größe. Aber die befragten Leute waren in der Regel auch keine Einheimischen und vergrößerten durch ihre gutgemeinten Ratschläge und sehr unterschiedlichen Richtungsanweisungen nur noch mehr die allgemeine Verwirrung. Auf jeden Fall hatten sie bei drückender Sommerhitze genügend Zeit, um ins Grübeln zu kommen.

Auf der engen Dorfstraße in Fischen musste sie nach einer geschlagenen Stunde sinnlosen Hin- und Herfahrens mit ihrem Mercedes der S-Klasse auch noch rechts ranfahren, um eine Herde von braunen Kühen mit langen Hörnern vorbeizulassen.
Die Hinweisschilder auf Sonthofen, Oberstdorf und Immenstadt, kleine Städte, die in unmittelbarer Umgebung ihres Ferienortes Fischen lagen, galten zwar für das touristisch Lukrativste, was diese Gegend zu bieten hatte, aber ihre genervte Tochter hatte durchaus in einem Punkt recht: Es war hier an vielen Stellen schon sehr ländlich, sehr gebirgig, und alles schien so gänzlich anders als im flachen Unterallgäu, von wo man die Alpen nur an sehr schönen Tagen in weiter, verklärter Ferne sehen konnte.
„Mama, das ist doch alles nicht dein Ernst." Wie nicht anders zu erwarten war, hatte sich Lisa von Anfang an gegen diesen Urlaub bei Onkel Klaus gewehrt, und sie ließ auch keine Gelegenheit ungenützt, um dies auch während der gesamten Fahrt theatralisch seufzend und jammernd deutlich zu machen. Als würde sie gerade verschleppt, stöhnte sie auf dem Beifahrersitz in regelmäßig kurzen Abständen laut auf, während sie den gemächlich vorbeiziehenden Rindviechern entsetzt hinterhersah: „Mama, das ist ja voll madig. Du glaubst doch nicht im Ernst, dass ich in so einem gottverlassenen Nest wochenlang bleibe, oder?"
„Und ob ich das glaube, Kleines. Ich habe nämlich alles schon mit Onkel Klaus besprochen." Wäre Lisa etwas hellhöriger für den Unterton in der Stimme ihrer Mutter gewesen, hätte sie deutlich herausgehört, wie wenig diese inzwischen von ihrer eigenen Idee überzeugt war. Aber Lisa wusste auch nicht, dass ihre Mutter nie zugeben würde, wie wenig Onkel Klaus begeistert von ihrer Bitte gewesen war, die nächsten Wochen bei ihm als Feriengäste zu verbringen.

„Mama, muss das wirklich sein?“ Lisas Frage kam seit ihrer Abfahrt in Bad Wörishofen im Fünf-Minuten-Takt, so, als würde sich dadurch noch irgendwas ändern lassen.
Nein, die Entscheidung mit Lisa hierher zu kommen, war schon richtig. Frau Dr. Lechner gewann ihre gewohnte Selbstsicherheit wieder, als sie die herrliche Bergkulisse um sich herum betrachtete. „Schau mal Kleines! Ist doch phantastisch?“
„Ist jetzt nicht dein Ernst, oder?“, stöhnte Lisa, wobei sie ihre Mutter anschaute, als hätte diese gerade den Verstand verloren.
Diese kannte nur zu gut den anklagenden Blick ihrer Tochter, aber als wäre dies das Normalste auf der Welt, wies sie mit dem Zeigefinger weiter unverdrossen auf ein paar Bergspitzen, und befand, ein Urlaub hier im Voralpengebiet sei im Moment für sie beide genau das Richtige. Es wäre mal eine Abwechslung zur alltäglichen Hektik in der Klinik in Bad Wörishofen.
„Nils musste ja auch nicht mit.“ Auch das stellte ein wochenlang bekanntes Argument ihrer Tochter da.
„Lisa, ich weiß nicht, was du hast, wirklich nicht. Von hier können wir jeden Tag in die Berge zum Wandern gehen. Wird dir sicher Spaß machen.“
„Wandern? Wie bist du denn drauf? Kannst du dir gleich knicken, Mama. Kein Bock, in den Bergen rumzulatschen. Jede Wette, die haben nicht einmal eine Disco hier …“
„Die brauchen sicher auch keine. Und du wirst ganz sicher auch ein paar Tage gut ohne auskommen können. Wirst schon sehen, Kleines. Außerdem bist du sowieso noch ziemlich jung für jeden Tag in die Disco zu gehen, oder?“
„Mama, ich bin schon siebzehn, falls du es vergessen haben solltest.“
„Wie könnte ich das vergessen? Du erinnerst mich ja ständig dran.“

Mit verhangenem Blick folgten Lisas Augen dem Bauern, der die Kühe mit einem Stock vor sich hertrieb, wobei Lisa ein solch leidendes Gesicht machte, als müsste sie die nächsten Wochen im Gefängnis in Kempten verbringen. „Hat Onkel Klaus denn wenigstens einen Fernseher auf meinem Zimmer?"

Jetzt war es an der Mutter, auftrittsreif zu seufzen: „Kind, als ich mit deinem Vater vor zehn Jahren zum letzten Mal hier in der Gegend war, haben sie bereits mit Messer und Gabel gegessen."

An Lisa prallte jeder Versuch von Ironie und Sarkasmus ab: „Was du nicht sagst, Mama. So fortschrittlich sind die schon? Bin schon ganz gespannt, ob sie bereits etwas von Facebook und Internet gehört haben."

„Kleines, schau doch mal! Da vorne ist der Achweg." Erfreuter und erleichterter konnte Columbus auch nicht geklungen haben, als er Amerika entdeckte.

„Ist ja super." Auch Lisa verstand sich auf Sarkasmus.

Während sie dem Achweg weiter dorfauswärts folgten, fragte Lisa: „Sag mal, Mama, wieso vor zehn Jahren? Ich dachte, da hätte Onkel Klaus noch in München als Bulle gearbeitet."

Frau Dr. Lechner schnalzte ungeduldig mit der Zunge: „Kind, wie du wieder daherredest."

„Hat er, oder hat er nicht."

„Ja, was deinen Onkel Klaus angeht, hast du ja ganz recht. Damals waren wir hier ganz in der Nähe in einer Pension untergebracht, während Tante Hildegard in Memmingen auf dich aufpasste. Warst ja damals schon so dickköpfig, wolltest auf keinen Fall mit uns fahren."

„Und was war mit Onkel Klaus?", warf Lisa ungerührt ein.

„Der war damals noch Kriminalbeamter in München, hat sich dann jedoch später nach Kaufbeuren versetzen lassen."

„Kaufbeuren? Na super! Muss ja nach München ein ganz schöner Kulturschock für ihn gewesen sein."
„Ach was! Ich denke, es hat ihm ganz gutgetan."
Obwohl ihre Mutter offenkundig nicht daran interessiert war, dieses Thema weiter zu vertiefen, bohrte Lisa unbarmherzig an der Stelle weiter, wo es später wirklich wehtun konnte: „Und warum wohnt er jetzt hier in diesem gottverlassenen Nest?"
„Warum er hier wohnt? Das ist eine lange Geschichte, Kleines, die du nicht kennen kannst. Das war damals, als du das Internat in Füssen besucht hast."
„Bleib beim Thema, Mama! Warum wohnt er jetzt hier?"
„Am besten, du fragst deinen Onkel selbst." In diesem Moment schienen ihr selbst Bedenken zu kommen, ob das wirklich eine so gute Idee war. „Oder noch besser, du lässt ihm einfach seine Ruhe mit der Vergangenheit. Würde mich nicht wundern, wenn er nicht gerne darüber reden würde."
Sie hätte kaum eine Formulierung finden können, die Lisa nicht noch neugieriger gemacht hätte: „Mama, mach es nicht so spannend! Erzähl endlich!"
Frau Dr. Lechner kannte ihre Tochter, wusste, es machte wenig Sinn, sich zu weigern, denn Lisa würde keine Ruhe geben, bis sie das Wesentliche aus ihr herausgeholt hatte. „Also gut, du kleine Nervensäge, aber du musst mir versprechen, dass du Onkel Klaus damit seine Ruhe lässt. Okay!"
„Leg schon los!"
Während ihre Mutter die Hintergründe erklärte, weshalb Wegner für immer den Polizeidienst aufgegeben hatte, vergaß Lisa zum ersten Mal an diesem Tag, wie ungern sie eigentlich ins Oberallgäu hatte kommen wollen. Sie hatte Onkel Klaus seit Jahren nicht gesehen und kannte ihn eigentlich nur noch von einigen beiläufigen Erzählungen, aber diese tragischen Einzelheiten hatte sie nicht gekannt.

Kein Wunder, wenn Onkel Klaus nicht gerne darüber sprach. „Mama, das klingt ja fast wie ein Tatort-Krimi. Am besten, ich werde Onkel Klaus selbst einmal danach fragen, wie ihm das mit seiner Tochter passieren konnte."
„Untersteh dich, Kind! Und jetzt gib endlich mal Ruhe! Es muss hier ganz in der Nähe sein."

02.08.2013, 17.13 Uhr

Als Mutter und Tochter endlich abgekämpft den abgelegenen Hof fanden, kam ihnen Wegner im Hof bereits entgegen. Auch er machte ein Gesicht, das dem seiner widerwilligen Nichte sehr nahe kam. Ein Wunder, dass er nicht gleich brummend fragte, ob sie tatsächlich die Absicht hätten, wochenlang bei ihm zu bleiben.
Erst nach einer guten Viertelstunde war das Eis zwischen ihnen etwas getaut, zumindest seitens des Onkels. Was Lisa betraf, dauerte das Abtauen dann doch noch etwas länger, vor allem, als sie erfuhr, dass es, wie bereits befürchtet, weder Fernsehen noch Internetanschluss hier draußen gab.
„Wahrscheinlich wird es euch schnell zu eintönig hier draußen werden, denn ihr müsst mit mir allein Vorlieb nehmen. Lebe hier ziemlich zurückgezogen." Untröstliches Bedauern war da nicht gerade herauszuhören.
„Na toll!", maulte Lisa, und warf ihrer Mutter einen vielsagenden Blick zu, ganz im Sinne von: »Na, was habe ich dir die ganze Zeit gesagt? Drei Wochen kannst du dir gleich abschminken!«
Ihre Mutter gab ihr mit einer energischen Geste zu verstehen, sie solle sich ja zurückhalten. Wie Frau Dr. Lechner es auch drehen und wenden mochte, es war alles in allem nicht gerade das, was man sonst im Allgäu unter einem enthusiastischen Empfang für einen gern gesehenen Gast oder für beliebte

Verwandtschaft verstand. Wohl kaum: Die Zeichen standen auch für raue allgäuische Verhältnisse alle auf Sturm.

02.08.2013, 17.18 Uhr

Das auch noch! Für einen Moment wünschte sich Svensen, doch mit in Urlaub nach Fischen gefahren zu sein. Wo steckte dieser Brüchle wieder? Wenn man ihn einmal brauchte, dann war er nicht da. Skidt!

Der feine Herr Doktor hatte doch so einen großen Wert darauf gelegt, dass dieser Mann aus Augsburg unbedingt bei ihnen im Haus untergebracht wurde. Und dann noch so kurzfristig. Brüchle, du verdammter Mistkerl! Na warte! Das fing ja super an! Kaum war seine Frau ein paar Stunden mit Lisa aus dem Haus, begann auch schon alles aus dem Ruder zu laufen. Wirklich toll! Und dann noch so ein arroganter Fatzke. Statt sich wie jeder andere Kurgast auch einfach in seinem extra zurechtgemachten Zimmer einmal in Ruhe einzurichten und auf den Arzt zu warten, wollte dieser Mann von ihm Auskunft über alle möglichen medizinischen Details. Als wenn er als Leiter der Verwaltung eine Ahnung von diesen Fragen hätte. Dieser Typ hätte ihn ja gleich nach der Bedienung eines Unterseeboots befragen können.

Also galt es zuerst einmal, Zeit zu gewinnen: „Herr Scherrer, mir wurde bereits von Herrn Doktor Brüchle mitgeteilt, wie glücklich wir sein können, Sie hier in unserem Sanatorium als Gast begrüßen zu dürfen."

„Ja, schon recht. Können Sie mir nun etwas über Ihre Methode sagen, oder nicht?"

„Natürlich kann ich Ihnen einen kleinen Einblick in unsere neu entwickelte Behandlungsmethode geben, aber ich bin mir ganz sicher, Herr Doktor Brüchle könnte Ihnen da

wesentlich kompetentere Auskunft erteilen. Sie entschuldigen bitte, aber ich kenne mich eher in wirtschaftlichen als in medizinischen Fragen aus."
Als er den ungeduldigen Blick des Gastes sah, fuhr Svensen gleich fort: „So viel kann ich Ihnen jedoch schon einmal verraten, dass meine Gattin die nach ihr benannte Lechner-Technik mit ihrem ersten Mann, einem ideenreichen Tontechniker und vielseitigem Musiker, zusammen entwickelt hat. Genau genommen handelt es sich allerdings bei dieser Behandlungsform um eine entscheidende Weiterentwicklung einer bestimmten akustischen Technik, die meine Frau für die Nutzung in der alternativen Medizin systematisch erforscht und erweitert hat." Verunsichert sah Svensen sich nach Hilfe um, aber im Moment sah alles danach aus, als wenn ihm nichts weiter übrig bliebe, als zumindest die wichtigsten Fragen selbst zu klären.
„Die Grundidee dieser Technik beruht auf einem bereits im neunzehnten Jahrhundert von Heinrich Wilhelm Dove entdeckten Phänomen. Vereinfacht können Sie sich diese auf musikalische Effekte basierende Behandlungsweise etwa so vorstellen: Mittels eines Kopfhörers setzen wir die beiden Ohren des Patienten Schallwellen von unterschiedlicher Frequenz aus. Wie Sie wahrscheinlich wissen, können die Tonquellen vom Gehirn erst als unterschiedlich erkannt werden, wenn der Abstand der Schwingungen mehr als dreißig Hertz beträgt. Ist die Differenz, nur um ein Beispiel zu nennen, acht Hertz, dann beginnt sich das Gehirn auf diese acht Schwingungen pro Sekunde einzustimmen, mit anderen Worten, die Person bewegt sich im sogenannten Alpha-Zustand, der für die Entspannung beim Autogenen Training typisch sein dürfte."
„Das dürfte allerdings nicht gerade neu sein, Herr Svensen."
„Da haben Sie völlig recht. Diese Vorgehensweise findet

heute in vielen Bereichen Anwendung und wäre wohl kaum neu und innovativ zu nennen. Das Verdienst meiner Frau und ihres ersten Mannes besteht wohl auch vielmehr darin, systematisch die Bedeutung der unterschiedlichen Frequenzbereiche für die Heilungs- und Genesungsprozesse erforscht und durch gezielte Veränderungen verbessert zu haben. Verschiedene Verfahren mit Selbsthypnose und Visualisierungsverfahren, mit denen der Patient sein Unterbewusstsein programmieren kann, kommen noch hinzu. Wie Sie sicher bereits der Presse entnommen haben, verwenden wir hier im Sanatorium ein eigens von Herrn Lechner und meiner Frau entwickeltes Gerät, in dem akustische und seit Neuestem auch visuelle Reize für die Entspannungsphase kombiniert werden. Da es dieses Gerät noch nicht im Handel gibt, dürfte unsere spezifische Behandlungsmethode derzeit einmalig auf der Welt sein."

„Und das ist schon alles?"

„Nicht ganz, Herr Scherrer! Meine Frau nahm einige für die alternative Medizin wichtige Veränderungen vor, so dass die Fachwelt wohl zurecht inzwischen von einer eigenen Entwicklung spricht."

„Na schön. Und sonst?"

„Selbstverständlich blieb die Weiterentwicklung dabei nicht stehen. Seit Beginn dieses Jahres arbeitet Herr Doktor Brüchle in unserem Haus mit. Er konnte durch seine Forschungsarbeiten früher schon auf sich aufmerksam machen. Bei uns in der Klinik hat er sich auf die Programmierung des Unterbewusstseins in besonders niedrigen Frequenzbereichen des Gehirns spezialisiert. Es handelt sich dabei um akustisch hergestellte Hypnosezustände. Wir bewegen uns da im Theta-Niedrig-Frequenzbereich, so zwischen vier und sechs Hertz."

Da Svensen selbst erstaunt war, wie fachkundig das alles

klang, erklärte er bereitwillig weiter: „Meine Frau steht jedoch derzeit dieser Entwicklung eher abwartend gegenüber, weil zumindest theoretisch damit der unkontrollierbaren Manipulation des behandelten Patienten Tür und Tor geöffnet sein könnte."
„Soll das heißen, Menschen könnten wie Roboter programmiert werden?"
„Im weitesten Sinne ja. Hier im Sanatorium haben wir uns allerdings auf Drängen meiner Frau darauf geeinigt, diesen sogenannten hypnotischen Teil nur dann anzuwenden, wenn das vom Kurgast ausdrücklich gewünscht wird. Ansonsten verlassen wir uns da ganz auf die Selbsthypnosekräfte, wie sie bereits von Émile Coué im 19. Jahrhundert verwendet wurden. Das Neue ist vielmehr die Kombination verschiedener Methoden mit unserem eigenen technischen Gerät."
„Verstehe."
Svensen hatte zwar seine Zweifel daran, weil er selbst nicht so recht verstand, wovon er da redete. Als sein umherschweifender Blick auf einem Buch seiner Frau hängen blieb, das auf jedem Zimmer auslag, fiel ihm ein, wie das Gespräch zu Ende gebracht werden konnte, bevor er sich im weitgehend unbekannten Terrain ganz verlief: „Herr Scherrer, da dies für Sie wahrscheinlich noch alles sehr technisch klingen muss, möchte ich mir erlauben, Ihnen das Buch meiner Frau »Klänge und Töne als Heilprinzip« überreichen zu dürfen. Ich bin mir ganz sicher, Sie werden darin noch weit mehr über die Prinzipien der Lechner-Methode erfahren können."
Selten hatte Svensen sich so schnell in seinen vor Kurgästen sicheren Hobbyraum im Keller zurückgezogen, natürlich nicht ohne den Gast noch einmal ausdrücklich aufzufordern, sich in der Klinik ganz wie zu Hause zu fühlen. Wie jeder Klinikleiter konnte er so etwas sagen, ohne die Augen zu verdrehen.

Rasch schloss Svensen die Tür seines Hobbyraums zweimal hinter sich ab. Dann ging er an seinen verschlossenen Schrank, wo er das Notwendigste aufbewahrte. Er brauchte jetzt erst einmal eine Zeit lang seine Ruhe.
Als er zwei Stunden später seinen Hobbyraum nachdenklich verließ, war er nur in einem Punkt völlig sicher: Gut, dass er nicht nach Fischen mitgefahren war. Die Sache hier in Bad Wörishofen war mehr als in einer Hinsicht dabei, eine entscheidende Wendung zu nehmen.

03.08.2013, 09.47 Uhr

Wie so oft in ihrem Leben lief doch alles anders, und irgendwie doch ein klein wenig in die Richtung, die Frau Dr. Lechner sich erhofft und gewünscht hatte. Trotzdem erschien ihr inzwischen alles falsch. Sicher, da war dieser vage Verdacht und die verbliebene Hoffnung, dass alles für Lisa besser wäre, wenn …
Ihre Zweifel blieben: Selbst wenn sie mit ihren Befürchtungen nicht ganz auf dem Holzweg war, gab es da nicht andere Lösungen für ihr Problem?
Während sie sich gleich nach dem Frühstück im Hof auf einem Gartenstuhl hinter irgendeinem Ganghofer-Roman verkroch, freundete sich zu ihrem Erstaunen Lisa gleich mit ihrem Onkel an, obwohl sie sich kaum ein gegensätzlicheres Paar vorstellen konnte. Der Alte trug, seitdem er hier in Fischen wohnte, einen langen grauen Bart, paffte ständig an einer langen Pfeife, kurz, er stellte mit seinem Janker und der halblangen Lederhose genau das dar, was die Leute aus Norddeutschland sich unter einem richtig zünftigen Allgäuer vorstellten. Irgendwie wirkte es aber auf sie auch wie eine Maske, hinter der ihr Bruder seine wirkliche Angst vor dem Leben ein wenig zu verstecken suchte.

Lisa war hingegen mit einer halblangen, an den Rändern ausgefransten Jeans und einem recht knappen T-Shirt gekleidet, das einen weiten Teil ihres hübschen Bauches sehen ließ, womit sie der Vorstellung von einem jugendlichen Touristen schon recht nahe kam.
Wenn ihre Welten auch Lichtjahre voneinander entfernt lagen, einen Punkt hatten sie gemeinsam: Beide versuchten sie das Geheimnis hinter der Fassade zu entdecken. Gleichgesinnte brauchen nie lange, um ihre gemeinsame Leidenschaft zu entdecken.
Als Onkel Klaus etwas einsilbig erwähnte, dass er in einer angebauten Werkstatt Holzfiguren schnitzte, war Lisas Interesse gleich geweckt. Ein wenig zumindest. In letzter Zeit war in der Schule Kunst und Werken das Einzige, was sie wirklich interessiert hatte. Wahrscheinlich war die darstellende Kunst ihre Art, dieser unerträglichen Wirklichkeit um sie herum zu entkommen.
Die Mutter war ihnen zunächst, wahrscheinlich aus reiner Höflichkeit, in die Werkstatt gefolgt, hatte unterwegs irgendwas vor sich hingemurmelt, man wolle eigentlich nicht bei der Arbeit stören. Lisa warf ihr einen sichtlich genervten Blick zu. „Mama, du musst uns ja nicht unbedingt hinterherlaufen."
Der Onkel hatte sich zunächst, wie es Allgäuer Art war, etwas zurückhaltend gezeigt, aber als Lisa an seiner künstlerischen Arbeit echtes Interesse zeigte, hatte er ihr zunächst einiges geduldig erklärt und es ihr dann auch praktisch gezeigt.
Die Mutter hatte eine Weile, sichtlich gelangweilt, dabeigestanden, hatte immer wieder sehnsuchtsvoll auf ihren Roman geschaut, den sie aus unerklärlichen Gründen mit in die Werkstatt genommen hatte. »Das Schweigen im Walde« von Ludwig Ganghofer. Sehr passend zur alpenländischen

Gegend. Allerdings nicht gerade hier in der Werkstatt. „Du kannst es ja einmal selbst probieren", schlug der Onkel seiner Nichte vor, indem er auf das Werkzeug wies, das gutgeordnet über der Hobelbank hing: unterschiedlich geformte Schnitzmesser, verschieden breite Drechslerbeitel, alle möglichen Arten von Sägen, Figurenschrauben, Schnitzwinkeln und Schraubzwingen. Fertige und halbfertige Skizzen lagen auf einem Beistelltisch.

Halbherzig hatte Lisa das ihr hingehaltene Schnitzmesser genommen, aber zu ihrem eigenen Erstaunen stellte sie sich äußerst geschickt damit an. „Das Talent für das Künstlerische scheint bei uns in der Familie zu liegen", sagte sie zu ihrer Mutter, als diese erstaunt ihre Augenbrauen hochzog.

Frau Dr. Lechner war nach einer Weile resigniert zu ihrem Gartenstuhl zurückgeschlichen und hatte die beiden ihrem Fachgespräch überlassen, was kein Ende nehmen wollte.

Auf jeden Fall hatte sie für den Rest des Tages völlig unerwarteterweise Ruhe vor Lisas Gejammer, wie langweilig es doch hier im Oberallgäu wäre, und dass sich ihre Freunde jetzt in Lanzarote aufs Beste amüsieren würden. Das zufriedene Lächeln, was von Zeit zu Zeit über Frau Dr. Lechners Gesicht huschte, hatte nur wenig mit dem Inhalt ihres Romans zu tun.

Als sie am Abend nach hundert Seiten von Ganghofers Werk zur Schnitzer-Werkstatt hinüber ging und ankündigte, es wäre so langsam an der Zeit, ins Dorf zum Essen zu gehen, winkte Lisa sofort entschieden ab. „Das habe ich schon mit Onkel Klaus geklärt. Ich mache hier noch kurz weiter, und esse danach etwas mit ihm zusammen."

„Du machst was?", fragte die Mutter fassungslos, so als hätte ihre Tochter ihr gerade erklärt, sie würde den Onkel am nächsten Wochenende heiraten.

„Mama, hör doch zu, wenn ich etwas sage!" (Womit sie

sowohl im Wortlaut als auch in der Tonlage ziemlich genau das traf, was ihre Mutter sonst zu ihr zu sagen pflegte.) Darauf erklärte Lisa ihr geduldig, als hätte sie ein kleines Kind vor sich, dass sie angefangen hätte, einen Löffel zu schnitzen, und dass sie daran noch gerne weiterarbeiten würde, schließlich ginge so was nicht in einer Viertelstunde.
Frau Dr. Lechner schaute fragend zu ihrem Bruder herüber. Der nickte nur lächelnd. „Lass sie nur da! Du kannst ja danach mit uns etwas essen, wenn du dir da nichts Besonderes vorstellst."
Die Frau Doktor verstand die Welt nicht mehr. War das wirklich ihre Tochter? War das tatsächlich ihr sonst so muffiger Bruder, der jedem gleich ungefragt sagte, er wolle nichts als seine Ruhe haben?
„Na, wie ihr meint. Ich fahr mal rüber nach Sonthofen zum Essen." Sehr unwahrscheinlich, dass einer der beiden ihr zugehört hatte, denn die waren dabei, weiter mit ihren Messern Späne von ihren Werkstücken zu schaben.
Als sie nach mehr als zwei Stunden etwas nachdenklich vom Essen in einem Restaurant in Sonthofen zurückkam, saßen die beiden zusammen gut gelaunt in der Küche und machten Brotzeit, unterhielten sich ausgelassen, als würden sie schon Jahre zusammenleben. (Nein, sie unterhielten sich nicht über Sido und Bon Jovi, sondern über Schnitzmesser und Schnitztechniken und wo man die besten Wurzeln für seine Schnitzereien finden konnte.)
Stolz zeigte Lisa ihr den am Nachmittag geschnitzten Holzlöffel. „Cool, oder?"

08.08.2013, 14.23 Uhr
„Herr Doktor Brüchle?"
„Ja, am Apparat. Was kann ich …?"
„Un attimo, per favore! Ich verbinde …"

Bevor Dr. Brüchle etwas sagen konnte, war Luigi auch schon wieder weg. Stattdessen meldete sich gleich eine andere, nicht viel angenehmer klingende Stimme: „Steiner hier. Hören Sie zu, Herr Doktor Brüchle! Herr Scherrer hat mir seinen Bericht über diese Methode von Frau Doktor Lechner gerade herübergemailt. Seiner Einschätzung nach hat das Ganze zwar Potenzial für mögliche Investoren, aber Ihr Preis erscheint ihm ebenfalls wesentlich zu hoch zu sein."
„Ich habe ja bereits bei unserem Gespräch in Augsburg signalisiert, dass ich verhandlungsbereit sein werde. Allerdings könnte ich mir vorstellen, dass auch andere Investoren ein Interesse …"
„Nicht diese Spielchen, Herr DOKTOR BRÜCHLE! Nicht mit mir! Sie bekommen einen fairen Preis für die Methode und damit BASTA! Haben wir uns da verstanden?"
„Sicher. Allerdings sollten wir uns wegen der Details doch vielleicht noch einmal zusammensetzen …"
„Ich war noch nicht ganz fertig, Herr Doktor Brüchle. Ich sagte bereits, dass nur schnelle Geschäfte gute Geschäfte sind. Wir sollten in den nächsten Wochen zu einem Abschluss kommen, da besonders meine ausländischen Geschäftspartner drängen."
„Ich fürchte, das wird nicht …"
„Sagen Sie mir nicht, was geht und was nicht!"
„Trotzdem, unter den derzeitigen Bedingungen brauche ich mindestens noch ein Vierteljahr, um …"
„Ein Vierteljahr? Drei Monate? Wo denken Sie hin? Hören Sie mir gut zu, Herr Doktor Brüchle! Heute ist der achte August. Bis spätestens Ende September ist das Geschäft über die Bühne oder ..."
„Also gut, aber beim Preis werde ich Ihnen dann nicht sehr entgegenkommen können. Herr Steiner, Sie haben große Erwartungen und ich auch. Wenn Sie die Ware so dringend

haben wollen, dann werden Sie auch den geforderten Preis zahlen müssen. Ich bitte Sie da um Ihr Verständnis. Aber Geschäft ist Geschäft."
Für einen Moment herrschte tiefstes Schweigen. Dann dröhnte ein lautes Gelächter durch den Hörer. „Alle Achtung, Herr Doktor Brüchle. Sie haben viel mehr Courage, als ich Ihnen zugetraut hätte. Meinen Respekt. Wenn ich Anfang September aus Italien zurückkomme, setzen wir uns wegen der finanziellen Regelung noch einmal zusammen. Aber Courage oder nicht, vergessen Sie nie, dass ich hohe Erwartungen in meine Geschäftspartner habe! Ich komme nur sehr schwer über Enttäuschungen hinweg. Und wie Sie das mit Frau Doktor Lechner klären, ist ganz allein Ihr Problem."
„Das kläre ich schon. Kein Problem. Wenn Frau Doktor Schwierigkeiten machen sollte, dann …"
„Ja?"
„Wenn ihre Tochter ein paar Tage verschwindet, dann wird sie schon einsichtig werden. Sie verstehen sicher, worauf ich hinaus will."
„Eine kleine Entführung, Herr Doktor Brüchle? So was kann sehr ins Auge gehen … sehr."
Tüüt … Tüüt … Tüüt …
Dr. Brüchle legte ebenfalls mit einem Kopfschütteln auf. Er verstand die Welt nicht mehr. Schieflaufen? Was kann bei einer gut vorbereiteten Entführung schon schieflaufen? Ein passendes Haus war auch schon gefunden.
Da Dr. Brüchle das Klicken nicht mehr hören konnte, als sich das automatische Tonband ausschaltete, konnte er auch nicht ahnen, dass ihr ganzes Telefongespräch aufgezeichnet worden war.

12.08.2013, 10.55 Uhr

In der Fachhochschule Kempten, Fachbereich Informatik, vor dem Raum S.3.08 von Professor Dr. Ing. Sebastian Freisinger, fünf Minuten vor der mündlichen Prüfung einen ganz bestimmten Studenten im zweiten Semester zu treffen, war für den recht seriös wirkenden Herrn mit Sicherheit kein Zufall. Ganz bestimmt nicht.

Der Mann wusste recht gut, dass er möglicherweise sehr bald Unterstützung brauchen würde. Wahrscheinlich nur eine Frage der Zeit. Und es musste jemand sein, der Lisa gut kannte. Es hatte ihn einige Mühe gekostet, den Richtigen zu finden, aber wenn jetzt der erste Kontakt erst einmal geknüpft wäre, dann würde es nur noch darum gehen, den Fisch am Haken geduldig an Land zu ziehen. Es gäbe zwar Alternativen, aber der von ihm ausgewählte Student wäre als ehemaliger Mitschüler und guter Freund von Lisa tatsächlich die Traumbesetzung in seinem Plan.

Theoretisch waren seine Absichten zwar auch ohne Unterstützung denkbar, aber es war besser, sich nicht auf Unwägbarkeiten einzulassen, besser, die Fäden zu ziehen und nicht selbst direkt aktiv zu werden. Der Kerl würde später schon kein unliebsamer Zeuge werden. Dafür würde er schon zur rechten Zeit sorgen, und zwar spätestens, wenn der Typ nicht mehr gebraucht würde. Er wäre nicht der Erste.

Mit drei, vier braunen Aktenhüllen in der Hand und seinem maßgeschneiderten Anzug machte er ganz den Eindruck, als wenn er zum Lehrpersonal dieses Fachbereiches dazugehören würde. Für einen Moment ließ er es ganz danach aussehen, als wäre er in furchtbarer Eile und als würde er den nervös vor der Tür hin und her gehenden jungen Mann gar nicht erst bemerken. Dann blieb er abrupt stehen, machte kehrt, streckte die rechte Hand aus, strahlte über das ganze Gesicht, als würden sie sich bereits seit Jahren kennen:

„Herr Huber, Xaver Huber, aus Fischen, nicht wahr?"
„Ja, schon, aber … im Moment wüsste ich nicht …"
„Sie erinnern sich nicht an mich? Wilhelm Binder. Ihre Mutter und ich haben bei einem Buchprojekt zusammen gearbeitet. Ist allerdings schon ein paar Jahre her."
Der genannte Name gehörte, wie der Mann bei seinen intensiven Recherchen herausgefunden hatte, tatsächlich einem Verlagsheini, mit dem die Mutter vor Jahren zusammen gearbeitet hatte. Aber es war ihm durchaus bewusst, dass diese erfundene Geschichte mit einem einzigen kurzen Handyanruf nach Hause wie ein Kartenhaus zusammenstürzen könnte, falls Mutter und Sohn bei ihrem Gespräch ins Detail gingen. Aber das war eher unwahrscheinlich, denn kurz vor der Prüfung hatte der Angesprochene ganz andere Sorgen, als in Fischen anzurufen.
„Ach so … ein Bekannter meiner Mutter", reagierte Xaver erklärlicherweise recht verwirrt.
„Ist ja auch egal. Was machen Sie denn so, Herr Huber?"
„Sie können mich ruhig Xaver nennen." Der junge Mann warf einen nervösen Blick auf die Tür, die jeden Augenblick aufgehen konnte, um ihn hereinzubitten: „Ich habe gleich Prüfung, wissen Sie."
„Verstehe. Und in den Semesterferien, was machen Sie da?"
„Da muss ich mir noch irgendeinen Job suchen? Kam wegen der Prüfungsvorbereitungen bisher noch nicht dazu."
„Sie suchen tatsächlich etwas Gutbezahltes? Verstehen sich wahrscheinlich auf Informatik? Ist ja kaum zu glauben. Ich hätte da vielleicht was für Sie."
„Um was würde es sich dabei handeln?", fragte Xaver hörbar neugierig geworden, aber auch ein wenig argwöhnisch.
„Keine Angst! Nichts Illegales. Nichts Schwieriges. Computerrecherchen. Eher eine Fleißaufgabe, zu der ich selbst derzeit nicht komme."

Als wäre ihm plötzlich eingefallen, dass das Armageddon unmittelbar bevorstünde, warf der Mann einen hastigen Blick auf seine Armbanduhr: „Bereits so spät! Xaver, ich habe um Punkt elf einen wichtigen Termin mit dem Dekan. Was halten Sie davon, wenn wir uns am Abend treffen und wir uns weiter darüber unterhalten. Sie verstehen sicher …"
Xaver konnte nicht anders, als das etwas hilflos wirkende Lächeln des Mannes zu erwidern. „Wo schlagen Sie vor?"
„In meinem neuen Büro in der Stadt geht das leider im Moment noch nicht. Die Handwerker, wissen Sie." Das Schnalzen mit der Zunge drückte deutlich aus, wie peinlich ihm das war. „Was halten Sie von einem Treffen bei einer Maß Bier? Irgendwo in der Stadt?"
„Warum nicht."
„Kennen Sie den Ritterkeller?"
„Sicher. Alle Welt trifft sich ja da. Vor allem bei Vollmond."
„Sagen wir also um acht dort? Dann können wir uns in Ruhe weiter unterhalten. Aber ich fürchte, ich muss jetzt ..."
Hastig ergriff er Xavers Hand, als hätte dieser bereits dem Vorschlag begeistert zugestimmt. „Also bis dann!" Nach einigen Schritten drehte er sich noch einmal um, grinste: „Ich halt mal beide Daumen für die Prüfung."
Erst als er um die Ecke des Korridors gebogen war, gönnte er sich ein zufriedenes Lächeln. Na, wer sagt's denn! Er hatte sich für den Abend schon eine gut nachvollziehbare Geschichte zurechtgelegt. Notwendige Internetrecherchen, für die er gutes Geld zahlen würde. Aktuelle Heilmethoden in der alternativen Medizin. Für einen wichtigen Geldgeber. Das Problem wäre, die Zeit drängte und es gäbe Konkurrenten, die nur auf ihre Gelegenheit warten würden. Vor allem absolute Vertraulichkeit! Keine Informationen an Dritte. Persönliche Treffen, schließlich konnte man nie wissen. Die Konkurrenz schläft nicht, wenn es um Riesenabschlüsse ging.

So was in der Art wenigstens würde er erzählen. Er würde bis zum Abend noch an den Details etwas feilen müssen. Aber im Wesentlichen müsste das fürs Erste als glaubhafte Geschichte schon gehen. Kein Problem, ein wenig mehr Geld anzubieten, ohne den Verdacht zu erregen, es könnte sich um etwas Illegales handeln. Auf jeden Fall würde es Xaver schwer fallen, bei der angebotenen Summe nein zu sagen. Es wäre weit mehr als die halbe Miete, wenn sich Xaver bei ihrem Gespräch am Abend darauf einlassen würde. Das mit den Internetrecherchen würde auch nur so lange erforderlich sein, bis er selbst die notwendigen Vorbereitungen getroffen hatte.

Aber erst einmal ein Schritt nach dem anderen. Daheim wartete noch jede Menge Arbeit. Am Abend würde er rechtzeitig nach Kempten zurückkommen, aber das war schon der übernächste Schritt. Es würden noch eine Menge andere folgen, folgen müssen.

Als er in sein Auto stieg, um in Richtung Bad Wörishofen zu fahren, war er sehr zufrieden mit sich selbst. Diese erste Runde war doch sehr vielversprechend für ihn gelaufen. Ja, es sah wirklich gut aus für seine Pläne. Wenn Xaver erst einmal bei diesem Spiel mitspielte, hätte er einen weiteren Joker im Ärmel.

13.08.2013, 08.12 Uhr

Lisa schaute ihre Mutter an, als hätte diese ihr gerade vorgeschlagen, sich mit einem ihrer Schnitzmesser die Pulsadern zu öffnen.

Wie jeden Morgen hatte Frau Dr. Lechner einen erneuten Anlauf genommen, um mit ihrer Tochter etwas gemeinsam zu unternehmen: „Wenn du willst, Kleines, können wir heute zusammen zur Breitachklamm fahr…“

„Mama, tut mir furchtbar leid. Ich habe schon Onkel Klaus versprochen, mit ihm Wurzeln suchen zu gehen. Er weiß da eine Superstelle im Kleinwalsertal. Kannst ja mitkommen, wenn du Bock hast."
„Nein, danke, ich will euer junges Glück nicht stören."
Frau Doktor hatte nach ihrer ironischen Bemerkung nur noch gleichgültig die Schultern gezuckt und war dann in Richtung ihres vertrauten Gartenstuhls abgezogen, den sie inzwischen hinter dem Haus in dem ziemlich verwilderten Gelände aufgestellt hatte, das nur noch sehr entfernt an einen Garten denken ließ. „Dafür habe ich nicht auch noch Zeit", hatte Wegner abgewinkt, als sie einmal die Rede auf Gartenarbeit brachte.
Ihr verschmitztes Lächeln verriet, wie recht ihr die Antwort ihrer Tochter kam, wieder einmal etwas mit Onkel Klaus unternehmen zu müssen, denn so brauchte sie sich für den Rest des Tages nicht weiter um die beiden zu kümmern, sondern konnte sich weiter ihrem mitgebrachten Stapel von Ganghofer Romanen widmen, die sie schon immer lesen hatte wollen, aber wozu sie in der Hektik ihres medizinischen Alltags noch nie gekommen war. Wenn das so weiterging, würde sie als Ganghofer-Spezialistin nach Bad Wörishofen zurückfahren.
Irgendwie verrückt, dachte sie zwischen zwei Kapiteln. Wenn jemand ihr bei ihrer Ankunft hier in Fischen gesagt hätte, dass ihre Tochter sich mit einem alten Schnitzer im Allgäu anfreunden würde, und dass Lisa zugunsten einiger alter Geschichten von Onkel Klaus auf ihre Lieblingsserien im Fernsehen verzichten würde, dann hätte sie eher an einen nahenden Weltuntergang geglaubt.
Wie eine Spinne konnte sie hinter ihren Romantiteln darauf gespannt warten, ob auch der Rest ihres Plans aufgehen würde. Vielleicht einfach mal einen kleinen Test machen.

Während der Onkel seinen üblichen Mittagsschlaf hielt, ging sie hinüber in die Werkstatt, wo ihre Tochter allein an einer Wurzel herumwerkelte. Als sie eintrat, hatte sie nicht zum ersten Mal das Gefühl, dass Lisa sie nicht so gerne in der mama-freien Zone sah.
Besser, gleich zum Punkt kommen. „Kleines, was würdest du eigentlich davon halten, wenn ich mit dir zusammen noch ein paar Tage nach Lanzarote fahren würde?"
Ihre Tochter verdrehte die Augen, als hätte ihre Mutter völlig den Verstand verloren: „Mama, das kann jetzt nicht dein Ernst sein, oder doch?"
„Wieso nicht?"
„Mama, das kannst du vergessen! Was soll ich denn in Lanzarote? Gerade jetzt, wo ich angefangen habe, mit Onkel Klaus zusammen einen Engel zu schnitzen. Kannst du dir denn gar nicht vorstellen, wie viel Arbeit es ist, so eine Figur gemeinsam zu schnitzen?" Lisa schüttelte empört den Kopf, wandte sich gleich wieder ihrer Arbeit zu, als wenn ihre Mutter nicht da wäre.
Irgendetwas wie „Kaum zu glauben" hörte Frau Dr. Lechner zwischen einigen Allgäuer Flüchen, die Lisa wohl von ihrem Onkel Klaus gelernt haben musste, als sie schmunzelnd die Werkstatt verließ. Das war jetzt mehr als die halbe Miete für ihren Plan.

19.08.2013, 20.23 Uhr

Der Mann, der sich in der Fachhochschule mit dem Namen Binder vorgestellt hatte, wartete mit hochrotem Gesicht bereits an der Haustür des alten Bauernhofes, als sein junger Besucher mit seinem klapprigen Opel auf der halb zugewachsenen Zufahrt den kleinen Hügel, auf dem das Haus stand, im Schritttempo hochkroch. Unwillig stieß Binder

die Luft durch die Nase aus. Es war an der Zeit, dem Herrn Studenten ein für alle Mal klarzumachen, wer hier das Sagen hatte und wo es langging.
Mit zugekniffenen Augen verfolgte er, wie Xaver ausstieg, die Tür seines Autos hinter sich zuschlug und hastig über den Hof auf ihn zukam. Mit einem abweisenden Blick ignorierte er Xavers hingehaltene Hand. Stattdessen fauchte er den verdatterten jungen Mann wütend an: „Wir hatten doch ACHT UHR ausgemacht!“ Mit einem vielsagenden Blick auf seine Armbanduhr fügte er noch rabiater hinzu: „Acht ist schon eine gute Weile her. Du solltest dich etwas genauer an unsere Vereinbarungen halten, wenn du richtigen Ärger in Zukunft vermeiden willst.“
„Weiß schon, Herr Binder. Entschuldigen Sie vielmals“, räumte Xaver verschreckt ein. Offensichtlich hatte er nicht mit einer solch heftigen Reaktion seines Auftraggebers gerechnet. Das »Du« hingegen ging für ihn ganz in Ordnung. Nur die Professoren an der Fachhochschule blieben gegenüber den Studenten strikt beim »Sie«. Bereits bei ihrem Zusammentreffen an jenem Abend im Ritterkeller in Kempten hatte der Mann ein vertrauliches »Du« gebraucht, während Xaver konsequent beim »Sie« und bei »Herr Binder« geblieben war.
Als Xaver jetzt den vorwurfsvollen Blick des Mannes sah, erhob er verlegen beide Hände, wobei er verstört versuchte, sein Zuspätkommen zu erklären: „Ich habe mich einige Male verfahren, bis ich die richtige Abbiegung endlich gefunden hatte. Es gibt ja in dieser einsamen Gegend kaum jemand, den ich fragen konnte.“
Für einen Moment huschte ein erschreckter Blick zu Xaver herüber: „Du hast doch nicht etwa meinen Namen irgendwo erwähnt? Wir hatten doch ausdrücklich ausgemacht, es müsse alles ganz streng unter uns bleiben.“

„Natürlich habe ich niemandem Ihren Namen genannt. Wo denken Sie hin? Ich habe noch nicht einmal mit meiner Mutter darüber gesprochen. Sie bezahlen schließlich ausgezeichnet für meine Arbeit."
„Dann ist dieser Punkt ja ein für alle Mal geklärt."
„Aber klar doch, ich will ja schließlich weiter für Sie arbeiten."
Ohne zunächst genau sagen zu können, warum, hatte Xaver das unheimliche Gefühl, etwas würde hier nicht stimmen. Irgendetwas. Aber was genau?
Verunsichert schaute er sich um. Nichts Außergewöhnliches. Ein typisches Allgäuer Gehöft. Wahrscheinlich noch aus dem neunzehnten Jahrhundert, das man nach dem zweiten Weltkrieg etwas modernisiert hatte. Alles lange her.
Auf seine eigene Art und Weise auch faszinierend: Ein langgestrecktes, zweistöckiges Wohngebäude, mit kleinen, ehemals weißen Fensterchen und grünen Fensterläden, die teilweise geschlossen waren. Im rechten Winkel zum Haupthaus standen holzverkleidete Stallungen und die ehemalige Scheune. Eine lange, etwa mannshohe Reihe von Holzscheiten, die irgendjemand in Erwartung eines langen allgäuischen Winters dort vor Jahren zum Trocknen an der Frontseite des Hauses aufgeschichtet haben musste.
Xaver musterte das Gehöft. Irgendwie auch ein trostloser, trauriger Anblick: Fensterläden, die seit Jahren auf einen neuen Anstrich warteten, abbröckelnder Verputz an vielen Stellen, eine alte Haustür aus Holz, auf die irgendjemand – wer weiß vor wie vielen Dreikönigstagen – mit Kreide C+M+B geschrieben hatte, fehlende Bretter in der Holzverschalung der Scheune und des Obergeschosses, schlierige Fensterscheiben ohne Gardinen, vereinzelte dunkle Löcher im Dach, wo die roten Schindeln fehlten.
Dagegen ein ganz anderer Ausblick von diesem Hügel, wie selbst das Allgäu ihn nur selten bieten kann. Nach allen

Seiten erstreckten sich grüne Wiesen und Weiden in sanften Wellenbewegungen. Ein bewaldeter Bergabhang, der auf der westlichen Seite des Hauses steil anstieg. In den unterschiedlichsten Grüntönen die kaminroten Ziegel des ein oder anderen verlassen daliegenden Stadels, umgeben von vollbehangenen Obstbäumen.
Hinter der Bergkuppe versank gerade die Sonne langsam in einem Meer, das vom zartesten Apricot über leuchtendes Orange bis zum feurigsten Rot ging.
Eine wirklich idyllische Umgebung. Und dennoch. Irgendetwas beunruhigte Xaver. Dann fiel ihm plötzlich ein, was es war: Bis auf einen zarten Abendwind, in dem sich das Gras sanft wiegte, fehlte jede Bewegung, selbst der kleinste Ton: kein Wiehern eines Pferdes, kein Muhen von Kühen, kein Bellen, kein Miauen. Noch nicht einmal das Zirpen eines Vogels. Einfach nichts.
Was wollte dieser Mann in dieser abgelegenen Gegend? Entschlossen ballte Xaver die Hand zur Faust, wandte sich abrupt zu seinem Auftraggeber herum: „Nur damit ein für alle Mal geklärt ist. Krumme Sachen sind bei mir nicht drin. Egal wie viel Geld Sie mir auch immer anbieten."
Für einen Augenblick schien der Mann von dieser Entschlossenheit überrascht zu sein. In einem viel sanfteren Ton als vorher sagte er: „Wer redet denn von etwas Illegalem. Komm erst einmal rein, damit wir drin in Ruhe miteinander reden können."
Xaver nickte, ging hinter dem Mann her. Der Fußboden des Ganges bestand aus alten Ziegelsteinen. Rechts und links gingen je zwei Türen ab. Der Mann führte ihn in das erste Zimmer auf der rechten Seite. Da der Raum bis auf einen in der Ecke stehenden alten Kachelofen völlig leer war, konnte Xaver nur vermuten, dass es sich um die frühere Wohnstube handelte. „Kam noch nicht dazu, das Haus einzurichten."

Beide setzten sich auf eine alte Bank, die auf zwei Seiten um den Kachelofen herumlief. „Xaver, ich denke, wir sollten da ein paar Sachen unter uns klären. Besser wir spielen mit offenen Karten. Ich habe dieses einsam gelegene Haus nämlich aus guten Gründen gemietet. Aber zunächst solltest du einfach meine Geschichte anhören."
Es war so, als hätte sein Auftraggeber sich endlich entschieden, möglichst nahe an der Wahrheit zu bleiben, denn er fing damit an, zu gestehen, Binder sei nicht sein richtiger Name, aber für den Moment müsse das ausreichen. Wie er tatsächlich hieß, sagte er allerdings nicht.
In kurzen Worten erzählte sein Auftraggeber dem erstaunt zuhörenden Studenten von einem Mann namens Nils Svensen, und wie dieser Mann für den Tod seiner eigenen Frau und eines angeblichen Entführers verantwortlich war. „Jetzt lebt dieser Mann in Bad Wörishofen und er hat ein Verhältnis mit seiner Stieftochter. Kannst du dir schon denken, um wen es sich dabei handeln könnte?"
„Bad Wörishofen? Keine Ahnung. Wirklich nicht!"
„Also gut, dann werde ich es dir sagen. Du wirst dich doch sicher noch an deine ehemalige Mitschülerin Lisa Lechner erinnern, oder?"
„Lisa? … Sind Sie da ganz sicher? Lisa Lechner? Ihre Mutter ist doch Ärztin, das heißt, das war sie zumindest damals, als Lisa und ich in dieselbe Schule gingen."
Der Mann begnügte sich damit, nur kurz zu nicken. Ansonsten starrte er nur düster vor sich hin, damit die Geschichte Zeit hatte, so richtig bei Xaver einzusinken.
Dieser war sichtlich verwirrt, wusste nicht, was er davon halten sollte. Nach einem langen Moment sagte er: „Na schön! Nehmen wir einmal an, das alles stimmt, wie Sie es mir da erzählt haben, dann bleibt immer noch die Frage, warum Sie gerade mir das alles erzählen?"

„Weil die Geschichte, je nachdem, wie du dich entscheidest, zwei ganz unterschiedliche Enden haben könnte."
„Wie meinen Sie das jetzt?", fragte Xaver verunsichert.
„Wie bereits gesagt. Es gibt da ein nettes kleines Sanatorium und eine sehr einträgliche Methode. Wenn Frau Dr. Lechner diese verkauft, dann hat jeder etwas davon. Die Lechners können mit dem Erlös für den Rest ihres Lebens in Saus und Braus leben …"
„Und auch Sie werden etwas davon haben, vermute ich einmal", unterbrach Xaver.
„Richtig! Du bist wirklich ein kluger Mann. Auch ich werde selbstverständlich etwas davon haben. Spricht ja wohl nichts dagegen, oder?"
„Schön, aber ich sehe immer noch nicht, was gerade ich damit zu tun haben könnte."
„Du verstehst tatsächlich nicht? Na gut. Sagen wir es einmal so: Frau Doktor Lechner wird sicherlich über den Preis mit sich reden lassen, wenn … ihre liebe Tochter …"
Xavers Gesicht wurde blass, denn plötzlich hatte er verstanden, was dieser Mann vorhatte: „Sie meinen … eine Entführung, um sie zu erpressen?"
„Ich sehe, du verstehst schnell, obwohl ich es anders ausgedrückt hätte. Sagen wir, wir geben ihr eine kleine Entscheidungshilfe. Natürlich nur, wenn es unbedingt erforderlich sein sollte."
Wütend winkte Xaver mit der rechten Hand ab: „Wenn Sie glauben, ich spiele bei einem solchen abgekarteten Spiel mit, dann haben Sie sich …"
„Xaver, du solltest dir unbedingt das zweite mögliche Ende dieser Geschichte anhören, die sogenannte Desasterversion, von der niemand wirklich profitieren wird. Die sieht etwa folgendermaßen aus: Also die Polizei erfährt vom Verbrechen, das dieser Svensen in Dänemark begangen hat. Was

ist dann? Lisas Stiefvater verschwindet für immer im Loch. Das Sanatorium macht pleite, weil niemand sich mehr dort behandeln lassen wird. Was mit Lisa geschehen wird, falls die Mama jemals erfährt, dass sie nicht die Einzige ist, die mit dem guten Herrn Svensen ins Bett steigt, wollen wir einfach mal offen lassen."

„Und wenn ich zur Polizei gehe? Dann bekämen Sie doch auch massive Probleme, nicht wahr?" Xavers Stimme klang herausfordernd.

Ungeduldig schüttelte der Mann mit dem Kopf, wie er es bei einem sehr begriffsstutzigen Kind gemacht hätte. „Xaver, ich dachte gar nicht, wie wenig einsichtig du sein könntest. Glaubst du im Ernst, ich arbeite allein mit dieser Nummer? Da gibt es Leute, die sind ganz empfindlich, wenn nicht nach ihrer Pfeife getanzt wird. Hast du einmal darüber nachgedacht, zu was solche Leute in der Lage wären, wenn sich jemand als zu wenig kooperativ zeigt?"

„Sie können mir nicht drohen!" Xavers trockene Stimme sagte genau das Gegenteil.

Der Mann seufzte tief: „Xaver, du verstehst mich immer noch völlig falsch. Nehmen wir einmal deine liebe Mutter in Fischen. Sie ist auch nicht mehr die Jüngste. Wie leicht könnte ihr etwas passieren."

„Wollen Sie etwa sagen, Sie würden sich an meiner Mutter vergreifen?"

„Ich will gar nichts sagen, ich will nur andeuten, was passieren könnte. Oder nimm einmal deine ehemalige Freundin Lisa. Du würdest gar nicht glauben, wie hübsch sie geworden ist. Wirklich eine Schönheit. Unglaublich, wie wenig davon übrig bleiben würde, wenn sie erst einmal zehn Jahre für diese Leute arbeiten musste. Du verstehst sicher. Straßenstrich kann eine sehr hässliche Angelegenheit sein. Oder meinst du ernsthaft, solche Leute lassen sich ein Geschäft

wie dieses von einem uneinsichtigen Jungen wie dir einfach so kaputt machen?“
Xaver schluckte schwer, und es dauerte eine lange Zeit, bevor er eingeschüchert nachfragte: „Was müsste ich dann genau machen?“
Der Mann grinste breit: „Ich wusste doch, dass du ein einsichtiger junger Mann bist. Also zunächst will ich nichts weiter, als dass du die liebe Lisa ein wenig im Auge behältst. Falls ihre Mutter einsichtig genug ist, wovon wir beide einmal ausgehen sollten, dann hast du ein paar nette Stunden mit deiner ehemaligen Freundin verbracht. Dafür bekommst du von mir, sagen wir, jetzt gleich zweitausend Euro, und wenn nicht … na, ja.“
„Dann was?“
„Kannst du dir das nicht denken? Warum glaubst du, habe ich diese verlassene Hütte hier gemietet? Jetzt schau nicht so erschreckt! Es soll ja keine richtige Entführung werden, wenn es überhaupt so weit kommen sollte. Keine Bange! Deine einzige Aufgabe wird es sein, hier mit ihr einige nette Tage zu verbringen, ohne sich sehen zu lassen. Dafür bekommst du nach erfolgreichem Abschluss dann noch einmal steuerfreie fünftausend auf die Hand.“
„Fünftausend?“
„Also gut. Für den Fall der Fälle, acht große Scheine auf die Hand.“
„Was müsste ich sonst machen?“
„Du? Nichts! Den Rest regle ich schon allein. Ich werde mit Lisa ein wenig allein reden müssen, damit sie auf keine falschen Gedanken kommt.“
„Ich weiß nicht … ich habe ja noch nicht einmal eine Ahnung, wo Lisa derzeit steckt. Ist doch schon drei Jahre her, dass ich sie das letzte Mal gesehen habe.“
„Xaver, du weißt gar nicht, wie klein die Welt sein kann. Du

kennst doch den alten Wegner bei euch daheim in Fischen?"
„Was hat der Alte mit Ihrer Geschichte zu tun?"
„Nichts weiter. Er ist der Onkel von Lisa, und Lisa und ihre Mutter machen seit drei Wochen Urlaub bei ihm in Fischen. Da staunst du, nicht wahr? Wäre doch jammerschade, wenn seine alte Hütte da draußen einfach so abbrennen würde, oder?"
„Aber ich kann doch nicht …"
„Und ob du das kannst", sagte Binder mit einer wegwischenden Handbewegung. „Besuch doch gleich morgen früh wieder einmal deine Mutter in Fischen! Die wird sich sicherlich freuen, dich zu sehen. Wenn du erst mal da bist, ist es doch für so einen hellen Kopf wie dich kein Problem, Onkel und Nichte ein wenig unauffällig zu folgen. Irgendwo triffst du dich dann ganz zufällig mit ihnen, mimst den Überraschten, Lisa nach all den Jahren völlig unerwartet zu treffen. Für den Rest brauchst du ja wohl keinen Nachhilfeunterricht …"
Xaver brauchte nicht viel Phantasie, um zu verstehen, worauf Binders breites Grinsen anspielen sollte. Niedergeschlagen nickte er. Er musste mitspielen. Was sollte er auch anderes machen? Und es war ja nur eine vorgetäuschte Entführung.

20.08.2013, 14.39 Uhr

Eigentlich wollte Wegner seinen beiden Gästen tatsächlich nur den Hinanger Wasserfall zeigen und Lisa wollte eigentlich auch gar nicht erst mitgehen, als sich herausstellte, dass sie dieses Mal nicht mit ihrem Onkel allein unterwegs sein würde, wie sie es seit Wochen gewöhnt war. In jeder Hinsicht liegt die Betonung auf dem Wort »eigentlich«.
Das war wirklich eine Enttäuschung für Lisa, da ihre gemeinsamen Unternehmungen im Allgäuer Umland sich

immer als ein lohnendes Erlebnis für sie selbst herausgestellt hatte, denn wenn sich Onkel Klaus zu Hause auch oft recht brummig und einsilbig geben konnte, in der Natur schien er wie ausgewechselt. Es gab kaum etwas, was ihm nicht auffiel, und kaum etwas, wozu er nicht einen langen erklärenden Kommentar abgeben konnte. Wenn das gemeinsame Schnitzen noch eine kleine Distanz zwischen ihnen gelassen hatte, ihre gemeinsamen Wanderungen hatten diese längst geschlossen.

Ihre Beziehung war weit mehr als die zwischen Nichte und Onkel übliche, wenn sie auch gerade nicht das war, was böse Zungen im Ort völlig unberechtigterweise daraus machen wollten. Die beiden mochten sich einfach, und das ganz ohne schlüpfrige Hinter- und Nebengedanken, auf die die beiden selbst auch nie gekommen wären. Sicherlich lebten sie in ihrem eigenen Paradies, das allerdings seine eigenen Schlangen kannte.

Lisa war selbst überrascht, wie heftig sie reagierte, als ihre Mutter mit ihnen mitgehen wollte. Die ganze Zeit ihres Aufenthalts hatte sich Frau Dr. Lechner standhaft geweigert, sich irgendeiner Suchaktion nach Holz im Wald anzuschließen, aber auf einmal zeigte sie sich – völlig unerwartet und unvorhersehbar – sehr interessiert, als wäre ihr eine Wunderkur vorgeschlagen worden: „Die Hinanger Wasserfälle? Die sind doch sehr bekannt, oder nicht?“, hatte sie gleich neugierig nachgefragt, als Wegner seinen beiden Verwandten nach seinem üblichen Mittagschlaf den Vorschlag machte, gemeinsam zu diesem Naturschauspiel hinauf zu wandern.

„Aber ist es nicht schon etwas spät dafür?“, fragte Frau Dr. Lechner, so als könnten sie bereits am frühen Abend mitten im Sommer von der einbrechenden Nacht überrascht werden.

„Akkurat die beste Zeit, Franzi, um die Wasserfälle zu besichtigen, ist immer noch zwischen vier und sechs am Nachmittag?"
„Was du nicht sagst? Und wieso?"
„Genau kann ich es dir auch nicht erklären, aber in dieser Zeit scheint die Sonne so auf den Wasserfall, dass du alle Regenbogenfarben darin sehen kannst. Allein das ist es schon wert, am Nachmittag den Weg dort hinauf zu machen."
Dann war es das von Lisa erwartete Fiasko geworden. Zuerst mussten sie wieder zurückfahren, weil Frau Dr. Lechner ihre Kamera auf ihrem Zimmer liegen lassen hatte. Als sich dann noch auf dem steilen Anstieg herausstellte, wie wenig sich die vornehmen Schuhe ihrer Mutter für eine solche Exkursion eigneten, hatte Lisa die Augen völlig verdreht.
„Mama, du bist einfach unmöglich!"
Wenn Lisa da tatsächlich, wie sie es angedroht hatte, zu ihrem Auto auf den Parkplatz hinter Altstädten zurückgekehrt wäre, dann hätte sich später vielleicht die Geschichte ganz anders entwickelt. Wer weiß?
Auf jeden Fall hätte Lisa den jungen Mann auf der Waldbrücke nicht bei dieser Gelegenheit bemerkt. Der etwa zwanzigjährige Mann stand mit seiner Handy-Kamera nur da, um von dem tosenden Wasserfall Bilder zu machen. Sie waren bereits an ihm vorbei, als Wegner sich unvermittelt umdrehte und laut fragte: „Bist du das wirklich, Xaver? Dachte, du bist in Kempten am Studieren."
„Sie Herr Wegner? Was für eine Überraschung."
Als Wegner die verblüfften Gesichter sah, beeilte er sich, einander bekannt zu machen: „Franzi, Lisa, darf ich euch vorstellen? Das ist Xaver Huber. Er wohnt bei mir gleich in der Nachbarschaft. Xaver, das ist meine Schwester und meine Nichte …" Wegner hielt inne, während sein Blick zwischen den beiden jungen Leuten hin und her ging.

Diese hatten sich von ihrer ersten Überraschung erholt.
„Lisa?“
„Xaver ... du? Aber …“
Wegner zeigte sich ebenfalls erstaunt: „Was ist los mit euch beiden? Kennt ihr euch etwa? Ihr seht ja beide aus, als wenn ihr bei einer Geisterbeschwörung mitmachen würdet.“
„Xaver ist dein Nachbar? Wieso … ich meine, warum hast du das die ganze Zeit nicht gesagt?“, fragte Lisa.
„Und woher kennt ihr beiden euch?“, reagierte Wegner mit einer Gegenfrage.
Frau Dr. Lechner machte in diesem Augenblick mit ihrem Vorschlag bei ihrer Tochter alles wieder gut: „Wegner, ich glaube, wir gehen am besten schon einmal etwas vor.“ Als sie die hochgezogenen Augenbrauen ihres Bruders bemerkte, fügte sie gleich erklärend hinzu: „Die beiden kennen sich von früher im Internat in Füssen. Lisa, wir sehen uns später am Auto. Aber macht nicht so lange. Wenn Xaver tatsächlich in der Nachbarschaft von Onkel Klaus wohnt, dann ist es ja sicherlich nicht das letzte Mal, dass ihr miteinander reden könnt.“
Xaver reichte Frau Doktor Lechner seine Hand, drückte sie kurz, ohne dabei Lisa aus den Augen zu lassen. „Danke Frau Doktor Lechner. Wir kommen gleich nach. Versprochen!“
Frau Dr. Lechner lächelte, nahm ihren Bruder am Arm und führte ihn den Berg hinab. „Wegner, was ich dich noch fragen wollte: Diese Regenbogenfarben? Ist das tatsächlich nur am Nachmittag …?“
Trotz des ausdrücklichen Versprechens mussten Bruder und Schwester dann doch etwas länger am Auto auf Lisa und Xaver warten, denn die beiden jungen Leute hatten sich tatsächlich einiges zu erzählen, und das hatte mit Sicherheit nichts mit Regenbogenfarben und Sonneneinstrahlung am Nachmittag zu tun.

Als die beiden dann endlich über den Parkplatz kamen, blinzelte Frau Dr. Lechner ihrem Bruder vielsagend zu. „Na, was sagst du, Wegner?“

Wegner sagte nichts. Was sollte er auch zu zwei jungen Menschen sagen, die sich nach Jahren ganz zufällig trafen. Dass sie beide Händchen hielten, sagte schließlich genug. Selbst Lisa hätte verlegen zugeben müssen, dass dies rein gar nichts mehr mit Großer-Bruder-Kleine-Schwester-Beziehung zu tun hatte.

Das konnte jeder sehen: Da lachte Lisa glücklich. Noch!

29.08.2013, 19.12 Uhr

Lange blieb ihr nicht mehr. Frau Dr. Lechner grübelte seit Tagen. Es musste sich doch irgendein Weg finden lassen, dass die beiden glaubten, es wäre ihre eigene Idee gewesen. Das erschien ihr schwierig!

Ein falsches Wort und ihre ganze Mühe wäre umsonst gewesen. Und wenn sie es doch direkt ansprach und mit offenen Karten spielte? Sicher, es wäre eine naheliegende Möglichkeit. Wäre ... aber sie kannte ihren Bruder und ihre Tochter gut genug. Wenn sie außer ihrer Leidenschaft zur Kunst etwas gemeinsam hatten, dann war es ihr verdammter allgäuischer Sturkopf. Beide würden nie das machen, was andere von ihnen erwarteten. Nie!

Die Zeit wurde knapp. Lisa und sie hatten ihre Abreise schon zwei Mal verschoben. Ein drittes Mal würde unmöglich gehen. In Bad Wörishofen wartete jede Menge Arbeit. Herr Dr. Brüchle hatte schon mehrmals angerufen, wann sie denn zurückkäme. Es wären einige wichtige Fragen zu klären. Vielleicht hätte sie ihren Mann bitten sollen, nach Fischen zu kommen, um ihr zu helfen …

„Mama, wir beide müssen mit dir reden. Unbedingt!“,

unterbrach sie ihre Tochter in ihren Gedanken, die gerade zusammen mit Wegner zur Tür hereinstürzte. Beide waren sichtlich aufgeregt.
Frau Dr. Wegner hatte ihre eigenen Probleme: „Jetzt? Hat das nicht Zeit bis nach dem Abendessen. Ich wollte euch beide dazu einladen."
Lisa hatte ihr wie so oft noch nicht einmal zugehört: „Mama! Ich habe mit Onkel Klaus gesprochen … und … äh … er ist auch … ich meine …" So aufgeregt und durcheinander war ihre Tochter nur selten. Es war sonst kaum ihre Art, lange herumzudrucksen.
Das war offensichtlich auch der Grund, warum Wegner die weitere Erklärung übernahm: „Franzi, jetzt erschrick bitte nicht, aber … wir beide sind der Meinung, dass es besser wäre … na ja … du weißt schon …"
Frau Dr. Lechner schaute beide an, als wenn sie gerade mit einem Raumschiff gelandet wären. „Kann ich endlich erfahren, was hier gespielt wird? Du hast den deutschen Schnitzerpreis gewonnen, richtig?"
„Mama, sei endlich mal ernst! Es ist wegen der Abreise morgen", sagte Lisa, die ihre übliche Selbstsicherheit wiedergefunden hatte.
„Und was soll damit sein?"
„Ich wollte dir nur sagen, dass du allein zurückfahren …"
„Stopp! Ist da irgendetwas, was ich noch nicht mitbekommen haben sollte? Du weißt schon, dass deine Schule in zwei Wochen wieder anfängt."
„Darüber habe ich auch schon mit Onkel Klaus gesprochen. Er hat gesagt, er kennt den Direktor im Gymnasium drüben in Sonthofen ganz gut."
Hier mischte sich Onkel Klaus wieder etwas zögernd ein: „Franzi, es wäre bestimmt kein Problem. Wirklich. Ich meine, es ist ja ihr letztes Jahr vor dem Abitur. Hier hat sie

jetzt ihren Freund und bei mir in der Werkstatt können wir zusammen schnitzen. Du siehst doch selbst, wie viel Spaß es ihr macht."

„Und was ist mit ihren Freunden und ihrem Stiefvater daheim bei uns?"

„Franzi, das bekommen wir schon geregelt. Wenn Lisa will, kann sie ja an den Wochenenden nach Bad Wörishofen zu euch herüberkommen. So weit ist das auch wieder nicht, das heißt, ich kann sie selbst zu euch bringen, damit du nicht extra herfahren brauchst."

„Ihr beide scheint euch ja schon ziemlich einig zu sein, aber Wegner, bist du dir ganz sicher, dass Lisa dich hier nicht stört? Ich meine, du willst doch eigentlich immer nur deine Ruhe haben und …"

„Mama, mach dir keine Gedanken darum! Wir beiden kommen schon zurecht, und wenn es Probleme gibt, dann bist du die Erste, die davon erfährt. Okay?"

Frau Dr. Lechners tiefes Seufzen war zwar fernsehreif, aber mit Sicherheit alles andere als ernst gemeint, schließlich bekamen nicht nur die beiden, was sie wollten. Nur schade, dass sie sich die ganze Zeit umsonst Gedanken gemacht hatte, wie sie den beiden beibringen sollte, dass es für Lisa das Beste wäre, vorläufig bei Wegner zu bleiben. Das war doch ihr Plan die ganze Zeit gewesen.

In diesem Moment ging ihr Handy. Dr. Brüchle war dran. Wann sie endlich nach Bad Wörishofen zurückkäme, wollte er wissen. Es gäbe wichtige Entscheidungen zu treffen. Er tat ganz dringend und geheimnisvoll.

Sie seufzte schwer. Die sorglose Zeit des Sommers war vorbei. Endgültig …

03.09.2013, 21.23 Uhr

Die Situation hätte in Bad Wörishofen nicht explosiver sein können. Die anfänglich höfliche Stimmung zwischen Frau Dr. Lechner und ihrem Assistenzarzt war auf beiden Seiten schnell zusammengebrochen.

„Und das ist Ihr allerletztes Wort, Frau Doktor Lechner?"

„Herr Doktor Brüchle, ich habe in den vergangenen Tagen sehr viel über Ihr Angebot nachgedacht. Es tut mir sehr leid, aber es bleibt bei meinem klaren Nein! Es ist nicht möglich ..."

„Wenn der Preis Ihnen nicht zusagt ...?"

„Lassen Sie mich bitte zu Ende sprechen! In einem Punkt haben Sie völlig recht. Ihr Angebot würde meiner Familie und mir tatsächlich erlauben, für den Rest unseres Lebens sorglos in Südfrankreich zu leben, wie das mein Mann schon immer wollte."

„Na sehen Sie! Warum schlagen Sie dann die Hand aus, die ich Ihnen entgegenstrecke? Was den angebotenen Betrag angeht, könnten wir ..."

„Sie verstehen mich immer noch nicht. Es ist letztendlich keine Frage des Preises."

„Was ist es dann sonst?" Es war deutlich an seiner erstaunten Stimme und seinem fragenden Gesicht zu erkennen, dass er wirklich nicht verstand, warum sie sein Angebot so glattweg ausschlug.

„Ich will ganz offen mit Ihnen sein, Herr Doktor Brüchle, auch wenn Ihnen das etwas unhöflich und direkt erscheinen muss. Wenn ich in meinem Leben irgendwann jemandem meine Methode anbiete, was ich eigentlich nicht vorhabe, dann wird dieses Angebot mit Bestimmtheit nicht an Leute gehen wie Sie."

„Aber Frau Doktor Lechner ...", sagte Brüchle mit hochrotem Gesicht.

„Ich habe Sie schon einmal gebeten, mich zu Ende sprechen

zu lassen. Hätten Sie mir nicht gleichzeitig gedroht, meinen Mann anzuzeigen, dann hätte ich mir Ihr Angebot sicherlich gründlich durch den Kopf gehen lassen. Glauben Sie mir: Erst Ihre deutlich ausgesprochene Drohung hat mich dazu gezwungen, gründlicher über Ihr Angebot und die mir verbleibenden Alternativen nachzudenken. Methoden, wie diejenige, die ich entwickelt habe, sind wie alle Werkzeuge, sie können zum Nutzen und zum Wohl der Menschen, aber auch zu deren Schaden verwendet werden, je nach der Absicht dessen, der sie benutzt."

„Ich garantiere Ihnen, Frau Doktor Lechner, dass alles …"

„Was garantieren Sie mir?" Für einen Moment sah es aus, als würde sie ihrem Assistenzarzt jeden Augenblick einen der Aktenordner an den Kopf werfen. Sie atmete tief durch, fuhr dann hörbar ruhiger fort: „Wollten Sie sagen, dass gerade Sie moralische Skrupel haben werden, mit meiner Methode die Menschen in Ihre Abhängigkeit zu bringen? Machen Sie sich nicht lächerlich! Ich muss die ganze Zeit blind und taub gewesen sein, dass ich nicht bemerkte, worauf Ihre sogenannte Forschungsarbeit im Hypnosebereich hinauslief. Sie wollen meine Methode nur dazu missbrauchen, um die Menschen, die Ihnen in die Hände fallen, zu Ihren Marionetten zu machen. Oh ja, ich glaube Ihnen, dass Sie meine Entspannungstechnik und Suggestionsmethode nur zum Besten verwenden werden. Zu Ihrem eigenen Besten, Herr Doktor Brüchle!"

Dieser schüttelte fassungslos den Kopf: „Wenn Ihr Mann ins Gefängnis geht, wird niemand mehr etwas von Ihrer Methode und Ihrem Sanatorium wissen wollen. In einem Monat wird das Ganze hier nichts, aber auch rein gar nichts mehr wert sein, oder wenn Sie viel Glück haben, bekommen Sie noch gerade so viel, wie Sie Ihren Gläubigerbanken schuldig sind."

„Alle Achtung. Ich muss sagen, Sie sind gut informiert."
„Wir brauchen es ja nicht darauf ankommen zu lassen, aber verlassen Sie sich darauf, dass ich Ihre Absage nicht einfach so hinnehmen werde."
„Selbst wenn ich mit meiner Familie in Zukunft in bitterster Armut leben müsste, meine Antwort bleibt Nein!"
„Ich fürchte, Sie haben immer noch nicht ganz verstanden, Frau Doktor Lechner, dass …"
„Dass Sie und Ihresgleichen vor nichts, aber auch vor gar nichts zurückschrecken werden? Ich werde mit meinem Mann sprechen, und der kann dann allein für sich entscheiden, wie er auf Ihre erpresserischen Methoden reagieren will. Sie, Herr Doktor Brüchle, werden auf der Stelle mein Haus verlassen! Haben Sie mich verstanden? SOFORT! Ach, bevor ich es vergesse: Ich war früher Sportschützin und eine Waffe mit Waffenschein habe ich auch. Glauben Sie mir, ich kann mich sehr gut verteidigen, wenn es sein muss, nur falls Sie auf falsche Gedanken kommen sollten. Und jetzt entschuldigen Sie mich … BITTE!"
„Das werden Sie noch bereuen, FRAU DOKTOR!" Dr. Brüchle hastete bis zur Tür, drehte sich dort jedoch noch einmal um: „Was ich Ihnen noch sagen muss, Frau Doktor: Sie wissen schon von dem Verhältnis zwischen Ihrem lieben Gatten und Lisa, … oder?"

03.09.2013, 22.03 Uhr

Das war nur der Anfang, denn Frau Dr. Lechner wollte sofort wissen, wie sie mit ihrem Mann dran war.
„Franziska, verstehst du denn nicht? Nichts als Lügen und Märchen? Doktor Brüchle würde dir sonst was erzählen, nur um an deine Methode ranzukommen."
„Soll das heißen, du hast damals niemanden erschossen?"

„Doch, aber das mit dem Entführer wollte ich nicht. Wirklich nicht! Der junge Mann stand plötzlich in der Tür der Hütte, hat einfach so auf mich geschossen. Was hätte ich denn machen sollen? Es war Notwehr! Bitte, glaub mir!"
„Und was war mit deiner Frau!"
„Dieses Schwein von Entführer hatte sie schon vorher mit einem vergifteten Messer umgebracht. Ich habe Sylvia bereits tot aufgefunden. Das Springmesser mit den Fingerabdrücken des Entführers und das Gift waren in dessen Jackentasche. Die Polizei hat das alles damals intensiv untersucht. Du musst mir glauben, bitte! Wenn da wirklich etwas dran wäre, dann hätten sie mich doch nicht einfach laufen lassen."
„Dann wirst du ja auch nichts dagegen haben, wenn wir zusammen zur deutschen Polizei gehen, um die Sache ein für alle Mal zu klären. Die werden das schon nicht an die große Glocke hängen, wenn wir sie darum bitten."
„Franziska, die Sache ist schon vor Jahren von der Kripo geklärt worden. Oder meinst du, die dänische Polizei wäre da anders als die deutsche?"
„Warum hast du es mir dann damals nicht erzählt, als wir geheiratet haben? So was erzählt man sich doch, wenn man Vertrauen zueinander hat."
Svensen senkte die Augen, machte einen niedergeschlagenen Eindruck. „Ich weiß schon, dass ich da einen Fehler gemacht habe. Versteh doch! Ich habe dir damals nichts gesagt, weil ich dich liebte und weil ich fürchtete, dass du mich nicht mehr heiraten würdest, wenn du erfahren hättest, dass ich an dem Tod eines jungen Menschen schuldig war."
„Und wie können wir das jetzt abschließend klären?", sagte sie in einem fast geschäftsmäßigen Ton.
„Hör zu, Franziska! Lass mir ein paar Tage Zeit!"
„Um was zu machen?"

Mit dieser Frage schien er nicht gerechnet zu haben, denn er zögerte etwas, bevor er schließlich sagte: „In acht, vierzehn Tagen habe ich die Beweise aus Dänemark besorgt, dass ich nichts damit zu tun habe. Wenn ich bis Mitte September dich nicht von meiner Unschuld überzeugen konnte, verspreche ich dir, mich hier in Bad Wörishofen der Polizei zu stellen. Wäre das in Ordnung für dich?"
Einen Augenblick überlegte sie, bevor sie nickte: „Vielleicht, mal sehen. Aber da gibt es noch etwas anderes, Nils, was es zu besprechen gibt."
„Noch was anderes? Soll ich etwa die dänische Staatsbank ausgeraubt haben?"
Ohne sich von seinem Sarkasmus ablenken zu lassen, kam sie gleich auf den Punkt. „Als er ging, sagte Brüchle, du hättest ein Verhältnis mit … Lisa."
„Was? Was hat er gesagt?"
„Himmelnocheinmal!" Es kam nicht oft vor, dass Frau Dr. Lechner laut fluchte. „Hast du jetzt ein Verhältnis mit Lisa, ja oder nein?"
„Franziska, ich kann nicht glauben, dass du so etwas … ich mit deiner Tochter?" Er lief aufgeregt im Wohnzimmer hin und her. „Das lasse ich so nicht auf mir sitzen. Weißt du was? Gleich am nächsten Samstag fahren wir beide nach Fischen und reden zusammen mit Lisa. Dann wirst du sehen, was an diesem Lügenmärchen dran ist. Inzwischen suche ich diesen verdammten Brüchle. Und Gnade ihm Gott, wenn ich ihn erwische, dann …"
Frau Dr. Lechner schien nicht ganz überzeugt zu sein: „Nils, damit das ganz klar zwischen uns beiden ist: Solltest du oder Lisa mich in irgendeiner Weise enttäuschen, dann werdet ihr beide wünschen, nicht geboren zu sein. Verstanden?"

Freitag, 06.09.2013

Allgäu-Rundschau: Augsburg/ Wilhelm Blanz

Alfred Steiner ist tot

Völlig überraschend verstarb am vergangenen Mittwoch in den frühen Nachmittagsstunden der erfolgreiche Augsburger Geschäftsmann Alfred Steiner in seinem Bürogebäude in der Jakobervorstadt-Nord.

Wie bekannt wurde, soll er plötzlich und für alle Anwesenden gänzlich unerwartet zusammengebrochen sein. Der sofort alarmierte Notarzt konnte nach Aussage von Geschäftsfreunden nur noch seinen Tod durch Herzversagen feststellen. Die von der Staatsanwaltschaft sofort beantragte Obduktion ergab keinerlei Hinweise auf Fremdeinwirkung.

Steiner gilt als einer der reichsten und einflussreichsten Geschäftsleute Augsburgs. Gerne pflegte er sich oft selbst mit Jakob Fugger zu vergleichen. Steiner machte in den letzten Jahren durch sehr spektakuläre Geschäftsübernahmen im schwäbischen Raum auf sich aufmerksam.

Es heißt, sein engster Vertrauter, Luigi Sapatini, soll Steiners Geschäfte kommissarisch bis zur endgültigen testamentarischen Regelung übernehmen. Sapatini wird nach dem testamentarischen Willen des Verstorbenen den Hauptanteil des Riesenvermögens erben.

Luigi Sapatini ließ über seinen Anwalt mitteilen, er würde die Geschäfte ganz im Sinne seines guten Freundes, Herrn Steiner, weiterführen. Dieser hätte in jüngster Zeit bestimmte Investitionen im medizinischen Bereich geplant. Die erste von einer Reihe von bereits vorbereiteten Geschäftsübernahmen dieser Art würde unmittelbar vor dem Abschluss stehen. Eine endgültige Entscheidung würde aber selbstverständlich erst nach den Beerdigungsfeierlichkeiten getroffen werden. Nähere Details wollte Herr Sapatini unserer Redaktion noch nicht geben.

Teil 4

Tag der Entführung

07.09.2013, 19.47 Uhr

„Xaver, ich habe Angst. Wirklich, du! Wir können doch nicht einfach in einem einsamen Haus, das uns nicht gehört, tagelang bleiben. Bist du ganz sicher, dass wir …?“

„Lisa, Schatz, ich habe es dir doch schon ein paar Mal erklärt. Der Pächter hat mir den Schlüssel überlassen, weil er den Bauernhof hier im Moment selbst nicht braucht.“

Das junge Paar war vor einer guten halben Stunde mit Xavers altersschwachem Opel angekommen, und er hatte ihr den verkommenen Garten und den heruntergekommenen Hof gezeigt. Die meisten Räume waren immer noch leer, die Tapeten hingen teilweise von den Wänden, und die graue Farbe blätterte an vielen Stellen von den Decken. Im ersten Stock gab es einen Raum, wo ein altes Ehebett und ein Schrank standen.

„Louis Quinze“, hatte er sie angegrinst.

„Sieht mir aber eher nach Neros Rom aus“, hatte sie gespottet, „nach dem Brand, versteht sich.“

Eigentlich wollte er ihr das ganze Haus präsentieren, aber beim Keller und beim Speicher, zu dem eine enge Holzstiege hochführte, hatte sie sich rundweg geweigert, mitzugehen.

„Spinnst wohl, Xaver! Da kann weiß Gott was für Viehzeug sein. Vergiss es!“

„Hast wohl Schiss, du Angsthase?“

„Kannst du ruhig laut sagen!“

Beim Keller war er selbst nicht so sicher, ob er ihn wirklich sehen wollte, als er die Tür kurz aufmachte. Die modrige Luft, die ihnen entgegenschlug, erinnerte schon sehr an eine Gruft. In der Küche waren die beiden schließlich geblieben, weil die Bank um den alten Kachelofen die einzige Stelle im Haus war, wo sie sich bequem hinsetzen konnten. Obwohl, gemütlich sah ein gutes Stück anders aus. Egal, für ein paar Tage würde es schon gehen.

Lange saßen sie dicht aneinandergelehnt auf der Bank, genossen einfach die Stille und ihre Nähe. Irgendetwas schien Lisa aber keine Ruhe zu lassen: „Was ist das überhaupt für ein Mann, der dir dieses Haus überlassen hat?"

„Keine Ahnung. Irgendein Herr Binder eben. Noch recht junger Typ."

Obwohl Xavers ausweichender Art deutlich anzumerken war, wie wenig er an einer Fortsetzung dieses einmal begonnenen Frage-Antwort-Spiels interessiert war, ließ seine Freundin nicht locker. „Woher kennst du diesen Binder überhaupt?"

„Schatz, du stellst vielleicht Fragen. Muss das jetzt wirklich sein."

„Sag schon!"

„Na schön! Ich mache irgendwelche Internetrecherchen für ihn. Bezahlt wirklich gut dafür. Irgendwelche medizinischen Links muss ich für ihn zusammenstellen. Interessiert eigentlich niemanden. Weiß der Himmel, was er damit will. Binder meinte nur, es wäre für eine ganz große Sache, es würde auf jeden Fall seinem Geschäftspartner sehr viel Geld wert sein. Keine Ahnung …"

„Und was ist mit den Vermietern dieses Hauses? Können die nicht jeden Augenblick hier auftauchen?"

„Ach was! Binder meint, die würden kein Problem darstellen. Irgendeine Erbengemeinschaft, die sich über den Verkaufspreis nicht einigen könnten. Ich weiß auch nicht. Sind wohl heilfroh, dass sie die Hütte erst einmal vermietet

haben. Was schaust du denn so? Hab keine Angst, wir können es uns hier wirklich ein wenig bequem machen."
Sie kräuselte ihre Nase, schüttelte leicht den Kopf: „Xaver, ich weiß nicht. Irgendwie habe ich ein schlechtes Gefühl. Frag nicht, wieso! Es ist, als würde uns die ganze Zeit jemand beobachten. Und …"
„Ja?", fragte Xaver gegen den eigenen Willen.
„Irgendwie habe ich auch ein ganz schlechtes Gewissen."
„Immer noch, weil wir deinem Onkel Klaus nichts davon gesagt haben? Der hat sich doch daran gewöhnt, dass du bisweilen ein Mal nachts nicht daheim bist."
„Ein Mal ist gut."
„Hat er was gesagt, weil du in letzter Zeit viel bei mir übernachtet hast?"
„Aber nein! Onkel Klaus versteht das schon. Ich meine nur, ich hätte ihm sagen müssen, dass wir nicht bei deiner Mutter bleiben, und dass wir für zwei, drei Tage unterwegs sein werden. Aber du hast ja unbedingt gemeint, es solle ganz unter uns bleiben. Warum eigentlich? Er hätte es doch ruhig wissen können."
Xaver seufzte. Offensichtlich hatte er nicht damit gerechnet, wie hartnäckig sie darauf herumreiten würde. Als sie ihn aber weiter herausfordernd ansah, meinte er ausweichend: „Nur wegen meiner Mutter. Der hab ich auch nichts erzählt. Die hätte dann wieder endlos Fragen gestellt. Du weißt doch, wie wenig ich diese ewige Fragerei mag. Wenn du willst, können wir ihnen ja morgen früh Bescheid sagen. Sie werden sicher verstehen, dass wir uns die paar Tage vor Schulbeginn noch ein wenig austoben wollen."
„Austoben? Hast du noch was vor mit mir?", fragte sie mit einem verliebten Lächeln.
„Vielleicht." Er blinzelte ihr mit einem Auge vielsagend zu. „Romantisch wäre es doch hier."

Lisa ging zum Fenster und schaute hinaus in die Landschaft, wo gerade die Sonne in einem feuerroten Meer über einem dunklen Tannenwäldchen unterging. Seufzend drehte sie sich zu ihrem Freund um: „Eins muss man dir lassen. Es ist wirklich romantisch hier."
„Was habe ich gesagt. Alles extra für dich."
„Du, Xaver, soll ich dir mal was sagen?"
„Auf keinen Fall, so weit käm es noch."
„Fiesling! Ich hab in den letzten Tagen viel nachgedacht?"
„Mach kein Ding! Ist irgendwas dabei herausgekommen?", fragte er mit einem breiten Grinsen.
Sie boxte ihn lachend auf den Oberarm: „Jetzt sei mal ernst!"
„Ganz zu Befehl!" Er sprang auf, stand stramm, legte militärisch die rechte Hand an die Stirn. „Und worüber hast du geruht nachzudenken?"
„Na ja, über dich und mich, und was ich später machen will, wenn ich das Abitur erst einmal geschafft habe."
„Dann bin ich ja mal gespannt. Was gedenkt die junge Dame mit den paar verbliebenen Jährchen zu machen?"
„Ich glaube, ich würde gern Schnitzer werden, so wie Onkel Klaus."
„Wie Wegner? Eigentlich hab' ich immer gedacht, was für ein brummiger Kerl der doch ist, aber seitdem ich ihn jetzt näher kenne, finde ich ihn ganz okay. Hätte auch gern so einen Onkel, der mir alles zeigt."
„Ja, er ist wirklich schwer in Ordnung. Ich mag ihn unheimlich gern."
„Und was ist mit mir?", fragte er.
Statt ihm eine Antwort zu geben, stand sie ebenfalls auf und zog ihn ganz nahe an sich. Einen langen Moment verloren sie sich ganz in einem zärtlichen Kuss.
Als wäre ihm etwas eingefallen, löste er sich plötzlich von ihr: „Warte mal, Lisa! Ich muss dir was sagen."

„Jetzt?"
„Ja, weil wir doch … ich meine … warum ich dich eigentlich hierhin …"
Lisa schaute ihn an, als hätte er gerade den Verstand verloren. „Xaver, das hat doch Zeit. Du … ich … wir wollten doch ein paar Tage hier bleiben. Kannst es mir später sagen."
„Schatz, vielleicht wäre es doch besser, wenn wir kurz darüber reden würden. Jetzt gleich!" Man hörte deutlich, wie sehr er mit sich selbst rang.
Lisa schüttelte den Kopf: „Wenn es Probleme sind, dann reden wir am besten morgen darüber."
„Aber …" Als er ihr verführerisches Lächeln sah, lenkte er ein. Das mit Binders Plänen konnte er ihr wirklich hinterher erzählen. Warum sich jetzt die Stimmung verderben? Das hatte wirklich Zeit. Es würde sowieso nicht einfach werden, ihr alles zu erklären.
Dieses Mal war es aber Lisa, die nach einer gut genützten Weile unwillkürlich fragte: „Und du, Xaver?"
„Und ich was?"
„Na ja, was willst du später im Leben machen?"
„Später? Wieso später? Frag mich lieber, was ich jetzt gleich machen will!"
„Und was willst du jetzt machen?"
Dieses Mal war es Xaver, der keine Antwort gab. Er nahm sie an der Hand, und sie gingen gemeinsam in den ersten Stock, in das einzige Zimmer, in dem ein Bett stand.
Wenn sich Lisa auch alle Mühe gab, wurde sie dennoch die ganze Zeit das Gefühl nicht los, jemand würde sie beobachten. Liegt wahrscheinlich daran, weil hier alles so verlassen ist, versuchte sie sich gut zuzureden.
Irgendwie konnte sie sich mit dieser Erklärung dann doch nicht abfinden. Alles blieb so furchtbar unheimlich.

07.09.2013, 22.44 Uhr

„Ja? Huber."

„Wegner am Apparat. Habe ich Sie geweckt?"

Ein langes Gähnen erübrigte eine eingehende Antwort. „Wie viel Uhr haben wir denn schon?", fragte Xavers Mutter gähnend.

„Ungefähr drei viertel elf."

„Dann muss ich wieder vor dem Fernseher einge... eingeschlafen sein. Was kann ich denn für Sie tun, Wegner?" Ihre Stimme lag zwischen Vorwurf und Neugierde.

„Ich wollte eigentlich nur kurz mit Lisa sprechen. Ihre Mutter hat am Nachmittag angerufen, aber ich habe ganz vergessen, dass Lisa zurückrufen soll." Diese Geschichte hatte sich Wegner schon vorher zurechtgelegt. Den eigentlichen Grund, warum er am späten Abend noch anrief, wollte er seiner Nachbarin nicht sagen. Er war nämlich vor einer halben Stunde aus einem seiner Albträume aufgewacht. Schweißgebadet.

Die Gedanken hatten ihm wieder keine Ruhe gelassen. Seine Schuld: Am Tod seiner Frau. Am Tod seiner Tochter. Marion war damals so alt wie Lisa. Was, wenn Lisa etwas passieren würde? Was, wenn er wieder schuld ...?

Schmarrn! Die beiden jungen Leute kamen doch gut zurecht! Man sah es beiden doch an, wie glücklich sie waren. Er brauchte sich wirklich keine Gedanken zu machen. Aus ihrer Beziehung hielt er sich besser raus.

Aber was, wenn ...?

Er kämpfte verbissen dagegen an, aber die Befürchtung ließ ihm keine Ruhe mehr. Im Gegenteil, sie wurde mit jedem Atemzug belastender. Was, wenn ...?

Sein Herz schlug schneller, härter. Seine Stirn wurde feucht. Seine Finger, Hände zitterten. Sein Atem ging unregelmäßig. Etwas Bedrohliches, Unabwendbares.

Aber was sollte ihr passiert sein?
Überlebensinstinkt. Bauchgefühl.
Hatte dem Obermayr auch wenig genug genützt!
Was, wenn Lisa …? Was, wenn er wieder schuld war?
Woran? Es war nicht zu ändern. Er konnte nichts machen.
Was, wenn …?
Er hatte es nicht mehr ausgehalten, war zu ihrem Zimmer gegangen, hatte leise geklopft. Nichts! Langsam drückte er den Türgriff herunter, schob langsam die Tür auf. Horchte.
„Lisa, bist du da? Lisa?"
Nichts!
Wahrscheinlich ist sie wieder bei den Hubers. Er brauchte sich keine Sorgen zu machen. Da war nichts. Gar nichts. Da er einen ganz trockenen Mund hatte, war er hinunter zur Küche gegangen, hatte zwei Gläser hintereinander getrunken. Was, wenn …?
Lange Zeit lief er zwischen Küchentisch und Spüle hin und her, konnte sich nicht entschließen, bei Hubers anzurufen. Was sollten die denken, wenn er mitten in der Nacht anrief, um zu erzählen, welche Sorgen er sich mache. Schmarrn! Der Wegner wird auch immer sonderbarer, würde es bald im ganzen Dorf heißen. Nein, das konnte er wirklich nicht machen. Nicht mitten in der Nacht.
Er war dann selbst überrascht, als er plötzlich den Hörer in der Hand hielt. „Frau Huber, sind Sie noch dran?"
„Ja. Was kann ich …?"
„Vielleicht kann ich kurz mit Lisa sprechen."
„Wegner, es tut mir furchtbar leid, aber die beiden sind weggefahren. Xaver meinte, es könnte später werden. Sie wollten auf irgendeine Party. Weiß nicht mehr genau wo. Bad Hindelang glaube ich, hat er gesagt. Machen Sie sich mal keine Sorgen. Die jungen Leute sind heute so. Ständig unterwegs, als wenn sie in ihrem Alter schon etwas verpassen könnten."

„Trotzdem. Ich kann nachts sowieso nicht schlafen. Sie soll mich kurz anrufen. Egal, wie spät es ist." Wegner hörte selbst, wie zittrig sich seine Stimme anhörte.
„An Ihrer Stelle, Wegner, würde ich mich ins Bett legen und schlafen. Aber wie Sie meinen. Ich werde es den beiden ausrichten, wenn ich sie noch sehe. Gute Nacht erst einmal."
Bevor er noch etwas sagen konnte, hatte sie bereits aufgelegt.
Nach dem Gespräch lief Wegner weiter aufgeregt in der Küche hin und her, ging immer wieder zur Haustür, horchte hinaus. Nichts!
Was, wenn ...?
Noch nie in seinem Leben hatte Wegner solche Angst gehabt. Seine innere Stimme wiederholte immer wieder die gleiche Warnung: Es wird etwas Schreckliches geschehen! Es wird etwas Schreckliches geschehen! Und es wird nichts geben, gar nichts, was du dagegen tun könntest!
Was, wenn ...?
Ja, er würde wieder machtlos sein. Er hatte ja noch nicht einmal den Hauch einer Idee, was da Schreckliches geschehen könnte. Trotzdem war er ganz sicher. Etwas ganz Schreckliches wird geschehen.
Die ganze Nacht wartete er, lief immer wieder zur Tür, horchte.
Umsonst ...

07.09.2013, 22.44 Uhr

Sie musste einen Augenblick in Xavers Armen eingeschlafen sein. Das dachte Lisa wenigstens, als sie plötzlich aufwachte. Es war ganz dunkel um sie herum. Sie musste gleich an ihn denken. Xaver war wirklich der netteste Junge, den sie kannte. Er war so zärtlich, so rücksichtsvoll, gar nicht so wie die anderen, die immer nur sofort dasselbe wollten.

Er wartete immer, bis sie anfing. Wie zärtlich und sanft seine Hände dann sein konnten. So, als wenn es für ihn nichts Wichtigeres auf der Welt gäbe als sie. Es war wunderschön. Mit ihm könnte sie ihr ganzes Leben hier in der Einsamkeit verbringen. Sie würde schnitzen und er würde Computerspiele erfinden. Genau das, was er in Kempten studierte. Zwei oder besser noch drei Kinder würden sie zusammen haben. Egal wie viele, Hauptsache, sie hatten so schöne, leuchtende Augen wie er. Ja, er hatte die schönsten Augen in der Welt. Manchmal wirkten sie auch etwas traurig und nachdenklich, wenn er sie ansah, vor allem wenn er sich dabei unbeobachtet fühlte. Als würde sie ihn an irgendwas sehr Trauriges erinnern.

Sie musste ihn einfach fragen, was er dachte, wenn er sie so bekümmert ansah. Jetzt gleich! „Xaver?" Ihre Hand tastete neben sich, suchte. Nichts! „Xaver, ich muss dich was fragen." Lächelnd tastete sie die andere Seite des Bettes ab.

Nichts!

„Xaver?"

Nichts!

Wahrscheinlich war er kurz auf das Klo nach unten gegangen. Na warte, mein Lieber! Dir werde ich gleich auch einen Schrecken einjagen. Du wirst schauen, wenn ich nicht mehr im Bett bin!

Rasch stand sie auf, zog sich ihren Bademantel über. Vielleicht hinter dem Schrank verstecken. Nein! Besser hinter der Tür. Dann konnte sie gleich, wenn er reinkam, ihn ein wenig erschrecken.

Vorsichtig tapste sie quer durch das dunkle Zimmer, bis sie an eine Wand stieß. An dieser tastete sie sich entlang bis zur Tür. Besser sich einen Augenblick orientieren. Es gab doch einen Lichtschalter gleich neben der Tür. Ach ja, da ist er! Sie drehte den altmodischen Lichtschalter an. Für einen

Moment blinzelte sie in die leuchtende Glühbirne, die nackt von der Decke herabhing. Sie ließ ihren Blick umherschweifen. Nicht die Spur von Xaver.

Na warte!

Plötzlich ging die Tür hinter ihr auf. Erschreckt fuhr sie herum. Aber … Für einen Moment konnte sie nicht glauben, was sie sah. Eine Gestalt stand in der Tür. Das war nicht Xaver! Sicher nicht! Ganz dunkel war die fremde Person gekleidet. Über den Kopf hatte sie eine Sturmmütze gezogen. Zwei Augen starrten ihr aus den weiten Schlitzen entgegen. Zwei sehr überraschte, flackernde Augen. Wahrscheinlich hatte die Person auch nicht damit gerechnet, dass sie so nahe an der Tür stand.

Und dann geht alles sehr schnell.

Lisa steht da, wie erstarrt, kann ihren Blick nicht mehr von diesen Augen lösen. Zwei Augen, die sie gut kennt.

Schon im nächsten Moment hat diese Person ihre eigene Erstarrung überwunden. Die dunkle Gestalt stürzt auf sie zu, packt sie heftig am Arm.

Sie schreit. Ein Schrei, der jedoch sofort erstickt, als irgendein Lappen auf ihr Gesicht gedrückt wird. Ein eindringlicher süßlicher Geruch, irgendwie nach Operationssaal.

Dann Leere.

Nichts als eine abgrundtiefe Leere …

Teil 5

Die Zeit nach der Entführung

08.09.2013, 08.36 Uhr

„Ich will sofort wissen, wo Lisa ist, Herr Binder, oder wie Sie auch immer sonst heißen mögen."

„Jetzt pass mal gut auf, mein Freund. Es scheint, wir müssen da ein paar Dinge ein für alle Mal klären. Wie sehr du dich jetzt auch immer drehst und wendest, du hängst in der Geschichte mit drin. ‚Mitgegangen, Mitgefangen, Mitgehangen', wie man so schön sagt." Der scharfe Ton ließ keinen Zweifel, wie ernst es ihm war.

„Aber Sie haben nicht gesagt, dass Sie Lisa verschwinden lassen würden."

„Habe es mir eben anders überlegt. Hast du schon darüber nachgedacht, wie viel du für deine Mittäterschaft bekommen wirst. Entführung? Vielleicht sogar mit tragischem Ausgang, wenn du mir jetzt dumm kommst?"

„Sie werden ihr doch nichts tun?", fragte Xaver erschreckt.

„Das hängt ganz davon ab, wie einsichtig du sein wirst. Es wäre wirklich jammerschade, wenn der lieben Lisa oder dir etwas Schreckliches zustoßen würde. Nicht auszudenken. Besser, du spielst das angefangene Spiel mit."

„Und wie … wie soll das laufen?", fragte Xaver mit belegter Stimme.

„Xaver, wie soll das wohl laufen? Ganz so, wie abgesprochen. Du fährst jetzt gleich zu ihrer lieben Mama. Sag ihr, da gäbe es einen ganz bösen Mann, der wollte eigentlich das Geschäft ganz in Ruhe und Frieden abschließen. Aber ich bin ja kein

Unmensch. Erklär ihr, es bliebe bei dem vorgeschlagenen Preis, aber es gäbe da noch eine weitere kleine Bedingung."
„Was für eine Bedingung denn?"
„Lisas Stiefvater ist nicht ihr Problem. Das wird schon geregelt. Ohne sie. Und noch eins. Sollte sie anfangen, andere Leute wie ihren Bruder da mit reinzuziehen, kann sie ihre liebe Tochter abschreiben. Hast du das so weit verstanden? Wenn sie ihre Tochter lebend wiedersehen will, wäre es besser für alle Beteiligten, sie macht, was ich ihr vorschlage. Sollte ich auch nur den Hauch eines Verdachts haben, sie hätte sich an ihren geliebten Bruder oder an die Polizei gewendet, dann kann sie das Geschäft vergessen. Damit wir uns nicht missverstehen: einschließlich ihrer Tochter. Klar?"
Ängstlich wandte Xaver ein: „Lisas Mutter wird eine Sicherheit wollen, dass ihrer Tochter nichts passiert ist …"
„Noch ein einziges Wort, mein Freund, und du kannst beim nächsten Mal ein paar abgeschnittene Finger von Lisa mitnehmen, wenn Frau Doktor irgendwelchen Zweifel am Ernst der Lage hegt. Außerdem, wer wüsste besser als du, wie wenig es sich da nur um eine vorgetäuschte Entführung handelt. Und jetzt mach dich mal auf den Weg, bevor ich dir auch noch beweisen muss, wie schnell dir ein paar Finger fehlen können. Ich gebe dir drei Stunden. Das ist ausreichend Zeit, um nach Bad Wörishofen zu fahren, um mit der lieben Frau Mama zu sprechen und um wieder hierhin zurück zu kommen. Danach bleibst du hier auf dem Hof und verlässt ihn nicht! Alles klar so weit?"
Niedergeschlagen nickte Xaver nur kurz. „Also gut. Ich werde machen, was Sie wollen, aber was, wenn etwas dazwischen kommt? Ich meine …"
„Gut, dass du es ansprichst. Sollte ich den Eindruck haben, die Sache läuft nicht so ganz nach meinen Vorstellungen, dann werden alle, einschließlich dir, sehr schnell erfahren,

wie nachträglich ich oder die Leute, die hinter mir stehen, sein können. Und jetzt mach dich vom Acker! Aber schnell! Ich warte hier auf dich!"

08.09.2013, 11.12 Uhr

„Wegner, du? Was gibt's denn? Ist etwas mit Lisa? Ist ihr etwas passiert?" Irgendwie klang ihre Stimme rau und unnatürlich am Telefon.

„Franzi, ich weiß es nicht. Wahrscheinlich mache ich mir umsonst Sorgen, aber ich habe im Moment nicht die geringste Ahnung, wo Lisa sein könnte."

„Ist sie denn nicht bei den Hubers nebenan?"

„Ich fürchte nicht. Xaver und Lisa sind seit gestern Mittag verschwunden."

„Was hat Frau Huber gemeint?"

„Die glaubt nicht, dass den beiden was passiert sein könnte."

„Wegner, bist du sicher, du übertreibst nicht ein wenig?" Frau Doktor Lechner schien sich wieder gefasst zu haben.

„Übertreiben? Zugegebenermaßen hat das Frau Huber auch gemeint. Ich solle mir nur keine Gedanken machen. Es wäre bestimmt nicht das erste Mal, wo Xaver sich tagelang nicht meldete. Sie meinte, ich sollte einmal mit dir telefonieren, du würdest vielleicht etwas wissen."

„Wegner, mal ganz ehrlich. Ich glaube, Frau Huber hat ganz recht. Es gibt keinen Grund, sich Sorgen zu machen. Lisa ist schon seit Monaten nicht mehr die Zuverlässigste. Ich wollte es dir in den Ferien nicht sagen, aber sie kann ganz schön ihren eigenen Kopf durchsetzen. Sicher, es ist nicht ganz fair von ihr, einfach loszuziehen, ohne dir etwas zu sagen, aber das war bei uns hier in Bad Wörishofen seit einem Jahr der Normalfall. Einfach weg, und hinterher erzählt sie irgendwelche Geschichten, die niemand glauben kann."

Seine Schwester sprach ganz schnell und viel mehr, als er es normalerweise von ihr gewohnt war.

„Franzi, glaubst du nicht, es wäre das Beste, bei der Polizei eine Vermisstenanzei… ?“

„Auf keinen Fall! Ich habe mich letzten Herbst schon einmal unsterblich blamiert. Ich setzte damals die halbe Welt in Bewegung, alarmierte die Polizei, und drei Tage später tauchte meine Tochter von einem Moment zum nächsten wieder in der Tür auf, lächelte und meinte, sie hätte bei einer Freundin Party gemacht.“

„Davon hattest du mir gar nichts erzählt“, sagte Wegner hörbar unsicher geworden.

„Das sind doch auch keine Sachen, mit denen man überall hausieren geht. Hör zu, ich mache dir einen Vorschlag! Wir warten ein paar Tage, und wenn die beiden sich dann nicht gemeldet haben, dann gehen wir zusammen zur Polizei. Wäre das so in Ordnung für dich?“

Ihre Stimme schien ihm etwas Lauerndes, etwas Unruhiges zu haben, ohne dass er genau sagen konnte, was es sein konnte, wenn es doch keinen Grund für sie zur Sorge gab. Er musste weiter dranbleiben. Das sagte ihm sein Bauchgefühl. „Ich weiß nicht recht. Wahrscheinlich wirst du mich für einen ewigen Spinner halten, aber ich habe einfach kein gutes Gefühl. Wirklich!“

Sie schnaufte verärgert: „Wegner, das kann ich alles gut verstehen. Trotzdem brauchen wir uns keine Gedanken zu machen. Wenn du willst, kommt Lisa wieder hierher nach Bad Wörishofen zurück, sobald sie wieder auftaucht.“

„Nein, das wird nicht notwendig sein. Wenn sie kommt, rede ich mit ihr, um so etwas in Zukunft zu vermeiden.“

„Wie du willst. Ich fürchte, ich muss Schluss machen. Du weißt ja, die Klinik. Sobald die beiden kommen, rufe mich bitte sofort an. Ja?“

„Versteht sich doch von selbst. Ich lasse auf jeden Fall von mir hören. Bis dann."
Mit einem Kopfschütteln legte Wegner auf. Machte er sich wirklich inzwischen nicht selbst verrückt mit seinem verdammten Bauchgefühl? Wie oft hatte er das in München miterlebt, wie Eltern tränenüberströmt eine Vermisstenanzeige aufgaben und zwei, drei Tage später riefen sie dann nur kurz an, um mitzuteilen, die Sache hätte sich so weit erledigt. Sicher nicht alle Fälle waren so ausgegangen. Aber die meisten.
Was hatte seine Schwester da gesagt? Sie hätte letzten Herbst auch eine Vermisstenanzeige bei der Polizei aufgegeben? Bevor er die Pferde scheu machte, sollte er sich vielleicht bei den Kollegen näher erkundigen, was es damals mit dieser Meldung auf sich hatte. Vielleicht gab es ja einen Hinweis, wo er sie suchen könnte.
Als er wenige Minuten später in Kaufbeuren bei der Polizeiinspektion anrief, hatte er gleich einen ehemaligen Kollegen am Apparat. Sie unterhielten sich kurz über frühere Zeiten, bis Wegner die Vermisstenanzeige zur Sprache brachte. „Wäre schön, wenn du dich ein wenig umhören könntest, was damals genau los war", schloss Wegner ihr Gespräch. „Und danke schon einmal für deine Hilfe."
Zwei Stunden später klingelte sein Telefon. Der Kollege hatte Wort gehalten, hatte sich eingehend informiert.
„Und du bist dir ganz sicher?", fragte Wegner sicherheitshalber noch einmal nach.
„Wenn ich es dir doch sage. Niemand weiß etwas von dieser Vermisstenanzeige. Du hast da wahrscheinlich etwas falsch verstanden. Kann das sein?"
„Ja, wahrscheinlich. Danke auf jeden Fall für deine Mühe. Hast was gut bei mir."
„Passt schon! Pfüat di, Wegner!"

Wegner legte nachdenklich auf: Seltsam? Seine Schwester hatte doch ausdrücklich gesagt …
Wieso sollte sie ihm etwas erzählen, was nicht stimmte? Wirklich sehr seltsam!

12.09.2013, 21.23 Uhr

„Heilandsackhurahaglnomol! Was machst du Stoffl da? Da musst du doch mit der Schell-Sau rauskommen! Wie lang spielst du eigentlich schon Schafkopf, Wegner? Da spielt ja meine dreijährige Tochter sechsmal besser."
„Halt dei Lapp, dei drecks-verschmierte! Weiß selbst, wenn i an Schmarrn mach, do brauch i di it dazu", fiel Wegner für einen Moment ganz in den Allgäuer Dialekt, was ihm sonst nur ganz selten passierte. Wütend warf er die Karten auf den Tisch, nahm einen großen Schluck aus seinem Glas, knallte es dann ebenfalls hin. Beim überstürzten Aufspringen von seinem Platz stieß er seinen Stuhl so heftig nach hinten, dass dieser krachend zu Boden fiel.
„Soo, jetz hammer's! Der Wegner isch ganga", spottete Ludwig Lederle von der anderen Seite des Tisches.
„Lass ma mei Ruah, du Daggl! Oder soll ich dir auf dein Grind naschlage?"
Der Kreuzwirt, der selbst mitgespielt hatte, war ebenfalls aufgesprungen und hatte den umgeworfenen Stuhl wieder aufgehoben. „Passt scho, Wegner!" Da er als langjähriger Wirt recht gut wusste, wie schnell sich so etwas zu einer zünftigen Schlägerei entwickeln konnte, wandte er sich gleich beschwichtigend den anderen beiden Mitspielern zu: „Denk, wir sollten all Schluss für heut machen."
Wegner nickte ihm mürrisch zu. „Ja, freilich." Weiter zu bleiben, machte sowieso keinen Sinn.
In der halben Stunde, seitdem er hier beim Schafkopfen saß,

war es bereits sein viertes Weißbier, das er in sich hineingekippt hatte, so als hätte er drei Wochen nichts mehr zu trinken gehabt. Natürlich stand ihm sein Kopf im Moment nicht nach Schafkopfspielen. Deswegen war er auch nicht gekommen. Seit drei Tagen machte er die Runde in den Gasthöfen von Fischen und Umgebung. Irgendjemand musste doch einfach in so einem kleinen Dorf etwas mitbekommen haben. Da verschwanden von einem Tag auf den anderen zwei junge Leute, und keiner wollte was wissen oder gesehen haben. Das gab es doch gar nicht.
Er hatte mehr oder weniger direkt herumgefragt. Nichts, auf jeden Fall nichts Konkretes war dabei herausgekommen. Überall stieß er auf Erstaunen, überall sagte man ihm so ziemlich das Gleiche: Die Lisa? Deine Nichte? Wie? Sie ist weg? Die war doch mit dem jungen Huber in letzter Zeit zusammen, oder? Haben ja im Dorf reichlich verliebt getan, nach allem, was man so gesehen hat. Hand in Hand durch das Dorf sind sie gegangen. An jeder Ecke sind sie stehen geblieben, um sich einen Kuss zu geben. Wie die jungen Leute heutzutage mal so sind.
Wann ich die beiden zuletzt gesehen hab‘, Wegner? Muss schon wieder knapp eine Woche her sein. Jetzt, wo du es sagst: Seitdem hab’ ich die beiden tatsächlich nicht mehr gesehen. Trotzdem würde ich mir an deiner Stelle keine Gedanken machen. Werden unterwegs sein. Hast du mal bei Xaver zu Hause angerufen? Was sagt denn die Huber?
Du meinst, es könnt‘ den beiden was passiert sein? Ah, geh weiter! An deiner Stelle, Wegner, würd ich mir da keine großen Gedanken machen. Wofür auch? Die heutige Generation ist da anders, als wir es damals waren. Glaub mir! Von wegen tagelang unterwegs sein. Die hätten uns daheim damals auch was ganz anderes gesagt. Gar nicht mehr heim hätten wir kommen brauchen.

Ja, der Text war mehr oder weniger stets der gleiche gewesen. Nichts gesehen. Nichts gehört. Wird schon nichts passiert sein. Die beiden sind ja alt genug. Kein Grund zur Sorge! Wirst schon sehen, die kommen bald wieder.
Selbst Frau Huber hatte sich nicht sehr besorgt gezeigt: „Wegner, junge Leute sind nun mal so ... oder?"

13.09.2013, 13.56 Uhr

Alle Fragen Wegners waren bisher offen geblieben.
Wo war Lisa? War sie mit Xaver zusammen? War ihnen was zugestoßen? Warum hatte seine Schwester Franziska ihn angelogen mit dieser Vermisstenanzeige? Warum hatte niemand etwas von Lisas und Xavers Verschwinden bemerkt? Niemand schien etwas zu wissen. Aber mit dieser Erkenntnis wollte und konnte sich Wegner nicht einfach abfinden. Er ließ nicht locker, stellte überall Fragen, fing an, sich für Lisas Vergangenheit zu interessieren. Lisa hatte ihm von einem Lateinlehrer in Kaufbeuren erzählt. Mehr zum Scherz. Beide hatten sie herzlich gelacht, als Lisa ihn parodierte: „Sehen Sie denn nicht selbst, dass wir da einen Ablativus absolutus vor uns haben, Fräulein Lechner?" Sie hatten beide herzlich gelacht.
Doktor Seifert hieß der Mann.
Trotz der noch anhaltenden Sommerferien hatte Wegner herausgefunden, dass der Mann in Obergünzburg wohnte. Sie hatten telefonisch den nächstmöglichen Termin ausgemacht, und Wegner hatte sich rechtzeitig mit seinem Polo auf den Weg dorthin gemacht. Der Lehrer wohnte in der Edelweißstraße.
Als Wegner ihn sah, musste er trotz des traurigen Anlasses einen Moment lächeln. Herr Doktor Seifert wirkte genauso bieder und eingebildet, wie Lisa ihn parodiert hatte. Seine

Wohnung hätte ein Museum sein können. Ein Wunder, dass nicht überall stand: Bitte nicht anfassen!
„Die Lisa? Die Lisa Lechner? Kann mir wirklich nicht vorstellen, was in die gefahren war. Früher hätte ich mir keine bessere Schülerin vorstellen können. Die schlechteste Note in Latein und Deutsch eine Eins minus, oder wenn es ganz schlimm kam eine Zwei plus. Dann, von einem Tag auf den anderen, habe ich Ihre Nichte nicht wiedererkannt. Fünfen! Sechsen! Ein halbes Dutzend Fehler in jedem Satz. Unglaublich!"
„Wann war das genau? Ich meine, können Sie sich erinnern, ab wann Ihnen diese Veränderung aufgefallen ist?"
„Warten Sie mal! Das war letztes Jahr im Herbst. Wir hatten gerade angefangen mit Cicero. De re publica. Interessante Lektüre, glauben Sie mir."
„Über den Staat. Ziemlich schwierige Übersetzung, wenn ich mich noch richtig an meinen eigenen Lateinunterricht erinnere."
„Finden Sie wirklich, Herr Wegner? Ich könnte mir für junge Menschen von heute nichts Besseres für ihre staatsbürgerliche Erziehung vorstellen."
Wegner zog es vor, nicht weiter auf dieses pädagogische Thema einzugehen: „Das war wann genau?"
„Oktober, November. Ständig hat Lisa mir Vorhaltungen gemacht, was das denn bringen sollte. So kannte ich Lisa gar nicht. Ein paar Mal habe ich mit ihr gesprochen, das heißt, ich habe es versucht, denn so richtig ist nichts bei unseren Gesprächen herausgekommen. Richtig verstockt war sie."
„Hat Lisa irgendwas angedeutet, warum sie plötzlich nicht mehr zurechtkam mit dem Unterricht?"
„Nein, da gab es meines Wissens nach nichts Konkretes. Was ich damit sagen will, es gingen da Gerüchte, verstehen Sie? Wirklich nichts Ernstzunehmendes, vermute ich wenigstens."

„Und worum ging es bei diesen Gerüchten genau?"
„Wie schon gesagt, nichts wirklich Greifbares. Hinter vorgehaltener Hand hieß es, sie hätte sich mit erwachsenen Männern getroffen. Man hätte sie mehrmals am Busbahnhof in Kaufbeuren beobachtet, wie sie heimlich mit einem Mann gesprochen hätte. Ziemlich geheimnisvoll soll sie getan haben, nach allem, was man damals so hörte."
„Glauben Sie, Herr Doktor Seifert, da könnte was Wahres dran sein? Ich meine, dass Lisa sich mit erwachsenen Männern eingelassen haben soll?"
„Schwer zu sagen. Denkbar wäre es. Wissen Sie, die junge Generation, die ist ganz anders, als wir es damals waren. Auf der einen Seite sicher ein nachvollziehbarer Schritt …"
„Gab es sonst noch etwas, was Ihnen oder Ihren Kollegen aufgefallen wäre?", unterbrach Wegner etwas forsch, da er in den vergangenen Tagen von diesem Generationskonflikt bereits zu viel reden gehört hatte. Für ihn war das sowieso ein Schmarrn. Als wenn sie damals alle so furchtbar brav gewesen wären.
„Ich fürchte, Herr Wegner, ich habe Ihre Frage nicht ganz verstanden."
„Gab es sonst noch etwas Auffälliges? Veränderte Kleidung zum Beispiel?" Wegner war mit einem Mal wieder ganz Polizist.
„Nein, eigentlich nicht. Der ganze Lehrkörper hat sich allerdings beklagt, wie sehr Lisa mit ihren schulischen Leistungen nachgelassen hatte. Na ja, sagen wir, fast alle Lehrer. Herr Becker war da eher eine Ausnahme. Der nahm es mit der Disziplin auch nie so genau, wenn Sie mich fragen."
„Herr Becker? Wer ist das genau?"
„Becker? Einer der Kunstlehrer bei uns im Gymnasium. Machte öfter sogenannte alternative Kunstprojekte mit den Schülerinnen. Sie werden vielleicht von diesem umstrittenen Sprayerprojekt letztes Jahr in Marktoberdorf gehört haben.

Wenn Sie mich fragen, hatte Herr Becker ein viel zu nahes Verhältnis mit seinen Schülerinnen im Marien-Gymnasium. Auf jeden Fall scheint er sich mit Lisa auch in dieser schwierigen Zeit sehr gut verstanden zu haben. Kein Wunder. Bei dem Herrn Kollegen brauchte man ja auch nichts zu lernen."
„Können Sie mir vielleicht sagen, wo oder wie ich Herrn Becker erreichen kann?", fragte Wegner mit einem leichten Zeichen von Hoffnung in seiner Stimme.
„Ich fürchte Herr Becker ... ist im Frühjahr ... na ja, er gilt seitdem als vermisst."
„Vermisst? Seit wann genau?"
„Lassen Sie mich überlegen. Lisa war schon nicht mehr auf unserer Schule. In den elften Klassen hatten wir gerade Sallust angefangen zu lesen. De coniuratione catilinae."
„Die Verschwörung des Catilina. Musste ich damals ... habe ich auch gelesen. Hat Herr Becker einen Verwandten, den ich befragen könnte?"
„Eine Schwester in Aitrang, soviel ich weiß. Die Adresse kann ich Ihnen aber leider nicht geben."
„Schade, aber wahrscheinlich kann ich sie auch so herausfinden. Danke Herr Doktor Seifert für Ihre Mühe. Sie haben mir sehr viel weitergeholfen."
„Ach so, was ich Ihnen noch sagen muss, Herr Wegner. Wegen Herrn Becker würde ich mir an Ihrer Stelle nicht allzu große Sorgen machen. Würde mich persönlich nicht wundern, wenn es sich da wieder um eine seiner spektakulären Aktionen handeln würde."
Wegner wandte sich noch einmal zu Dr. Seifert um. „Spektakuläre Aktionen? Wie meinen Sie das?"
„Das lassen Sie sich besser einmal von seiner Schwester erzählen. Einen schönen Tag wünsche ich Ihnen noch."
Auf dem Weg nach Aitrang nickte Wegner versonnen vor sich hin, als er an Dr. Seifert dachte. Es lag nicht immer am

Fach, wenn Schüler Latein nicht mochten. Er hatte es selbst eigentlich immer sehr gern gemocht, aber er hatte auch gute Lehrer gehabt. Der letzte hatte gesagt, als er erfuhr, dass Wegner zur Kriminalpolizei wollte, Latein und polizeiliche Arbeit hätten ja auch sehr viel gemeinsam: zuerst systematische Spurensicherung, dann schrittweises, logisches Vorgehen. Wenn man es genau so machte, dann passte alles zu allem, immer vorausgesetzt, man hatte kein Detail übersehen. Aber im Unterschied zu Latein, musste er alle tatrelevanten Elemente erst ausfindig machen. Viele Details waren versteckt, aber das waren längst nicht die schwierigsten Elemente, denn das waren in der Regel die Einzelheiten, die die ganze Zeit vor einem lagen, ohne bemerkt zu werden.
Gab es da etwas Offensichtliches, was er gerade übersah?

13.09.2013, 15.12 Uhr

„Sind Sie von der Polizei?", fragte die junge Frau durch den Türspalt. Sie blies den Rauch ihrer Zigarette demonstrativ genervt vor sich aus, ganz wie jemand, den man bei einer wichtigen Arbeit gestört hatte, oder jemand, der nicht gerade ein sehr herzliches Verhältnis zur Polizei pflegte.
Für einen Moment zögerte Wegner, dann entschloss er sich jedoch, bei der Wahrheit zu bleiben. „Aber nein."
„Was dann?" Als freundliche Einladung war ihre Frage sicher nicht zu verstehen.
„Wenn meine Informationen von Herrn Doktor Seifert, einem Kollegen Ihres Bruders, richtig sind, Frau Becker, dann könnten wir möglicherweise das gleiche Problem haben."
Die junge Frau machte beim Namen Seifert ein angewidertes Gesicht, als hätte sie in einen faulen Apfel gebissen. Sie blies den Rauch dieses Mal schon unmissverständlicher in Richtung ihres unerwünschten Besuchers. Ihr forscher Ton

ließ keinerlei Zweifel daran, wie wenig sie an einer Fortsetzung des Gesprächs interessiert war: „Wenn das ein Witz sein soll, dann kann ich Ihnen nur raten, ganz schnell zu verschwinden."
„Nein, nichts in der Art! Wirklich nicht! Mein Name ist Wegner, ich bin auf der Suche nach meiner Nichte Lisa."
„Lisa? Meinen Sie etwa Lisa Lechner? Ist die auch verschwunden?" Plötzlich schien das Interesse der jungen Frau doch geweckt zu sein, denn sie öffnete die Tür weit auf.
„Sie kennen Sie?", fragte Wegner freudig überrascht.
„Was heißt kennen. Aber kommen Sie doch erst einmal herein!"
Die knapp Dreißigjährige ging im Gang voraus, dessen Raufasertapete mit surrealistischen Bildern bemalt war. Mit einem Lächeln war sie seinem Blick gefolgt. „Gemeinschaftsproduktion von meinem Bruder und mir." Nach einem weiteren Zug an ihrer Zigarette begann sie zu husten, als wäre sie das Rauchen nicht gewöhnt.
Im Wohnzimmer drückte sie ihre Kippe gleich in einem leeren Aschenbecher aus, erklärte mit einem Achselzucken: „Wissen Sie, ich bilde mir immer ein, Frauen, die rauchend die Haustür öffnen, wirken weniger einladend auf ungebetene Gäste."
Diese Frau war Wegner gleich sehr sympathisch. Sie gehörte offensichtlich zu den Leuten, die sehr bewusst lebten und handelten, oder sich zumindest darum bemühten. Er ließ sich Zeit, sie in Ruhe zu mustern. Nicht gerade eine Schönheit, aber sicherlich auch keine Frau, die Probleme hatte, Anschluss zu finden, wenn sie es darauf anlegte. Sehr ausdrucksvolle braune Augen, die ein wenig traurig wirkten.
Nachdem Wegner sich im Wohnzimmer auf ihren Wunsch hin auf einem abgesessenen Sessel niedergelassen hatte und geklärt war, dass sie ihm weder Kaffee noch sonst etwas

anzubieten brauchte, nahm sie ihm gegenüber Platz und fing gleich an zu erzählen: „Sebastian und ich waren Zwillinge. Zweieiige." Sie lachte. Wahrscheinlich war ihr selbst aufgefallen, wie wenig es diese letzte Erklärung bei Bruder und Schwester brauchte.

Wegner entging nicht die wiederholte Vergangenheitsform. Sicherlich kein Zufall. „Dann hat … hatte er sicher doch einiges gemeinsam mit Ihnen, oder?"

„Oh ja! Er liebte wie ich die surreale Kunst. Nur dass er unbedingt als Lehrer arbeiten wollte, habe ich nie verstanden. Ich weiß gar nicht, wie er es so lange im Schuldienst aushalten konnte. Mädchengymnasium." Frau Becker schüttelte ihren Kopf, als könnte sie es immer noch nicht begreifen. „Sebastian war gar nicht so der Beamtentyp. Eher sozial und politisch engagiert. Hatte deswegen auch immer wieder Ärger mit seinen Vorgesetzten und mit der Schulbehörde. War ihm aber ziemlich egal. Meinte immer nur, es gäbe Dinge, die müssten klar gesagt werden. Es genüge nicht, sich hinter seinen Bildern zu verstecken." Mit einem Mal schaute sie ganz niedergeschlagen.

„Wie meinen Sie das jetzt, Frau Becker?", fragte Wegner.

„Na ja, Leute, wie Herr Doktor Seifert, den Sie vorhin erwähnt haben, die kommen gut zurecht in solchen Einrichtungen, aber Sebastian? Er war doch gar nicht der Typ dafür. Ständig ist er auch angeeckt. Trotzdem mochte er seinen Job. Vor allem mit den benachteiligten Mädchen. Für die wär er weitere Jahre in den Knast gegangen."

„Heißt das …?"

Sie nickte entschieden, als wenn sie stolz darauf wäre. „Oh ja, Zweitausendsieben hat er acht Monate in Kempten wegen vorgetäuschter Entführung gesessen."

„Entführung?", horchte Wegner überrascht auf.

„Ja, er wollte mal auf die Situation einer Zigeunerfamilie

aufmerksam machen, die abgeschoben werden sollte."
Eine Weile sprachen sie über den damaligen Fall, bis Wegner wieder auf den eigentlichen Grund seines Besuches kam: „Vorhin haben Sie erwähnt, dass Sie meine Nichte, Lisa Lechner, kennen. Wo haben Sie Lisa denn kennengelernt?"
„Wo? Doch hier im Haus. Sie müssen wissen, mein Bruder hat ständig irgendwelche Schülerinnen mit hierher gebracht. Verstehen Sie das bitte nicht falsch. Nicht irgendwelche, um … Sie wissen schon. Es waren immer solche, die mit dem Gymnasium oder daheim irgendwelche Probleme hatten, aber die sich sehr auf die eine oder andere Weise für Kunst interessierten. In diese Gruppe passte Lisa wirklich gut."
„Wollen Sie damit etwa andeuten, Lisa hatte Schwierigkeiten, mit der Schule oder daheim?"
„Genau genommen nicht mit der Schule, oder zumindest nicht hauptsächlich damit."
„Wie kann ich das jetzt verstehen?"
Nachlässig zuckte Frau Becker mit den Schultern. „Wenn ich das mal selbst genau wüsste. Ich sage es Ihnen am besten geradeheraus: Lisa hatte eine Beziehung zu einem erwachsenen Mann. Nein, nicht zu Sebastian. Das hat mir Lisa wenigstens selbst erzählt. War ja oft genug hier."
„Wissen Sie, wer dieser Mann genau war?"
„Nein! Keine Ahnung. Habe auch nicht danach gefragt. Auf jeden Fall gab es da noch einen anderen Mann, der sie wegen dieser Beziehung erpresste."
„Worum ging es da genau?", fragte Wegner überrascht.
Frau Becker schüttelte entschuldigend ihren Kopf. „Tut mir leid, aber auch danach habe ich nicht so genau gefragt. Ich weiß nur so viel, dass Lisa ständig für diesen Erpresser Geld besorgen musste, was sie wohl von dem Mann bekam, mit dem sie eine Beziehung hatte."
„Viel Geld?", fragte Wegner.

„Ja, für ein siebzehnjähriges Mädchen ging es wohl um sehr viel. Wenn ich das richtig verstanden habe, wechselten da Tausende von Euro ihren Besitzer.“
„Ist ja interessant. Gibt es sonst noch etwas?“ Es war unmissverständlich, worauf Wegner hinauswollte.
„Nein, keine sexuelle Nötigung, wenn ich Ihre Frage richtig verstehe. Der Mann zwang Lisa jedoch, irgendwelche vertraulichen Forschungsunterlagen von ihrer Mutter zu kopieren. Weiß nicht genau, um was es da ging.“
„Forschungsunterlagen? Sind Sie da ganz sicher?“
Ihr entschiedenes Nicken erübrigte jegliche weitere Fragen in diese Richtung.
Wegner überlegte einen Moment, bevor er weiterfragte: „Sie wissen nicht zufällig, wer dieser Erpresser war?“
„Doch das weiß ich, wenn auch nicht zufällig.“
„Was wollen Sie damit sagen?“
„Lisa blieb in dem Punkt immer sehr vage, aber meinem Bruder hat diese Sauerei keine Ruhe mehr gelassen, nachdem Ihre Nichte das Gymnasium in Kaufbeuren verlassen musste.“
„Und? Was hat Ihr Bruder herausgefunden?“
„Sebastian erzählte mir, vieles spräche dafür, dass Lisas Erpresser für Frau Doktor Lechner arbeiten würde. Ihre Schwägerin? Ihre Schwester?“
„Frau Doktor Lechner ist meine Schwester. Der Mann arbeitet im Sanatorium in Bad Wörishofen, sagen Sie? Kann ich mich auf diese Information hundertprozentig verlassen?“
„Herr Wegner!“ Ihre Stimme klang deutlich niedergeschlagen, aber auch ein wenig vorwurfsvoll. „Jetzt hören Sie mir bitte einen Moment genau zu! Ich weiß nicht, was da genau gespielt wird, aber ich habe den Verdacht, mein Bruder hat da seine Nase wieder in etwas hineingesteckt, was ihm nicht sehr gut bekommen ist.“
„Wollen Sie damit vielleicht sagen, das Verschwinden Ihres

Bruders könnte etwas mit diesem Mann zu tun haben?"
„Sie sagen es: könnte. Betonung liegt allerdings auf der Möglichkeitsform. Ich vermute es nur, da ich keinerlei Beweise habe."
„Haben Sie damals darüber mit der Polizei gesprochen."
„Um ganz ehrlich mit Ihnen zu sein, nein." Als sie Wegners fragenden Blick bemerkte, fuhr sie gleich fort: „Warum ich damals keine Anzeige gemacht habe, werden Sie sich jetzt sicherlich fragen, oder?"
„Ja, es wäre ja eine naheliegende Möglichkeit gewesen."
„Klar." Sie wandte sich ab, wischte sich mit der Hand über das Gesicht, bevor sie sich wieder ihrem Gast zuwandte. „Es gibt auch kaum einen Tag, an dem ich nicht daran denke. Ich kann trotzdem nicht zur Polizei gehen."
„Darf ich Sie fragen, warum nicht?"
Schwermütig nickte sie, bevor sie Wegner wieder direkt in die Augen sah. „Ganz ehrlich, ich habe einfach entsetzliche Angst. Ich bin nur eine einfache Künstlerin, die eher schlecht als recht vom Verkauf einiger Bilder lebt. Wenn mein Bruder mit seinen Vermutungen damals recht hatte, dann halte ich mich da besser raus, sonst könnte ich die Nächste sein, die für immer verschwindet. Wer auch immer alles hinter dieser Sache steckt, dieser Erpresser ist wahrscheinlich nur die Spitze des Eisbergs, und er, und vor allem die Leute, die hinter ihm stehen, werden vor nichts zurückschrecken. Vor rein gar nichts! Ich will nicht sterben, nicht einfach so verschwinden, so wie mein Bruder ... so wie Ihre Nichte, wenn Sie verstehen, was ich meine."
„Sicher verstehe ich Sie in diesem Punkt, Frau Becker, aber trotzdem ..."
Sofort unterbrach sie ihn. „Mein Leben riskieren? Für was? Die Polizei wird mir nur sagen, es sei wahrscheinlich wieder einmal nur eine der spektakulären Aktionen meines Bruders.

Vergessen Sie es!"
„Na schön. Sie müssen das selbst entscheiden. Können Sie mir noch erzählen, wie Ihr Bruder verschwunden ist."
„Oh ja, das kann ich. Es war Freitag, der zwölfte April. Ich kann mich noch genau daran erinnern. Er kam erst spät am Abend nach Hause, meinte nur, ich müsse ihn morgens früh wecken, er hätte ein Treffen in den Tannheimer Bergen vereinbart. Herr Wegner, Sie können sich gar nicht vorstellen, wie verwundert ich war. Mein Bruder und Wandern in den Bergen. Genauso gut hätte er mir erzählen können, er würde diesen spießigen und schwulen Doktor Seifert heiraten."
„Hat er erzählt, was er da in den Bergen genau beabsichtigte?"
Traurig schüttelte sie ihren Kopf. „Nein, hat er nicht. Sebastian hat nur gemeint, er würde mir alles erklären, wenn er wieder zurückkäme, dann würde er selbst erst genau wissen, was dort in Bad Wörishofen alles so gespielt würde. Es würde auf jeden Fall nach einer Riesenschweinerei aussehen. Keine Ahnung, was das genau bedeutet."
Wegner bemerkte die Tränen, die der jungen Frau über die Wangen liefen und die sie mit einer hastigen Bewegung wegwischte, als würde sie sich dafür schämen. Er fühlte sich unwohl in seiner Haut. Weinen hatte ihn sein ganzes Leben lang verlegen gemacht. Er wandte seinen Blick von ihr ab, schaute lange gedankenversunken auf seine Hände, bevor er mit einem Seufzer sagte. „Verstehe! Ihr Bruder ist verschwunden und er ist nie gefunden worden."
„Genau!" Sie wischte sich hastig noch einmal mit der Hand über ihr Gesicht. „Allerdings sind Sie der Erste, dem ich die ganzen Hintergründe anvertraue."
„Wieso gerade mir?" Wegner wunderte sich selbst, wie impulsiv er diese Frage stellte.
„Warum gerade Ihnen? Gute Frage, Herr Wegner. Vielleicht,

weil Sie mit mir von Anfang an so offen waren. Vielleicht auch, weil ich irgendwo tief in mir hoffe, dass Sie auch etwas über das Verschwinden meines Bruders herausfinden können, ohne dass Sie mich in diese Sache hineinziehen."

Wegner verstand ihren bittenden Blick. Einen Moment überlegte er, bevor er den Kopf verneinend schüttelte. „Ich werde es niemandem sagen. Auch nicht der Polizei, jedenfalls nicht, solange die Umstände unklar sind und Sie in Gefahr kommen könnten. Versprochen, Frau Becker! Falls ich etwas über Ihren Bruder herausfinden sollte, dann werden Sie die Erste sein, die es erfährt. Auch das ist versprochen."

„Danke, Herr Wegner."

„Nein, Frau Becker, ich muss mich bei Ihnen bedanken. Sie haben mir wirklich sehr geholfen." Dieses Mal war es wirklich ganz ernst gemeint. Ihre Aussage hatte ihn ein gutes Stück vorwärts gebracht. Jetzt wusste er mit Gewissheit: Er machte sich nicht ohne Grund Sorgen um Lisa und Xaver.

Erst als Wegner in Richtung Bad Wörishofen fuhr, fiel ihm auf, wie wenig Frau Becker sich nach dem Verschwinden von Lisa erkundigt hatte. Gab es da etwas, was sie ihm von Ihrem Bruder oder Lisa nicht erzählt hatte? Sehr gut möglich. In einem Punkt war Wegner sich aber absolut sicher: Diese Frau hatte mit gutem Grund Angst.

Todesangst.

13.09.2013, 17.04 Uhr

„Franzi, erzähl mir bitte nicht weiter so einen verdammten Mist!", schnaubte Wegner wütend. „Wir wissen beide, wie wenig deine Geschichte stimmt. Worum es auch immer hier gehen mag und was immer du auch damit zu tun hast, ich sage es nur ein einziges Mal: Wenn wir auch nur die kleinste Chance haben wollen, Lisa je heil wiederzusehen, dann besteht sie zuerst einmal darin, mit offenen Karten zu spielen. Also: Was wird hier gespielt?" Beim letzten Satz betonte er jedes Wort.

„Wegner, ich kann dir nicht ..."

Wütend ballte der Angesprochene die Hand zur Faust, hielt sie seiner Schwester unmittelbar vor das Gesicht. „Hast du immer noch nicht verstanden? Egal, wie lange es dauert, ich werde nicht eher gehen, bis ich weiß, was hier genau vorgeht! Also noch einmal: Wenn ich mir das richtig zurechtgelegt habe, war eurer Urlaub bei mir in Fischen kein Zufall. Du hattest von Anfang an vor, Lisa bei mir zu lassen. Ja oder nein? Rede endlich!"

„Ja! Versteh doch! Es war am Anfang nur ein lächerlicher Verdacht. Eine vage Vermutung? Wirklich nichts Konkretes." Jetzt klang Frau Dr. Lechners Stimme ganz kläglich.

„Was genau? Dass dein Assistenzarzt, Doktor Brüchle dahinterstecken könnte? Ist es das?"

Überrascht schaute Frau Dr. Lechner zu ihrem Bruder herüber. „Du weißt von Doktor Brüchle? Woher?"

„Franzi, ich weiß noch viel mehr. Also rede endlich! Die Zeit läuft uns davon. Begreifst du das nicht?"

Nachgiebig senkte sie den Kopf, schien mit sich selbst zu ringen. „Also schön", sagte sie schließlich. „Es war eine ganz falsche Vermutung von mir. Ich dachte, Doktor Brüchle würde Lisa ... nachstellen. Du verstehst sicher."

Er wusste, Schwester oder nicht, er durfte jetzt nicht lockerlassen. „Und wann genau hast du das mit der Erpressung herausgefunden?"

„Erst vor ein paar Tagen ist mir das klar geworden. Als ich hier nach Bad Wörishofen zurückkam, stand Brüchle direkt am nächsten Tag bei mir auf der Matte. Er hat mir ein Heidengeld angeboten für die medizinische Methode, die ich in den letzten Jahren entwickelt habe."

Wegner schnaubte, sagte dann aber doch verhältnismäßig ruhig: „Jetzt wird die Sache doch schon langsam klarer. Aus welchen Gründen auch immer, du hast ihn mit seinem Angebot abblitzen lassen. Stimmt das so weit?"
Sie nickte. „Er glaubte, mich in der Hand zu haben."
„Dich? Ist da etwas, was ich wissen sollte? Ich verspreche dir, es bleibt ganz unter uns. In Ordnung?"
Frau Dr. Lechner erzählte ihrem Bruder kurz die Geschichte mit Nils und der Entführung seiner ersten Frau. „Er schwört, es wäre Notwehr gewesen, aber Doktor Brüchle behauptet, Beweise in der Hand zu haben, dass Nils sowohl seine Frau als auch den angeblichen Entführer kaltblütig ermordet hätte."
„Na schön. Gibt es sonst noch etwas?"
Einen Moment zögerte seine Schwester, dann schüttelte sie den Kopf. „Nein, nichts."
„Bestimmt nicht?"
„Wegner, ich gehe davon aus, Brüchle steckt hinter dem Verschwinden meiner Tochter."
„Wie willst du das so genau wissen?", fragte Wegner skeptisch.
„Xaver war hier. Wenn ich die Methode nicht verkaufe, dann werde ich Lisa nicht mehr wiedersehen. Das ist doch wohl deutlich genug, oder etwa nicht?"
„Sagen wir, es spricht einiges dafür. Hast du eine Idee, wo sich dieser Brüchle befinden könnte? Überlege jetzt ganz genau! Jede Kleinigkeit könnte wichtig sein."
Frau Dr. Lechner zog einen Terminkalender aus ihrer Tasche, blätterte kurz darin herum: „Das letzte Gespräch, das wir führten, war am Dienstag, den dritten September, am Abend. Ich habe ihm klipp und klar gesagt, er habe für immer mein Haus zu verlassen. Seitdem habe ich ihn selbst nicht mehr gesehen. Er muss noch in derselben Nacht mit all seinen Sachen ausgezogen sein."

„Hat er Verwandte, Freunde, irgendwelche Bekannte, wo er untergetaucht sein könnte?“
Heftig schüttelte sie ihren Kopf. „Ich glaube eher nicht. Er ist nur sehr selten weggegangen, seitdem er hier in der Klinik arbeitete. Brüchle kannte nur die Arbeit und diese verdammte Methode. Er hat sich ständig bei der Forschung beteiligt. Irgendwelche Hypnosegeschichten wollte er ausprobieren. Deshalb wollte ich ihm die Methode auch nicht überlassen. Theoretisch besteht nämlich die Möglichkeit, die Patienten wie Marionetten zu gebrauchen, wenn man noch die entsprechenden Medikamente dazu verabreicht. Die Leute, mit denen er möglicherweise zusammenarbeitet, sehen wahrscheinlich darin ihre ganz große Möglichkeit, an Riesenvermögen heranzukommen. Vermute ich wenigstens einmal.“
Wegner schaute ihr fest in die Augen. „Und das ist jetzt wirklich alles, was du weißt?“
„Nein! Eine Sache gibt es noch“, räumte sie leise ein.
„Also?“ Mit der Hand machte Wegner eine ungeduldige Bewegung, dass sie langsam zum Ende kommen sollten.
„Der angebliche Entführer damals muss wohl ein Freund oder naher Verwandter von Brüchle gewesen sein.“
„Wieso meinst du?“
„Er ließ mir über Xaver mitteilen, dass er sich persönlich um Nils kümmern will.“
„Du meinst Rache?“
„Hast du eine andere Idee?“
Wegner überlegte einen Moment, bevor er den Kopf schüttelte. „Nein! Das macht alles einen Sinn. Irgendwie ist dieser Brüchle auf die Spur von deinem Mann gekommen. Dann erpresst er Lisa, um sich hier einzuschleichen, will dann gleich zwei Fliegen mit einer Klappe schlagen. Er will seine Rache und ein gutes Geschäft mit deiner Methode. Des-

wegen ließ er sich auch ein halbes Jahr Zeit. Wahrscheinlich um die Lage hier zu sondieren und um einen Geschäftspartner für deine Methode zu finden. Dein Mann kommt an die Reihe, wenn Brüchle die geschäftliche Seite geregelt sieht. Es bleibt nur eine Frage offen?"
„Und welche?"
„Wo hält er sich mit Xaver und Lisa versteckt? Hat Xaver keine Andeutung gemacht?"
„Nein, keine. Er sagte nur, ich müsse Verständnis haben, wenn er nichts weiter sagen könnte. Der Mann hätte ihm gedroht, Lisa würde etwas Schlimmes passieren, falls er etwas verriete. Xaver schien ziemlich Angst zu haben."
Wegner nickte nur verständnisvoll. Wer hätte da keine Angst?
„Was können wir jetzt machen, Wegner?"
„Lass mich kurz überlegen … Du machst erst einmal nur das, was er von dir gefordert hat. Tust zumindest mal so."
„Warum?"
„Auf die eine oder andere Weise wird er vermutlich beobachten, wie du reagierst. Es ist ja nicht auszuschließen, dass es da noch andere gibt, die für ihn arbeiten. Besser, es nicht darauf ankommen lassen."
Entsetzt schaute ihn Frau Dr. Lechner an. „Du meinst, ich werde die ganze Zeit beobachtet?"
„Davon müssen wir zumindest einmal ausgehen. Der Mann ist verschlagen und rücksichtslos. Da dürfen wir beide kein Risiko eingehen. Du bereitest alles vor und ich klemme mich mal hinter diesen Fall in Dänemark. Wahrscheinlich ist Brüchle auch nicht sein richtiger Name. Ich hoffe, ich kann über meine früheren Kollegen herausfinden, wer dieser Mann genau ist. Dann wären wir schon ein gutes Stück weiter."
Sie schaute, als würde er sie gerade mit einer Pistole bedrohen. „Du meinst, du willst mit der Polizei reden? Aber dann …"

„Mach dir keine Sorgen! Ich werde erst einmal nichts von Lisas Entführung erzählen. Versprochen!"
„Sei bitte vorsichtig!" Als wenn es ihr noch eingefallen wäre, fügte sie hinzu: „Und was machen wir mit Nils?"
„Gute Frage. Weiß er schon von dieser Geschichte?"
„Von Lisas Entführung nicht. Ich habe mich einfach nicht getraut, ihm davon zu erzählen."
„In dem Fall solltest du ihm alles erzählen, Franzi. Wenn unsere Überlegungen wirklich zutreffen, dann ist auch sein Leben in höchster Gefahr. Dass sich dieser Brüchle schön an die Reihenfolge hält, und zuerst die geschäftliche Seite durchzieht und sich erst danach an deinen Mann heranmacht, ist ja nur eine Vermutung von uns beiden. Es ist schon besser, wenn du ihn informierst und du ihm klarmachst, was für ein Mann da hinter ihm her ist. Aber jetzt sollte ich besser fahren. Wir dürfen keine Zeit verlieren."
„Wegner?"
Ihr Bruder konnte deutlich das Zögern in ihrer Stimme hören. „Ja? Was gibt's noch?"
„Ach nichts. Nur … Danke!"
Im nächsten Moment hielten sie sich schon fest umschlungen, wie damals nach dem Tod von Marion. Damals war sie es jedoch, die ihn in Schutz nehmen wollte.

14.09.2013, 14.54 Uhr
Lisa?
Ein beängstigendes Vorgefühl ließ Wegner zittern, als das schrille Klingeln seines Telefons ihn aus seinem kurzen Erschöpfungsschlaf herausriss. Letzte Nacht hatte er wieder nicht geschlafen. Viel zu viele Fragen ohne Antworten.
Sein erster Gedanke: Das ist Lisa!
Wieder schrillte das Klingeln durch sein Wohnzimmer. Seit

Neuestem hatte er den Hörer immer in Griffweite. Nur für den Fall …
Sein Herz schlug schnell. Ein instinktiver Blick auf das Display, als er zitternd den Hörer in die Hand nahm. Rufnummer unterdrückt! Klar, was hatte er sonst erwartet? Die Telefonnummer des Entführers vielleicht? Er hielt den Hörer an sein Ohr, nachdem er den An-Knopf gedrückt hatte.
„Ja?", krächzte er mit belegter Stimme.
Zunächst nichts als ein schweres Atmen im Hörer. Das Gefühl, der Anrufer spielte sein Spiel mit ihm.
„Lisa, bist du das?", fragte Wegner, verzweifelt und hoffend zugleich.
„Idiot! Schaust du nie in deinen Briefkasten?" Männlich harte Stimme. Südländischer Akzent. Möglicherweise aber auch nur vorgetäuscht. Das gehörte wahrscheinlich mit zum Spiel.
„Wer sind Sie?" Sinnlos, auf eine Antwort zu hoffen. Bereits aufgelegt.
Ohne erst nach seinen Schuhen oder Stiefeln zu schauen, hastete Wegner in seinen hinten abgelatschten Pantoffeln über den Hof, zog überhastet den Schlüsselbund aus der Tasche, an dem sich der kleine Schlüssel für den Briefkasten befand. Das Schlüsseletui rutschte ihm durch die stark zitternden Finger, fiel schwer auf den Boden. Verdammt! Das auch noch! Hastig bückte er sich, hob das Ledermäppchen auf, musste dann ewig suchen, bis er das passende Schlüsselchen fand. Drei Anläufe, bis der Schlüssel in dem kleinen Schloss steckte, bevor er den Briefkasten endlich aufschließen konnte. Eine gute Handvoll Post von den letzten drei oder vier vergangenen Tagen hatte sich wieder einmal angesammelt. Es kam häufiger vor, dass er »vergaß«, seinen Briefkasten zu leeren. Die Zeit, als ihm die tägliche Post noch wichtig erschien, war schon Jahre vorbei.
Der ganze Kram glitt ihm aus der bebenden Hand, fiel auf

den Boden. Beim Aufheben geriet alles durcheinander. Fahrig sah er den Stapel durch. Das meiste war wertloses Werbematerial, das er gleich wieder in den noch offenen Kasten zurückwarf. Himmelherrgott! Die sollten ihm doch seine Ruhe lassen mit ihrem Mist! Würde sowieso nichts kaufen. Beim Rest besah er sich die Absender: Briefe von Verkäufern seiner Schnitzereien, von irgendwelchen Handwerkern, von seiner Bank. Wahrscheinlich Rechnungen, Mahnungen, Nachfragen, die er sich mit einem lauten Schnauben unter den rechten Arm klemmte. Darum würde er sich später kümmern. Im Moment hatte er ein anderes Problem, was viel dringender war.

Ganz zuunterst der gesuchte Brief! Natürlich zuletzt! Murphys Gesetz! »Alles, was schieflaufen kann, wird auch schieflaufen.« Vor allem wenn es darauf ankam, wenn es überlebenswichtig war! Für Murphys Gesetz war er immer schon das beste Beispiel.

Sein Blick huschte über den weißen Umschlag. Keinerlei Adresse, keinerlei Absender. Mit zitternden Händen riss Wegner das Kuvert auf. Ein einziges Stück Papier, das er aus dem Umschlag herausriss und so ungeschickt und heftig auseinanderfaltete, dass es unten tief einriss.

Während seine Augen über die Zeilen huschen, und er sich Stück für Stück bewusst wird, was dort steht, ist es ihm plötzlich so, als sei mit einem Mal seine ganze Persönlichkeit gespalten, als hätte er zwei Ich. Wie durch eine enge Röhre sieht das eine Ich, wie das andere Ich dort unten ganz weit unter ihm verloren und zitternd dasteht. Gestochen scharfe Bilder, wie bei einer hochauflösenden Kamera. Eine Szene im Bild-für-Bild-Modus. Alles andere ringsherum ausgeblendet. Nichts von der Welt gibt es noch als diesen Brief, von dem das Ich weit unter ihm auch das kleinste, unbedeutendste Detail registriert.

Weißes Schreibmaschinenpapier. DIN A 4. Ein nicht allzu langer Text. Keinen Empfänger, keinen Absender, keine Datumsangabe, ohne jegliche Anrede, ohne Höflichkeitsformel und Unterschrift am Schluss. Schreibmaschinenschrift. Rasch überschlägt dieses Phantom-Ich den Inhalt des Schreibens. Sein Herz rast. Das Blatt in den Händen zittert immer stärker. Der Atem geht schneller, stoßweise. Der Mund fühlt sich trocken an. Unter dem Ansatz der wenigen verbliebenen Kopfhaare bilden sich Schweißperlen.
Der Mann dort unten kämpft, zwingt sich, die wenigen maschinengeschriebenen Sätze noch einmal in Ruhe zu lesen. Als er begreift, ein verzweifelter Blick auf die Uhr. Alles in übernatürlicher Klarheit: Es ist schon spät. Sehr wahrscheinlich sogar zu spät. Wieder seine Schuld. Seine Schuld. Seine Schuld …
Eine innere Stimme. Ein harter Vorwurf. Warum schaust du auch nicht regelmäßig in deinen verdammten Briefkasten?
Noch einmal ein Moment der Hoffnung. Vielleicht hat sein Ich dort unten ja auch einfach etwas übersehen. Bei der Aufregung. Das wäre doch kein Wunder.
Das Schlagen seines Herzens inzwischen wie harte Hammerschläge in seinem Kopf. Bleib ruhig! Lies noch einmal! Dieses Mal prüft dieses handelnde Ich Wort für Wort. Nein, keine Rede von Lisa. Nichts von einer Entführung. Noch nicht einmal eine klar ausgesprochene Drohung. Nur Uhrzeit. Parkplatz, wo er sein Auto parken muss. Der Treffpunkt: Gappenfeldalpe. Das Datum: 14.09.2013. Die Uhrzeit: 18.30 Uhr.
Sonst nur wenige Worte. »Sie wissen schon …« statt klar zu schreiben, es sei ganz in seinem eigenen Interesse, zu kommen. Ein Stichwort unterstrichen: ALLEIN!
»Keine Polizei« braucht da nicht zu stehen. Versteht sich von selbst.

Gedanken von einer erstaunlichen Klarheit formen sich in dem Kopf seines beobachtenden Ichs: Kein Wunder, dass es keinen Hinweis auf den Absender gibt. Dieses Ich glaubt zu wissen, von wem der Brief kommt. Dazu muss er ja auch nicht gerade ein Hellseher sein. Eigentlich rechnete er doch die ganze Zeit damit. Er hoffte zumindest, dieser Mann würde sich mit ihm in Verbindung setzen. War nur so ein Bauchgefühl.

Wieso hast du nicht an einen solchen Brief gedacht?

Liegt doch nahe.

In den letzten Tagen stellte er zu viele Fragen. Er muss jemanden aufgescheucht haben. Vielleicht hatte er sogar in einem Wespennest gestochert. Diese Leute werden keine Gnade kennen! Die kriegen jeden! Jeden!

Aber wie und wann hat er …? Wie haben sie es bemerkt, dass er nicht lockerließ, Nachforschungen über Lisa anzustellen? Gibt es irgendjemanden, der ihn gerade beobachtet, wie er diesen Brief liest?

Sein Ich dort unten findet nicht einmal die Kraft, den Mut, sich umzuschauen. Dieses Ich erinnert sich an eine Szene. Es sieht sich als Jungen, wie er einer Ameise zuschaut. Jeden Moment ist er bereit, sie mit dem Fuß zu zertreten oder mit dem Daumen zu zerdrücken. Jetzt ist er diese Ameise. Hilflos! Machtlos!

Aber wie haben sie es herausgefunden? Seine Schwester? Ist sie die Schwachstelle? Oder eine undichte Stelle hier irgendwo in Fischen? Die wenigsten in der kleinen Gemeinde wissen doch von seiner Vergangenheit, der Vergangenheit, als er noch Kriminalpolizist in München und Kaufbeuren war. Weiß der Entführer davon? Wahrscheinlich ja. Aber dann liegt die Schlussfolgerung für den Absender ganz nah: Ein ehemaliger Bulle wird keine Ruhe geben. Nie! Deswegen also diese Kontaktaufnahme. Sicherlich! Der Absender

schlägt ihm also ein Geschäft vor. Informationen? Der Text geht nicht näher darauf ein. Nur Treffpunkt: eine bestimmte Hütte in den Tannheimer Bergen.
Auf jeden Fall fühlt dieses lauernde Ich sich in seinem Verdacht bestätigt. Es ist auf jeden Fall nicht so, wie die Leute in Fischen glauben wollen. Er schämt sich, dass er es selbst für möglich hielt. Klar, denkbar wäre es ja gewesen. Wer kann das schon sagen. Es spricht einiges für die Meinung der Leute. Lisa und Xaver hätten irgendwo ihren Spaß, würden nicht im Geringsten daran denken, er könnte sich Sorgen machen.
Sein Gefühl sagte ihm doch gleich, dass da etwas oberfaul war. Und jetzt dieser Brief. Sein Absender muss wirklich beunruhigt sein. Warum? Und warum gerade in den Tannheimer Bergen? Weiß der Absender, wie gut er, Wegner, sich gerade in diesem Teil der Allgäuer Alpen auskennt? Höchst wahrscheinlich. Tannheimer Berge? Da war doch was?
Aber ja! Von dort war doch auch Sebastian Becker, Lisas Kunstlehrer, für immer verschwunden. Einfach so.
Eine Falle? Eine Wiederholung einer erfolgreichen Tat?
Gut möglich!
Sein Blick fällt erneut auf das Datum, die Uhrzeit.
Was stehst du da? Deine vielleicht letzte Chance! Keine Zeit für Überlegungen! Keine Zeit um Vorsichtsmaßnahmen zu treffen!
Dieser Mann hat alle Trümpfe in der Hand und er weiß sie auch auszuspielen. Dass der Schreiber auf eine genauere Erklärung verzichtet, beweist eine gewisse psychologische Raffinesse:
»Sie wissen schon …« Die durch die drei Punkte offengelassene Drohung genügt, um seine Befürchtungen ins Grenzenlose zu steigern. Drei Punkte, die nichts Konkretes sagen, und die so die Phantasie zu allen möglichen Horrorszenarien

offenlassen, oder genauer gesagt, auch offenlassen sollten. Er muss fahren, sofort, wenn er nicht auch noch seine letzte Chance verspielen und noch rechtzeitig am vorgeschlagenen Treffpunkt sein will.
Ein raffinierter Plan. Der Brief ist wahrscheinlich gerade erst eingeworfen worden, bevor der Absender anrief. Der will nicht, dass ihm viel Zeit bleibt, Vorbereitungen zu treffen, gründlich nachzudenken, möglicherweise die Polizei zu alarmieren.
Was plant der Absender genau?
Keine Zeit, um darüber nachzudenken. Er muss weg! Sofort!

14.09.2013, 15.03 Uhr

Binder hatte darauf geachtet, möglichst wie einer der vielen Halbschuhtouristen auszusehen, die in der Sommerzeit diese Region geradezu überfluten: Rucksack, Regenjacke und die unvermeidlichen Teleskopstöcke. Es stand zwar nicht zu befürchten, Wegner würde einen einsamen Wanderer beachten, aber vorsichtshalber hatte Binder dennoch eine modische Sonnenbrille aufgesetzt und den grauen Filzhut mit der grünen Seidenkordel tief ins Gesicht gezogen. Die Wanderkarte, die er weit ausgebreitet vor sich hielt, und über die er bei jedem vorbeifahrenden Auto schielte, verdeckte den Rest seines Gesichts.
Strategisch geschickt hatte er sich vor wenigen Minuten in der Beslerstraße postiert, kaum zwanzig Meter von dem Punkt, wo diese Straße auf die B 19 abbog.
Er brauchte nicht lange zu warten. Wegners VW Polo schoss bereits aus dem Achweg in die Beslerstraße, um im nächsten Moment auf die Schnellstraße in Richtung Sonthofen davonzubrausen. Binder nickte zufrieden. Schneller als er gedacht hatte. So wie der ehemalige Bulle gefahren war, hatte er also seine Nachricht verstanden.

Mit einem breiten Grinsen schaute Binder auf seine Armbanduhr. Kurz nach drei. Ein perfektes Timing.
Gemächlich ging er zu seinem gemieteten Auto, das er auf dem nahe liegenden Parkplatz einer Pension abgestellt hatte, packte ein paar Lederhandschuhe in seinen Rucksack, und ging dann langsam den Achweg hoch, als müsste er sich jedes einzelne Haus einprägen. Er bog, immer wieder um sich blickend, in die Sackgasse, wo Wegner und Frau Huber ihre Häuser hatten. Bei Wegners Haus ging Binder wesentlich schneller zum Hintereingang. Hastig zog er die Handschuhe über, bevor er die Klinke herabdrückte. Die Tür war nicht abgeschlossen, was ihn nicht verwunderte. Er wusste aus langjähriger Erfahrung: Die wenigsten Allgäuer sperrten tagsüber ihre Türen ab.
Rasch sah er sich in den Räumen und in der Werkstatt um. Schönes Haus. Eigentlich schade. Aber Wegner hatte es nicht anders gewollt. Hätte seine Nase nicht in Angelegenheiten stecken sollen, die ihn nichts angingen. Nein, es musste sein. Seine Schwester, die gute Frau Doktor Lechner, würde die Nachricht schon verstehen, und da, wo Wegner auf dem Weg war, hinzugehen, würde ihn die Nachricht nicht mehr sonderlich interessieren.
In der Werkstatt zog Binder einige Sachen aus seinem Rucksack und traf sofort, wie geplant, seine Vorbereitungen. Zehn Minuten später verließ er bereits wieder das Haus, wanderte gemütlich den Achweg hinunter. Er schaute auf seine Uhr. Gerade halb vier vorbei. Zeit genug, noch einen Wein zu trinken, oder besser noch ein Apfelsaftschorle, musste ja nicht sein, sich Probleme zu schaffen, falls er in eine Polizeikontrolle hineinfuhr.
Zufrieden rieb Binder sich die Hände. Die Vorbereitungen waren getroffen! Zumindest hier in Fischen. In den Tannheimer-Bergen würde seine Falle zur rechten Zeit zu-

schnappen. Aber das hatte noch Zeit. Da war Binder sich ganz sicher.

14.09.2013, 15.07 Uhr

Wegner trat das Gaspedal durch. Fischen – Pfronten. Mit seinem VW Polo in einer neuen persönlichen Rekordzeit. Auf jeden Fall deutlich unter fünfundvierzig Minuten. Zunächst von der Beslerstraße in Fischen über die B 19 bis kurz vor Waltenhofen, dann auf der A 980 und ein wenig später auf der A 7 in Richtung Oberjoch. Alles mit Gas! Sehr viel Gas! Wenn Wegner irgendwo in eine Radarfalle geraten war, dann würde er seinen Führerschein so schnell nicht wieder sehen. So viel war schon klar. Da würde die Straßenwacht auch für ehemalige Kriminalpolizisten wie ihn keine Ausnahmen machen. Und die Erklärung, es wäre um Leben und Tod gegangen, würde er kaum glaubhaft vorbringen können.

Das war jetzt allerdings seine kleinste Sorge.

Den Rest bis zur Gappenfeldalpe musste er allerdings zu Fuß gehen. Er kannte die Strecke, wusste nach einem Blick auf seine Armbanduhr, dass es verdammt knapp werden würde. Als ehemaliger Kriminalpolizist wusste er aus Erfahrung, dass solche Leute unberechenbar waren, wenn sie unter Druck gerieten.

Wegner hastete weiter, den größten Teil der Strecke auf schmalen, steinigen Pfaden, steil bergan. Wegner marschierte erstaunlich rasch und ausdauernd, zumindest für seine zweiundsechzig Jahre. Von den gut zwanzig Kilo Übergewicht, die er in den letzten Jahren dazugelegt hatte, einmal ganz abgesehen.

Das spielte jetzt alles keine Rolle, durfte keine spielen. Nicht jetzt!

Die quälenden Bilder, was mit Lisa geschehen würde, wenn er es verpatzte, machten sich in seinem Kopf wieder selbstständig. Gegen Gedanken und Sorgen gab es nichts, was er machen konnte. Er musste einfach rechtzeitig da sein, aber die verbleibende Zeit war knapp. Verdammt knapp. Seine Gedanken, seine Ängste ließen ihn auf seinem weiteren Weg über die engen Serpentinen nicht mehr los. Gleich verloren sich wieder seine Gedanken in seinen Ängsten und in seinen Erinnerungen.

Sollte das alles von Neuem anfangen? Er wollte doch eigentlich nichts mehr zu tun haben mit Verbrechen, mit endlosen Ermittlungen, nicht nach dem, was damals, 2009, in Kaufbeuren geschehen war. Er wollte doch nur noch seine Ruhe haben und … was noch? Gesundheit, ein wenig Zeit, damit er sich ganz seinem Hobby, der Schnitzerei widmen konnte. In seiner künstlerischen Arbeit konnte er sich noch ganz verlieren, ohne ständig an die Vergangenheit denken zu müssen.

Eigentlich noch gar nicht so lange her, als er noch glaubte, nichts könnte den gleichmäßigen Gang seines Lebens stören. Er hatte doch ein neues Leben begonnen. Als Schnitzer. Und so wollte er sein Leben auch beschließen. In Ruhe. Weit weg von allen Verbrechen. Bei seinen traurigen geschnitzten Figuren, die er in jeder Wurzel entdeckte.

Und dann war Lisa gekommen. Und für kurze Zeit war er ganz glücklich gewesen. Ja, für ganz kurze Zeit. Er hatte gehofft, für lange, für sehr lange.

Er hätte es besser wissen müssen. Das Glück? Es war viel zerbrechlicher als eines seiner feinen Schnitzmesser. Er war wieder einmal in sein Schicksal hineingetrieben worden, ganz gegen seinen Willen. Dabei wollte er doch nur seine Ruhe.

Unbewusst machte Wegner eine wegwerfende Handbewegung, hastete weiter auf dem Weg nach oben. Besser nicht daran denken! Ließ sich sowieso nicht mehr ändern. Blindes Schicksal? Wohl kaum! Jedenfalls nicht, soweit er die Zusammenhänge verstanden hatte. Und das war aller Wahrscheinlichkeit wenig mehr als die Spitze des Eisberges. Es wäre ihm gleichgültig gewesen, trotz seines Sinns für Gerechtigkeit, aber die Sache hatte ihn mit Lisas Verschwinden selbst getroffen. Sicher kein Zufall. Bestimmt nicht. Es musste so kommen. Sein Bauchgefühl hatte es ihm schon lange gesagt, dass dieses Schicksal direkt auf ihn zukam. Wie eine Steinlawine, unter der er begraben würde. Denk nur an Sebastian Becker! Der war hier in den Bergen verschwunden. Einfach so! Seitdem keine Spur von ihm.

Jetzt nur weiter! Sich nur nicht von dieser Furcht aufhalten lassen. Die Gappenfeldalpe war bewirtschaftet. Sie würden nicht allein sein. Nicht daran denken! Als er unten seinen Polo auf dem verlassenen Parkplatz zurückgelassen hatte, hatte er sich noch verzweifelt bemüht, diese verdammte Angst loszuwerden, zumindest für kurze Zeit, sie einfach loszulassen. Um sich abzulenken, hatte er kurz Schottersteine den holprigen Weg entlang geschossen, wie er es früher oft gemacht hatte, wenn er hier heraufgekommen war. Damals ein Spiel, das er häufig mit Marion gespielt hatte: möglichst weit zu schießen, ohne dass der Stein den schmalen Steg verlassen durfte.

Schnell gab er dieses Mal das Spiel auf. Aussichtslos, so seine düsteren Befürchtungen loszuwerden. Es gab doch so viele offene Fragen. Und hinter jeder Frage wie hinter düsteren Kellertüren eine neue Angst. Was, wenn …?

Dämlich wie er war, hatte er noch nicht einmal ein Messer eingesteckt. Hatte einfach nicht bei seinem überhasteten Aufbruch in Fischen daran gedacht. Es musste doch alles schnell gehen.

Als Wegner zum Himmel blickte, wo sich langsam Gewitterwolken zusammenzogen, fiel ihm plötzlich wieder ein, dass auch sein eigenes Leben nicht sicher war. Was, wenn das Ganze hier nur eine verdammte Falle war? Was, wenn mit ihm an irgendeiner einsamen Stelle auf dem Weg zur Gappenfeldalpe nur ein lästiger Zeuge aus dem Weg geräumt werden sollte? Es passierten so viele Unfälle in den Bergen. Niemand käme auf den Gedanken, jemand hätte nachgeholfen. Es gab aber auch andere Möglichkeiten, wenn es nicht so schnell gehen sollte. Diese Befürchtung war gar nicht so weit hergeholt; jemanden einfach aus dem Weg zu räumen, weil er zu viel wusste. Außerdem gab es viele einsame Stellen in den Bergen, und diese Alpe, ihr Treffpunkt, lag schon weit abseits. Kein Problem, ihn später für immer verschwinden zu lassen.

Er wäre bestimmt nicht der Erste, der aus den Bergen nicht mehr zurückkam und zu Hause für immer als vermisst galt.

Sebastian Becker lässt recht herzlich grüßen.

Vielleicht wäre es doch besser gewesen, wenn er …?

Nein! Wenn seine Vermutung wirklich stimmte, dann war es viel zu gefährlich, die Polizei zu informieren. Es ging schließlich nicht nur um sein Leben. Da gab es wirklich Wichtigeres. Viel Wichtigeres. Lisa. Xaver. Seine Schwester.

Diese Leute werden keine Gnade kennen …

Andererseits, solange sie bekamen, was sie wollten, würden sie mit sich reden lassen. Sonst hätten sie seiner Schwester doch nicht so viel Geld für ihre Methode angeboten. Die brauchten jemand, der sich mit der Technik auskannte.

Bisweilen blieb Wegner nassgeschwitzt kurz stehen, rang nach Atem, schaute zurück, wo weit unten das Dorf Tannheim so friedlich und still lag.

Wurde er vielleicht bereits verfolgt? Oder wartete man bereits an einer einsamen Stelle auf ihn? Er konnte zwar niemanden sehen, aber möglich schien es ihm.

Und da war es plötzlich wieder. Dieses Andere, was ihn nicht mehr losließ. Hinter jedem Strauch, jedem Felsblock starrte ihn dieser vorwurfsvolle Blick an, dem er seit Tagen versuchte zu entkommen. Gleich versank Wegner wieder in der Tiefe dieser Augen, dorthin, wo die düsteren Ängste, die bitteren Selbstvorwürfe ihn immer mehr herabzogen, ihn nicht mehr losließen …

Dieser Blick. Lisas Blick. Seit Tagen. Stille Vorwürfe. Herausfordernde Fragen: Onkel Klaus, wie konntest du nur zulassen, dass das mit mir passierte? Onkel Klaus, wie konntest du glauben, dass ich mit Xaver einfach so abgehauen bin? Onkel Klaus, wie konntest du …?

Unmöglich, noch einen Augenblick stehen zu bleiben. Nur weiter! Nur jetzt nicht stehen bleiben!

Aber … Er brauchte Luft, Luft zum Atmen, brauchte unbedingt etwas Ruhe, brauchte … ja, er brauchte Zeit, um ruhig zu überlegen, wie es weitergehen sollte, Zeit, die er nicht hatte.

Er konnte doch nicht einfach nur warten, bis …

Ein vielästiger Blitz zuckte am Himmel und gleich darauf ein ohrenbetäubendes Donnern, das in den umliegenden Felswänden zu einem drohenden Grollen verstärkt wurde. Erschreckt tauchte Wegner aus seinen düsteren Gedanken auf, schaute sich verwundert um, als wenn er es nicht glauben könnte, mitten in den Bergen zu sein. Dicke, kalte Regentropfen platschten mit einem Mal in sein Gesicht. Auch das noch! Rasch schaufelte er seine Regenjacke aus seinem Rucksack. Regen? Ein Grund mehr, sich zu beeilen, zur Gappenfeldalpe zu kommen. Wenige Schritte später war Wegners Hose trotz Regenjacke schon völlig durchnässt. Er warf einen verzweifelten Blick den steil ansteigenden Berg hinauf.

Machte das wirklich alles einen Sinn?

Er musste an eine der Marionetten denken, die er mit Lisa zusammen für den Kindergarten Sankt Franziskus in Fischen geschnitzt hatte. Diese verdammten Fragen: Wer zog an den Fäden? Was für ein Stück wurde hier gerade gespielt? Welche Rollen waren für sie vorgesehen?
Was war mit … Lisa?
Viele Fragen. Keine Antworten.
Aber deswegen war er ja hier in den Bergen. Wegen dieser Fragen. Wegen der fehlenden Antworten. Aber wird er die Antworten wirklich hier oben finden? Oder wird es ihm gehen wie Sebastian Becker? Einfach spurlos verschwinden? Einfach so?
Wie hatte er oder sie es gemacht? Eine Leiche konnte ja nicht spurlos verschwinden, zumindest nicht ohne das Risiko, durch irgendeinen Zufall doch entdeckt zu werden. Wegner wusste aus seiner Zeit als Kriminalkommissar ganz genau: Wo es einmal eine Leiche gab, da war die Aussicht auf Aufklärung groß.
Aber ohne Leiche wusste man in der Regel noch nicht einmal von dem Verbrechen. Es blieben nur Vermutungen.
Was wurde hier gespielt?
Er musste zumindest versuchen, diese Antworten zu finden, selbst wenn er damit sein Leben riskierte. Wegners Atem ging schnell. Sein Blick verlor sich erneut am zugezogenen Himmel. Ein Gewitter! Und er war mittendrin. Allein das war in den Bergen lebensgefährlich. Kein Einheimischer ginge bei diesem Wetter in die Berge.
Verzweifelt nickte er vor sich hin: Dieser Wetterumschwung passte sehr gut zu seiner derzeitigen Situation. Zuerst Sonnenschein. Nichts als ein leeres Versprechen auf ein wenig Wärme, auf ein wenig Glück. Lisa. Lisa.
Lisa war wirklich begabt für das Schnitzen, sie war an allem interessiert, was damit zu tun hatte, nein, sie war sogar wie

er selbst richtig besessen, zu beweisen, was sie alles aus einem Stück Holz machen konnte. Seelenverwandt.
Und dann? Wie lange waren bereits graue Wolken um ihn zusammengezogen, bis es ganz dunkel um ihn war? Diese Träume. Dieses Bauchgefühl. Er hatte es auf sich zukommen gesehen. Aber dem Schicksal konnte man nicht entkommen. So wie Obermayr. So wie Renate. So wie Marion. So wie Sebastian Becker.
So wie Lisa und Xaver?
Wegner wusste nicht mehr, wie es weitergehen sollte in seinem Leben, wenn er Lisa verlieren würde. Würde sein Leben überhaupt noch weitergehen? Würde er überhaupt wollen, dass es weiterging? Ohne Lisa?
Ein weiterer Blitz. Der Berg für einen Moment in übernatürlicher Klarheit. Sofort das Donnern. Wie ein Signal. Weiter! Weiter! Er musste diese Antworten haben! Musste! Musste! Und wenn es nur Fragen, nur Ängste gab und keine Antworten? Aber es gab immer Hoffnung, versuchte er sich gut zuzureden. Sicher, es sah nicht gut aus. Wirklich nicht. Die Fäden hielten andere in den Händen.
Aber vielleicht …? Das Spiel war noch nicht zu Ende. Vielleicht hatte es ja gerade erst begonnen.
Zumindest ein neuer Akt, der mit diesem Gewitter anfing. Für wen es gut war, für wen nicht, würde sich erst noch zeigen müssen. Und … dieser Regen fiel auf jeden. Die Guten. Die Bösen.
Wegner atmete schwer durch, sah sich erneut um. Er wusste zumindest, wo der nächste Akt gespielt würde. Glaubte es zumindest: Gappenfeldalpe.
Es war nicht mehr weit. Aber was, wenn er zu spät käme? Das durfte auf keinen Fall passieren. Nur jetzt nicht anhalten! Er musste rechtzeitig da sein! Unbedingt! Egal, was auch immer passierte! Er musste zu diesem Tref…!

Der Blitz schlug in diesem Augenblick nur wenige Meter vor ihm ein. Ein Schmerz in seinem ganzen Körper. Ein gewaltiger Schmerz, wie er ihn noch niemals vorher gespürt hatte. Er fühlte, wie er auf den Boden geworfen wurde.
Ein Gedanke. Im Fallen fiel ihm ein, wie Sebastian Becker verschwunden war, ohne dass seine Leiche je gefunden wurde. Es war leicht. Nur eine Frage, in welche Richtung man schaute.
Leider zu spät …

14.09.2013, 21.23 Uhr

Binder wurde immer unruhiger. Etwas lief völlig falsch. Verdammt! Wo bleibt dieser verdammte Idiot? Ich müsste längst auf dem Rückweg nach Bad Wörishofen sein. Stattdessen sitze ich hier seit Stunden und dieser verdammte Trottel taucht nicht auf. Gut, mit diesem Drecks-Gewitter am späten Nachmittag konnte wirklich keiner rechnen. Trotzdem, Wegner müsste doch längst wieder hier bei seinem Auto zurück sein.
Der wird am Ende doch nicht einen tödlichen Unfall gehabt haben? Bei diesem Gedanken musste Binder doch hämisch vor sich hin lächeln. Auch eine Möglichkeit, ihm die Arbeit abzunehmen.
Sein Lächeln erstarb gleich wieder auf seinen Lippen, als er auf seine Uhr sah. Gleich halb zehn! Was, wenn dieser ausgekochte Typ die Sache durchschaut hatte, als er auf der Gappenfeldalpe niemanden angetroffen hatte? Was, wenn Wegner auf die Idee gekommen war, dass der Feind am Ausgangspunkt bei seinem Auto wartete?
Sein Plan beruhte genau darauf: Das in die Berge gelockte Opfer rennt und hastet Stunde um Stunde in den Bergen herum, zumal, wenn es damit unter Zeitdruck gesetzt wird,

zu einer festgesetzten Uhrzeit an einem weit entlegenen Punkt in den Bergen sein zu müssen. Enttäuscht und erschöpft würde das Opfer zu seinem einsam abgestellten Auto zurückkehren. Und in der Nähe des Parkplatzes ein anderer offensichtlich erschöpfter Wanderer, hinter seiner Wanderkarte.
Dann plötzlich ein Messer, bevor der andere Grüß Gott und wohin des Weges gesagt hatte. Kofferraum auf und weg. Ein letzter Abschied in dem nahe gelegenen Vilsalpsee. Mit ein paar schweren Steinen an den Füßen, damit der Gute in ein paar Tagen nicht als Wasserleiche die Touristen allzu sehr erschreckte. Er hatte ja wohl nicht umsonst das Schlauchboot in den Kofferraum gepackt.
Der Plan war gut, wenn er auch nicht von ihm selbst war. Luigi hatte ihm davon erzählt. Der kannte die Geschichte, wie Sebastian Becker verschwunden war, wohl vom Hörensagen. Steiner hatte davon erzählt, als er einmal zu viel getrunken hatte. War nicht das erste Mal, dass jemand seine Nase zu tief in Sachen hineingesteckt hatte, die ihn nichts angingen. Wenn er sich richtig erinnerte, war der Typ damals Kunstlehrer in Kaufbeuren.
War ja auch egal. Nicht sein Problem.
Er würde bis höchstens zehn hier warten. Falls Wegner bis dahin nicht aufgetaucht war, würde er sich etwas Neues einfallen lassen müssen.
Er hatte da auch schon so eine Idee …

14.09.2013, 21.32 Uhr

Wegner lag lange Zeit da, konnte sich dieses hohe Piepen unmittelbar über seinem Kopf nicht erklären. Mühsam öffnete er seine Augen. Er konnte seinen Kopf kaum bewegen. Über sich sah er ein Gerät, welches diesen piependen Ton machte. Neben seinem Bett ein Infusionsständer mit einer Infusionsflasche. Er folgte mit trägem Blick dem Schlauch, der unter seiner Bettdecke verschwand. Krankenhaus. Er war in einem Krankenhaus. Ganz sicher.

Was war passiert? Wie war er hierhin gekommen? Das Letzte, an das er sich noch erinnern konnte, war ein schmaler Pfad. Ein Berg. Ein Gewitter. Ein Blitz direkt vor ihm. Dieser unmenschliche Schmerz …

Das Gesicht einer jungen Frau beugte sich über ihn: „Hallo, ich sehe, Sie sind aufgewacht. Ich bin Frau Doktor Austen. Wie die Schriftstellerin."

Für einen Moment hasste Wegner diese junge Ärztin für ihre gut gelaunte Stimme.

„Wo …?", hörte er sich krächzen.

„Wo Sie hier sind? Unfallchirurgie. Bezirkskrankenhaus Pfronten. Wie geht es Ihnen?"

Wegner dachte kurz daran, ihr etwas von einer Dampfwalze zu erzählen, die über ihn gefahren sein musste. Aber da er selbst merkte, wie unpassend dieser Scherz wirken musste, entschloss er sich für eine humorlosere Variante. „Ge… geht schon."

„Können Sie mir sagen, wie Sie heißen?"

„We… Wegner. Klaus Wegner."

Die Ärztin lächelte ihn weiter in ihrer unverzeihlich guten Laune an. „Das ist wohl auch das, was mir Ihre Schwester, Frau Doktor Lechner, gesagt hat."

Wegners Augen mussten wohl deutlich gesagt haben, wie verwundert er war, denn sie ließ ihm mit ihrer Erklärung keine Zeit, erst zu fragen.

„Wir haben in Ihrer Brieftasche den Zettel gefunden, wen man im Notfall informieren soll. Ich dachte, nach dem, was passiert ist, wäre es besser, ich würde ihr Bescheid sagen, bevor sie sich Sorgen macht."

„Was … pass… passiert?“
„Sie können sich nicht erinnern?“
Wegner schüttelte ungeduldig den Kopf. Nur kurz, denn die heftige Bewegung schmerzte schon sehr.
„Herr Wegner, Sie müssen einen unheimlich guten Schutzengel haben. Wahrscheinlich gleich mehrere.“
Wegners hochgezogene Augenbrauen verrieten nur zu deutlich, dass er kein einziges Wort verstand.
Die Ärztin schien das auch gleich begriffen zu haben, denn sie fuhr mit ihrer Erklärung fort: „Nicht alle Menschen kommen bei einem Blitzschlag so gut davon wie Sie. Es kommt immer darauf an, wie energiereich der Blitz ist. Und dann hat der Blitz sie vermutlich auch nicht direkt getroffen, sondern ist nur ganz in der Nähe eingeschlagen und der Strom hat sich dann über den Boden ausgebreitet. Sie sollten sich wirklich bei Ihrem Schutzengel bedanken, denn tausend zu eins hat er dafür gesorgt, dass Sie Ihre Füße nicht weit auseinanderstehen hatten, so dass nur verhältnismäßig wenig Strom durch Ihren Körper fließen konnte.“
Wegner fehlte es an allem, um ihr klarzumachen, er hätte bestenfalls drei Prozent ihrer Ausführungen verstanden. Egal, darum ging es auch nicht. Diese lockere Art war wahrscheinlich ihr Weg, mit dem täglichen Entsetzen ihres Berufs fertigzuwerden.
„Eng… Engel?“, krächzte Wegner.
„Sicher, wer sonst? Wahrscheinlich gleich mehrere. Während der eine Schutzengel Ihnen wohl das Leben gerettet hat, müssen die anderen Schutzengel wohl damit beschäftigt gewesen sein, irgendwelche Touristen, die sich im Gewitter verlaufen hatten, an der Stelle vorbeizuführen, wo Sie bewusstlos lagen.“
Bei ihrem aufgeräumten Ton wusste Wegner nicht genau, ob die Ärztin scherzte oder ob sie möglicherweise tatsäch-

lich an die Existenz von übersinnlichen Wesen glaubte. Die Ärztin verfolgte ihre missionarische Aufgabe gleich weiter. „Wirklich tolle Schutzengel, die Sie da haben. Einer der von ihnen herbeigeführten Touristen war ein Krankenwagenfahrer aus Hannover. Verstand sein Handwerk, sonst wären Sie jetzt wahrscheinlich mausetot."
„Was … gesa… gesagt?"
„Der Sanitäter meinte, Sie hätten auf dem Weg hierher ständig von einem Bäcker, einer Falle und irgendeinem Auto dahergebrabbelt. Sie scheinen sehr aufgeregt gewesen zu sein. Erinnern Sie sich daran?"
Wegner starrte an die Decke. Ein Blitz. Dann dieser entsetzliche Schmerz. Dann war da noch dieser Gedanke, den er hatte, bevor er das Bewusstsein verlor.
Er fasste die Hand der jungen Frau, drückte sie so fest wie möglich. „Po… Poli…"
„Polizei? Aber wieso? Hat das nicht Zeit?"
„Mein … Au… Auto?"
„Ihr Auto? Machen Sie sich keine Sorgen. Das kommt schon nicht weg."
„Mö… Mörder."
„Wie Mörder? Es war ein Blitz. Ein Unfall. Nichts mit Mord. Verstehen Sie, Herr Wegner?"
Der wollte aber ganz und gar nicht verstehen. Lag es an der Hand der Ärztin, die er nicht loslassen wollte, oder gab es doch eine kleine Armee von Schutzengeln, die Frau Doktor Austen auf den richtigen Gedanken brachte. „Hat es etwas mit diesem Zettel zu tun, den wir in Ihrer Jackentasche gefunden haben?"
„Po… Polizei. Mör…der war…tet. Auto …"
Da Wegner in diesem Augenblick wieder das Bewusstsein verlor, kann es nur einer seiner himmlischen Begleiter gewesen sein, der Frau Dr. Austen bewog, trotz aller Bedenken

sofort bei der Polizei anzurufen. Die waren zwar mehr als skeptisch, als sie von den Umständen hörten, versprachen aber auf ihr nachdrückliches Drängen hin, sofort einen Streifenwagen auf den auf Binders Blatt angegebenen Parkplatz vorbeizuschicken. Schließlich wollte man sich später nicht vorwerfen lassen, irgendwas versäumt zu haben.
Da war es bereits 21.49 Uhr.

14.09.2013, 21.49 Uhr

Svensen seufzte, als er die vertraute Nummer auf dem Display seines Handys sah. Auch das noch! Er atmete erst einmal tief durch, bevor er sich meldete: „Hallo mein Schatz. Was gibt's?"

„Nils, wo steckst du denn?"

„Entschuldigung, Schatz. Bin in einem Stau stecken geblieben. Du weißt doch, dass ich in Augsburg war, um mich nach diesem feinen Doktor Brüchle umzusehen."

„Und?"

„Nicht die kleinste Spur von ihm. Werde es morgen wieder versuchen. Vielleicht sollte ich mich auch einmal in Ulm umschauen. Mal sehen."

„Wann kommst du zurück?"

„Weiß ich nicht genau. Kann noch ein wenig hier dauern. Schwerer Unfall, so wie es aussieht. Wird vielleicht noch einen guten Moment brauchen, bis die Straße wieder frei ist. Was gibt es denn so Wichtiges?"

„Nils, es ist etwas Furchtbares passiert."

„Doch nicht mit Lisa?"

„Nein, von der habe ich noch nichts gehört. Wegners Haus ist abgebrannt. Frau Huber hat mich gerade angerufen. Sie meinte, dass die Feuerwehr eine Brandbombe vermutete. Jede Wette, da steckt auch Doktor Brüchle dahinter."

„Das ist ja furchtbar." Als wäre es ihm gerade noch eingefallen, fragte Svensen gleich: „Und was ist mit deinem Bruder? Ist ihm etwas passiert."
„Er wurde von einem Blitz getroffen."
„Einem Blitz? Ist er …?"
„Nein. Er hat Glück gehabt. Irgendwelche Wanderer haben ihn gefunden, und haben gleich die Bergwacht informiert. Jetzt ist er in Pfronten im Krankenhaus."
„Wieso Wanderer? Wo ist das denn passiert?"
„Angeblich irgendwo in den Tannheimer Bergen. Weiß der Himmel, was er dort gesucht hat."
„Schatz, Hauptsache er lebt. Die Sache mit seinem Haus wird die Kriminalpolizei sicher klären. Vielleicht solltest du doch zur Polizei gehen …"
„Um Gottes willen, nein! Du siehst ja selbst, Brüchle oder die Leute, mit denen er zusammenarbeitet, sind zu allem fähig. Ich überlasse ihm meinen ganzen Kram … Wenn wir Lisa wiederhaben, können wir immer noch überlegen, ob wir zur Polizei gehen oder nicht. Im Moment habe ich viel zu viel Angst, dass diese Leute auch Lisa etwas antun könnten."
„Franziska, eins kann ich dir sagen, wenn ich diesen Typ erwische, bringe ich ihn um. Aber zuerst werde ich ihn kurz und klein schlagen, damit er mir erzählt, wo sich Lisa befindet."

14.09.2013, 22.03 Uhr

Der Mann, der sich Binder nannte, hatte sich mit seinem Auto auf den Weg gemacht. Es machte keinen Sinn, weiter auf Wegner zu warten. Schade, eigentlich. War doch ein guter Plan. Aber es würde sich schon noch eine Gelegenheit bieten. Dafür würde er schon sorgen.

Hatte es tatsächlich irgendwelche belastenden Beweise in Fischen gegeben, dann waren sie inzwischen zusammen mit Wegners Haus verbrannt. Er hatte eigentlich selbst nicht geglaubt, wie einfach es sein würde, einen Brandsatz mit Zeitzünder zu basteln. Das Internet war voll von Bauanleitungen. Er hatte sich für die denkbar einfachste Version entschieden. Die komplizierten Konstruktionen hatten erfahrungsgemäß den Nachteil, fehleranfällig zu sein. Seine gewählte Konstruktion hatte zwar den Nachteil, nicht auf die Minute genau festlegen zu können, wann die Brandbombe losging, aber sie war wohl zuverlässig. Zwischen zwei und vier Stunden hatte es im Internet geheißen, aber wichtig war ja nur die zuverlässige Auslösung. Unwahrscheinlich, dass jemand den Brand bemerkte, so einsam wie Wegner dort am Ortsrand lebte.
Und Wegner käme auch noch an die Reihe.
Vielleicht sollte er Wegner doch Luigi überlassen. Der hatte die Sache mit Steiner schließlich auch zufriedenstellend gelöst, nachdem er ihm das Gift besorgt hatte. Niemand hatte Verdacht geschöpft.
Ja, Luigi wäre keine schlechte Wahl. Er könnte es so aussehen lassen, als hätte da noch jemand eine alte Rechnung mit Wegner offen gehabt. Bei seinen Recherchen war er doch auf Obermayrs Tod gestoßen. Niedergestochen auf dem Oktoberfest in einem Bierzelt. Täter im Getümmel unerkannt entkommen. Er müsste in Ruhe überlegen, ob sich so etwas in der Art nicht noch einmal arrangieren ließe.
Luigi? Nein, wenn schon, dann sollte er Wegner doch besser selbst erledigen. Aber irgendwo, wo viel los war. Zustechen und dann rasch in der Menge verschwinden. Es war doch gerade die Zeit, wo überall Viehscheid war. Vielleicht ließe sich da tatsächlich etwas machen.
Und die anderen?

Xaver. Kein Problem. Der wurde nicht mehr gebraucht. Da würde er sich selbst gleich morgen früh drum kümmern. Bevor der noch durchdrehte und zur Polizei rannte.
Frau Doktor? Lisa? Die würden noch ein wenig gebraucht. Frau Doktor würde keine Probleme machen, zur Hand zu gehen, solange Lisa in Gefahr war, zumindest bis die neuen Leute eingearbeitet waren. Luigi würde die Frau Doktor schon von der Notwendigkeit einer kooperativen Zusammenarbeit für die nächste Zeit überzeugen. Das hatten sie schon miteinander geklärt. Kein Problem.
Und dann hätten die beiden Damen auch ausgedient. Eigentlich schade, aber es war zu gefährlich, sie leben zu lassen. Beide wussten sie zu viel, viel zu viel. Solange sie lebten, würden sie immer ein Risiko für ihn darstellen. Aber darum sollte sich vielleicht doch besser Luigi oder einer seiner Leute kümmern, wenn es so weit war.
Alles in allem war es nur dieser verdammte Wegner, der noch ein wirkliches Problem darstellte.
Besser, seine Gegner nicht unterschätzen. Mit der fehlgeschlagenen Aktion heute, würde Wegner in der nächsten Zeit ganz sicher auf der Hut sein.
Auf dem Weg Richtung Tannheim kam ihm ein Streifenwagen entgegen.

15.09.2013, 08.13 Uhr

„Xaver, mein Junge, das hättest du dir schon früher überlegen müssen. Es gibt kein Zurück mehr, auch nicht für dich."
„Herr Binder, das ist mir völlig egal, ich mache bei Ihrem Spiel nicht mehr mit. Ich will endlich wissen, wo Lisa ist."
Binder lächelte kalt. „Sagen wir, an einem Ort, wo keiner daran denkt. Du hast ja Zeit genug gehabt, dich hier umzuschauen. Hier ist sie auf jeden Fall nicht."

„Das weiß ich selbst. Hören Sie, Herr Binder! Ich habe einen Fehler gemacht, Lisa hierher zu bringen. Es war auch falsch von mir, während der Nacht zu verschwinden, wie Sie es gewollt haben. Da dachte ich ja auch noch, Sie wollten nur in Ruhe mit Lisa reden. Das haben Sie doch selbst gesagt."
Theatralisch schüttelte Binder seinen Kopf: „Kaum zu glauben, wie leichtgläubig die jungen Menschen von heute sind. Aber du brauchst dir keine Sorgen zu machen, der lieben Lisa passiert schon nichts."
Entschlossen trat Xaver einen Schritt näher: „Hören Sie mir gut zu, Herr Binder, oder wie Sie auch immer heißen mögen. Ich spiele nicht mehr mit in Ihrem verdammten Spiel! Entweder Sie sagen mir jetzt, wo ich Lisa finden kann, oder …"
Binder ließ sich nicht beeindrucken. „Oder was? Willst du etwa zur Polizei gehen? Nur zu! Reisende soll man nicht aufhalten."
Xaver zögerte, wandte sich dann jedoch entschlossen um, ging einen Schritt auf die Tür zu. Im nächsten Moment hörte er ein metallisches Klicken. Augenblicklich schwang er herum. Binder hielt ein Springmesser mit langer, scharfer Klinge in seiner Hand.
„An deiner Stelle würde ich jetzt keine Dummheiten machen, mein Freund." Betont langsam kam er auf Xaver zu, das Messer drohend hin und her schwingend.
Im Bruchteil einer Sekunde hatte sich Xaver entschieden. Wenn er es bis zu seinem alten Opel im Hof schaffen würde, dann hätte er eine realistische Chance. Aber Vorsicht, wahrscheinlich war Binder nicht ganz zufällig in der Nähe der Tür stehen geblieben.
»Das Unerwartete tun!«, schießt es Xaver durch seinen Kopf. Er macht einen raschen Schritt in Richtung Tür. Binder rechnet offensichtlich damit, denn mit zwei Schritten schneidet er Xaver den Weg dorthin ab.

Xaver ändert sofort die Richtung, springt mit zwei, drei Riesensätzen zum Fenster und reißt es auf. Nur für einen Augenblick ist Binder über diese Wendung überrascht, denn er kommt bereits mit dem Messer auf ihn zugestürzt. Xaver hüpft auf das Fenstersims, schaut kurz hinab. Erster Stock! Drei, vier Meter vielleicht.
In dem Augenblick, als Binder ausholt, um zuzustechen, springt Xaver ins Leere. Als er mit den Füßen unten aufkommt, schießt ein gewaltiger Schmerz durch seinen linken Fuß. Umgeknickt. Das fehlt noch! Hastig schaut Xaver hoch zum Fenster. Binder lehnt sich fluchend aus dem Fenster, aber sein Kopf ist gleich wieder verschwunden.
Viel Zeit bleibt Xaver nicht. Mühsam humpelt er auf einem Fuß über den Hof. Er reißt die Tür seines Autos auf, lässt sich auf den Fahrersitz fallen. Der Schlüssel steckt. Bitte! Bitte! Liebes Auto, springe gleich an! Bitte, nur dieses eine verdammte Mal!
Ohne sich anzuschnallen, tritt Xaver mechanisch auf die Kupplung, legt mit einem Ruck den ersten Gang ein, dreht den Zündschlüssel hastig um, gibt bedächtig Gas.
Ein trockenes Klicken. Sonst nichts!
Verdammter Mist!
Der Blick in den Rückspiegel verrät Xaver, dass sein Verfolger nur noch wenige Schritte vom Auto entfernt ist.
Bitte Gott, hilf mir!
In panischer Angst dreht er den Zündschlüssel erneut um.
Nichts!
Das kann doch nicht wahr …
In diesem Augenblick wird die Fahrertür aufgerissen. Zwei kalte Augen starren ihn an. „Kann ich dem jungen Herrn helfen“, keift Binder hämisch. „Ich hatte mir doch schon so etwas in der Art gedacht!“
Mit der spitzen Klinge des Messers fuchtelt er bedrohlich

nahe vor Xavers Gesicht. „Und jetzt aussteigen, aber ganz, ganz langsam! Noch ein Trick dieser Art, und du wirst deinen Kleinen noch nicht einmal mehr zum Pinkeln brauchen können. Also! Mach schon!“
Mit einer düsteren Vorahnung steigt Xaver aus.
Sehr, sehr langsam …

15.09.2013, 19.23 Uhr
In seinem Krankenhauszimmer brütete Wegner seit dem Abendessen vor sich hin. Die beiden Arme hatte er auf den kleinen Tisch gestemmt, den Kopf auf die beiden Fäuste gestützt. Nur bisweilen, wenn ihm wieder ein Gedanke oder eine Erinnerung kam, ließ er seinen Blick nachdenklich herumschweifen, so, als könnte er von den stummen Wänden eine Antwort erwarten.
Die Erste-Klasse gönnte er sich zum ersten Mal in seinem Leben. Zumindest das hatte sich seit damals geändert. Als erfolgreicher und anerkannter Kunstschnitzer konnte er sich jetzt die zusätzlichen Kosten für Chefarzt und Einzelzimmer leisten. Zumindest hatte er so bei seinen Überlegungen seine Ruhe und er brauchte sich nicht das Schnarchen eines anderen Patienten ständig anzuhören. In diesem Moment klopfte es an der Tür, und Frau Dr. Austen schaute herein. „Störe ich beim Nachdenken?“
„Aber nein! Kommen Sie nur herein!“
Im nächsten Moment stand die junge Ärztin schon neben ihm. „Macht es Ihnen was aus, wenn ich mich kurz neben Sie setze?“
„Psychosoziale Betreuung ist wohl hier im Preis mit inbegriffen.“ Er versuchte, sich seine düstere Stimmung nicht anmerken zu lassen. „Setzen Sie sich nur!“
„Danke.“
Sie nahm Platz, schaute Wegner nur eine Weile still an, ganz

wie jemand, der nicht wusste, wie er mit einer schlechten Nachricht anfangen sollte.
„Stimmt etwas mit den Laborergebnissen nicht, Frau Doktor?“, fragte Wegner beunruhigt.
„Nein, nein! Gesundheitlich sind Sie auf dem besten Weg. Es gibt da etwas anderes, was ich auf dem Herzen habe.“
„Wenn Sie Probleme haben, bin ich der denkbar Schlechteste, den Sie um Rat fragen sollten. Komme schon mit meinen eigenen nicht ganz klar.“
„Ich fürchte, ich habe da einen großen Fehler gemacht, Herr Wegner, erst jetzt damit zu kommen. Ihre Schwester hat gestern Nacht noch einmal hier angerufen, um mir etwas Wichtiges zu sagen.“
Wegner wurde ganz weiß im Gesicht: „Lisa? Es ist doch nichts mit meiner Nichte, oder?“
„Nein! Ich weiß zwar nicht, worum es da geht, aber ich soll Ihnen ausrichten, Ihre Nichte hätte sich noch nicht gemeldet, aber Sie sollten sich keine Gedanken machen.“
„Was ist es dann, Frau Doktor?“
„Wie schon gesagt, ich habe nicht die leiseste Ahnung, in was Sie da reingeraten sind.“
„Jetzt sagen Sie schon, was … was passiert ist.“
„Es gab einen Brandanschlag auf Ihr Haus in Fischen. Ich fürchte …“
„Was? Ist es … abgebrannt?“
Die Ärztin nickte, ließ sich etwas Zeit mit ihrer Erklärung. „Nach dem, was mir Ihre Schwester mitteilte, muss es einen sehr großen Sachschaden bei Ihnen in Fischen gegeben haben. Es tut mir aufrichtig leid. Glauben Sie mir, bitte!“
Wegner starrte sie an, stammelte rau: „Und … jetzt?“
„Schwer zu sagen? Ihre Schwester meinte, es wäre das Beste, Sie bleiben fürs Erste einmal ein paar Tage noch bei uns. Sobald da bestimmte Dinge geregelt wären, Sie wüssten schon,

könnten Sie bei ihnen vorübergehend in Bad Wörishofen im Sanatorium wohnen."

Wegner wich ihrem Blick aus. Er wollte nicht, dass sie seine Tränen sah.

Frau Dr. Austen räusperte sich: „Aber da gibt es noch etwas anderes, Herr Wegner. Die Kripo hat im Laufe des Tages ein paar Mal hier angerufen."

Wegner nickte fast erleichtert, drehte sich wieder zu ihr um, nachdem er sich mit dem Handrücken über sein Gesicht gewischt hatte. Er wusste, was seine ehemaligen Kollegen von ihm wollten. Brandstiftung, und er war rein »zufällig« in den Bergen unterwegs. Da hätte er sich an der Stelle seiner Kollegen auch so seine Gedanken gemacht. »Warmsanierung« nannte man es, wenn jemand sein Haus abfackelte, um sich dann an der Versicherungssumme zu bereichern. Die Überlegung der Kollegen hatte nur einen entscheidenden Haken: Eine Feuerversicherung hatte er nicht für notwendig gehalten …

Donnerstag, 19.09.2013

Allgäu-Rundschau: Ungeklärter Mordfall

Wie die Kriminalpolizei Kempten mitteilte, wurde gestern in den Morgenstunden in der Nähe von Haldenwang die Leiche eines jungen Mannes im Keller eines verlassenen Bauernhofs aufgefunden. Der für den Verkauf zuständige Immobilienmakler hatte einem Kaufinteressenten das allein stehende Haus zeigen wollen. Wie die Polizei anhand der Fingerabdrücke feststellen konnte, handelt es sich bei dem Toten um Xaver Huber, wohnhaft in Fischen (Oberallgäu). Herr Huber wurde mit einem gezielten Stich ins Herz getötet. Der Obduktionsbefund ergab, dass die Tat mit hoher Wahrscheinlichkeit bereits am Sonntag, den 15. September, begangen wurde.

Bei der Untersuchung des Autos des Ermordeten fand die Polizei, dass die Elektroleitung zur Batterie durchgeschnitten worden war. Vermutlich wollte der Täter verhindern, dass das Opfer mit dem Auto fliehen konnte.
Der 20-Jährige studierte an der Fachhochschule Kempten Informatik mit dem Schwerpunkt Game Engineering.
Wie die Mutter des Ermordeten, eine bekannte Autorin von Berg- und Liebesromanen, der Polizei mitteilte, war ihr Sohn seit Samstag, den siebten September, mit seiner siebzehnjährigen Freundin, Lisa Lechner, aus Bad Wörishofen unterwegs.
Trotz sofort eingeleiteter Suche mit einer Hundertschaft der Polizei sowohl in den Hofgebäuden als auch in der unmittelbaren Umgebung des allein liegenden Anwesens, konnte bisher von der jungen Frau keine Spur entdeckt werden. Es gilt als unwahrscheinlich, dass die junge Frau die Tat beging.
Sowohl was die Aufklärung des Mordes als auch den Verbleib von Lisa Lechner betrifft, bittet die Kriminaldienststelle Kempten die Bevölkerung um Mithilfe.
In diesem Zusammenhang wird auch der derzeitige Pächter des Hofes gesucht. Dabei handelt es sich um den 34-jährigen Arzt, Dr. Frank Brüchle, dessen Aufenthaltsort im Moment nicht näher bekannt ist. Dr. Brüchle könnte möglicherweise zur Klärung des Verbrechens beitragen, da er bis Anfang September als Assistenzarzt bei Frau Dr. Franziska Lechner, der Mutter von Lisa Lechner, angestellt war.
Einen konkreten Verdacht gegen Herrn Dr. Brüchle wollte die Polizei derzeit jedoch nicht äußern, da die Hintergründe des Geschehens bisher weitgehend ungeklärt seien. Es sei aber auch nicht auszuschließen, dass sich Lisa Lechner in der Gewalt von Dr. Brüchle befände.
Mit sachdienlichen Hinweisen sollten Zeugen sich bitte umgehend an die Kriminalpolizei Kempten oder auch an jede andere Polizeidienststelle wenden. Eine Belohnung von 2000 Euro

für die Klärung des Verbrechens und der Ergreifung des Täters wurden ausgesetzt.

20.09.2013, 23.12 Uhr

Das Telefon klingelte. Wegner hob mit einem tiefen Seufzer ab. Er hatte noch nicht geschlafen.

„Bist du es Wegner?“

„Ja, wer ist dran?“

„Nils, dein Schwager. Entschuldige, für die späte Störung. Wie geht’s dir?“

„Passt schon? Ich soll Anfang nächster Woche wieder hier aus dem Krankenhaus kommen. Wird auch langsam Zeit. Gibt es etwas Neues von Lisa?“

„Nein, immer noch nichts, aber dieser Doktor Brüchle hat sich gerade bei mir gemeldet.“

„Was? Brüchle?“ Wegner war überrascht, denn mit allem hatte er gerechnet, nur nicht damit, dass dieser angebliche Arzt sich melden könnte. „Was will er von dir, Nils?“, fragte er nach einem Moment, weil sein Schwager nichts mehr sagte.

„Du wirst es nicht glauben, aber er will sich mit mir treffen. Ganz vertraulich, ohne Polizei versteht sich.“

„Wann und wo?“ Wegner hatte inzwischen einen Kugelschreiber in der Hand und machte sich Notizen.

„Gleich morgen früh. In Immenstadt im Festzelt. Ich denke, ihm passt die Menschenmenge beim Viehscheid gut für seine Pläne?“

„Verstehe, Nils! Es werden auf jeden Fall jede Menge Leute dort sein. Da kann schon schnell einmal etwas passieren. Was hast du vor? Willst du hinfahren?“

„Das ist es ja, warum ich dich anrufe. Ich traue diesem Brüchle nicht über den Weg. Um ehrlich zu sein, ich habe eine Heidenangst vor ihm. Du hast ja gesehen, zu was der alles fähig ist."

„Ach so! Jetzt verstehe ich dich erst. Du fragst dich gerade, ob ich dir da als alter, erfahrener Kommissar nicht helfen könnte, oder?"

„Ja, so ungefähr. Wegner, du kennst dich doch da noch am besten aus und solange jede Spur von Lisa fehlt, kann ich ja wohl kaum die Polizei da mit reinziehen. Doktor Brüchle könnte ja Hintermänner haben."

„Nils, wenn du nicht selbst von dir aus gefragt hättest, dann hätte ich dir auch so meine Hilfe angeboten. Versteht sich wohl von selbst."

„Danke, Wegner. Am besten, ich hole dich morgen früh im Krankenhaus ab, oder?"

„Nein, auf keinen Fall!"

„Warum nicht", fragte Nils überrascht.

„Es kann doch gut sein, dass diese Leute dich die ganze Zeit beobachten. Nein, nein, wir treffen uns gleich dort. Was habt ihr denn ausgemacht?"

„Um Punkt zehn am Eingang des großen Festzelts am Viehmarktplatz. Weißt du, wo das ist?"

„Ja, so ungefähr. War früher schon ein paarmal dort. Stadtrandlage, Richtung Kleiner – und Großer Alpsee."

„Na schön, wie du meinst. Wie kommst du dorthin?"

„Die Kollegen von der Polizei waren so nett und haben mir mein Auto auf dem Parkplatz vor dem Krankenhaus abgestellt." Wegner machte sich, während er sprach, einige Notizen.

„Was werden die bei dir im Krankenhaus dazu sagen, wenn du dich einfach mal schnell am frühen Morgen beurlaubst", fragte Nils nach einer Weile, aber es klang nicht gerade so, als wenn es ihn sehr interessieren würde.

„Hier im Krankenhaus, meinst du? Ich muss es ja nicht an

die große Glocke hängen, wenn ich für ein paar Stunden verschwinde."
„Apropos große Glocke … äh … was ich noch sagen wollte …"
Mitten im Satz unterbrach Wegner seinen Schwager: „Nils, du brauchst nicht so rumzudrucksen. Ich weiß schon. Keine Angst! Ich werde keinen meiner früheren Kollegen mitbringen. Ich werde mich auch ganz diskret im Hintergrund halten und Doktor Brüchle unbemerkt folgen, nachdem ihr miteinander gesprochen habt. In Ordnung so?"
„Klingt gut. Ach so, für den Fall, dass er nicht auftaucht, oder dass irgendetwas Unerwartetes passiert, was machen wir dann?"
Wegner war gerade dabei, ein Messer auf sein Blatt zu zeichnen. „Für den Fall, dass etwas schiefläuft, müssen wir es einfach drauf ankommen lassen, da lässt sich wenig vorher planen. Falls Brüchle allerdings nicht auftaucht, sehen wir uns am Eingang des Bierzelts. Ginge das?"
„Sicher. Also sagen wir, elf Uhr am Eingang. Und sei vorsichtig, Wegner!"
„Du aber auch, Nils! Dieser Mann versteht keinen Spaß. Also bis dann …"

21.09.2013, 03.34 Uhr

Wie er es von früher gewohnt war, ging Wegner mitten in der Nacht immer wieder den Fall gedanklich Schritt für Schritt durch, schrieb auf verschiedene Blätter in Stichworten die Möglichkeiten auf, die ihm einfielen. Eine Technik, die es ihm erlaubte, die Übersicht über die vielen Aspekte nicht zu verlieren.

Xaver:

Erpressung? Bestechung? Beides denkbar.
20.08. Treffen bei Hinanger Wasserfällen war kein Zufall.

07.09. Er lockt Lisa nach Haldenwang.
Aktive oder passive Beihilfe bei der Entführung?
08.09. Xaver meldet sich bei Lisas Mutter
15.09. Xaver wird ermordet. (Wahrscheinlich nicht mehr gebraucht und zu gefährlich als Zeuge. Vielleicht drohte er, nicht mehr mitzumachen und zur Polizei zu gehen.)
Wo war er während dieser Woche? Haldenwang? Wahrscheinlich blieb ihm nichts anderes übrig.
20.09. Xaver wird tot aufgefunden.

Lisa:
2012 - 2013: Wird von Dr. Brüchle erpresst.
07.09. oder 08.09. In Haldenwang entführt.
20.09. - 21.09. Lisa wird in Haldenwang nicht gefunden.
Lebt sie noch?
Wahrscheinlich ja! Sie wird noch gebraucht, um ihre Mutter zum Geschäftsabschluss zu zwingen.
Alternative zur Entführung: Sie arbeitet mit Brüchle zusammen. Schon wegen Xaver unwahrscheinlich.
Wichtigste Frage: Wo ist sie derzeit?

An dieser Frage blieb Wegner eine lange Zeit hängen. So sehr er auch über ein mögliches Versteck nachdachte, er war immer wieder auf denselben Gedanken zurückgekommen. Wieso war ihm das eigentlich nicht schon längst eingefallen? Die Idee war doch naheliegend. Der wahrscheinlichste Ort für ein Versteck war immer noch der, den jeder andere als der Täter für den unwahrscheinlichsten hielt. Etwas Naheliegendes musste es sein. Aber diese Frage ließ sich nur beantworten, wenn man wusste, wer derzeit Lisa gefangen hielt?
Mit einem Achselzucken musste Wegner einräumen, dass zumindest drei Möglichkeiten vorstellbar waren.

Er schrieb sie gleich säuberlich auf ein neues Blatt:

A: Franzi. Motiv: Rache an Svensen? Rache an Lisa? Möglich. Aber Rache wofür? War Svensen der Mann, mit dem Lisa ein Verhältnis hatte. Frau Becker konnte nichts Genaues über den Mann sagen.
B: Person, die Interesse hat, Methode an Geldgeber zu vermitteln. Dr. Brüchle? Wahrscheinlich. Wo ist er derzeit?
C: Geldgeber, der Methode vermarkten und für verbrecherische Absichten nutzen will?
Möglich, aber warum sollte Brüchle das Mittel aus der Hand geben, Frau Dr. Lechner zu erpressen?
Handelt es sich um eine verbrecherische Organisation? Denkbar.
D: Ein Unbekannter?
Was für ein Motiv sollte der haben? Alles deutet doch darauf hin, dass es um Franziskas Methode geht.
Gibt es da noch ein anderes Motiv? Was für eins?

Wie Wegner es auch drehte und wendete, alles wies auf Dr. Brüchle hin, den inzwischen die Polizei und Interpol suchte. Bisher blieb der Hauptverdächtige jedoch spurlos verschwunden.
Die Letzte, die ihn gesehen hatte, war seine Schwester. Und dafür gab es nur einen Zeugen? Sie selbst. Was, wenn Franzi die Sache auf ihre Weise geregelt hatte? Sie hatte zumindest ein nachvollziehbares Motiv.
Trotzdem … alles wies auf Dr. Brüchle als Drahtzieher hin. Vielleicht sogar zu viel?
Wegners Gedanken liefen nur noch in diesem engen Kreis. Er kannte diese Sackgasse, und er wurde für den Rest der Nacht das beständig bohrende Gefühl nicht mehr los, irgendetwas übersehen zu haben. Irgendetwas ganz

Wichtiges? Wie in Latein. Ein kleines übersehenes Detail konnte dem Text eine völlig neue Bedeutungsrichtung geben.
Aber was war das genau?

21.09.2013, 07.22 Uhr

Die Person biegt auf die B 19 Richtung Immenstadt ab. Er hatte bereits so viele Namen. Binder zum Beispiel. Jetzt, wo Xaver tot war, würde er diesen Namen nicht mehr brauchen. Dieser Trottel hatte sich doch richtig in Lisa verliebt. Xaver hatte wirklich geglaubt, er würde sie dort auf dem Hof bei ihm lassen, wie sie es ausgemacht hatten. So ein Idiot! Egal! Hauptsache, Xaver hatte seine Aufgabe erfüllt. Sicher, seine Rolle hatte auch nur darin bestanden, Lisa zum Bauernhof zu locken und in der Nacht, wenn sie eingeschlafen war, für ein paar Stunden zu verschwinden.
Er hatte Xaver erklärt, es wäre besser, er würde nicht dabei sein, wenn er mit Lisa sprechen würde. Dieser Depp hatte wirklich alles geschluckt. Blieb ihm ja auch nichts anderes übrig. Was diese Niete für große Augen gemacht hatte, als am Morgen Lisa nicht mehr in Haldenwang war. Hatte tatsächlich nicht damit gerechnet, sie könnte gleich woanders hingebracht werden. Hatte dieser Trottel wirklich gemeint, er würde ihm oder Lisa vertrauen, würde sie auf dem Bauernhof tagelang allein lassen, damit sie ihre Spielchen spielen könnten?
Unglaublich, wie dumm Leute sein konnten.
Alles war gelaufen wie geplant. Der völlig sinnlose Fluchtversuch dieses Jammerlappens am Schluss, damit hatte er ein wenig gerechnet. Gut, dass er daran gedacht hatte, das Kabel zur Batterie durchzuschneiden, sonst hätte dieser Versuch ganz schön ins Auge gehen können. Xaver wäre wahr-

scheinlich wirklich direkt zur Polizei gefahren. Aber das war jetzt kein Problem mehr.
Eine Sache war trotzdem schiefgelaufen. Es war ein Fehler, die Leiche nicht richtig verschwinden zu lassen. Wie hätte er auch ahnen können, dass dieser Makler Xavers Leiche so schnell im Keller finden würde?
Egal! War nicht so wichtig. Jetzt suchten sie einen Mann, der Dr. Brüchle hieß, weil sie nicht verstanden hatten, wie sinnlos ihre Suche nach ihm sein würde.
Nein, die Polizei stellte kein Problem dar. Der einzig wirkliche Gegner blieb dieser verdammte Wegner. Ein Spürhund, der nie aufgeben würde. Der schnüffelte überall herum, stellte allen möglichen Leuten Fragen. Na warte, Wegner! Ich werde das Problem schon lösen. Endgültig! Auf meine Weise! Aber ich darf dich nicht unterschätzen! Du bist wirklich gut, aber das Spiel hast du bisher auch nicht durchschaut.
Oder hatte Wegner etwa …?
Egal! Selbst wenn du Mistkerl Verdacht geschöpft haben solltest, mit einem vergifteten Messer wirst du nicht rechnen.
Wegner, es wird in Immenstadt verdammt schnell gehen. Glaub mir!

21.09.2013, 08.43 Uhr

Wegner hätte dieses bedrückende Gefühl in ihm nicht beschreiben können. Stärker konnte der Gegensatz, die Widersprüchlichkeit zwischen der Welt um ihn herum und seinen Gefühlen nicht mehr sein. Übernächtigt und unruhig schaute er sich auf dem Viehmarktplatz, dem Fest- und Scheidplatz von Immenstadt um. Die von Holzgattern und Draht umgebenen Gehege waren noch leer. Nicht mehr

lange. Die Herden waren seit den frühesten Morgenstunden aus den umliegenden Alpen hier herunter ins Tal unterwegs. Überall Lastwagen und Anhänger, die darauf warteten, einen Teil der Rinder gleich in ihre Ställe zu bringen.
Wegner kannte das alles von früher: Festzelt. Verkaufsbuden in Zweierreihen. Oktoberfeststimmung. Blasmusikkapelle Stein, Allgäuer Trachten. Gut gelaunte Festtagsgesichter.
Wo Wegner auch hinsah, alles war voller festlicher Erwartung. Selbst als Fremder merkte er gleich, »Viehscheid«, das war immer noch einer der wichtigsten Bräuche in dieser kleinen Voralpenstadt, genauso wie auch in vielen anderen Nachbarstädten und Dörfern entlang der Alpenkette. Das gehörte jedes Jahr einfach dazu.
Hastig ging Wegner umher, schaute sich gehetzt um. Von Svensen noch keine Spur. Von Dr. Brüchle auch nicht. Seine Schwester hatte ihm bei seinem Besuch in Bad Wörishofen ein Foto von ihm mitgegeben. Vielleicht hatte er die beiden Männer in der Menschenmenge einfach übersehen, vielleicht waren sie auch noch nicht da. Bis zum Treffen war es ja noch eine Stunde Zeit.
Trotzdem, da war ganz plötzlich dieses bedrückende, beängstigende Gefühl, von irgendwo beobachtet zu werden. Als wäre er eine lebende Zielscheibe. Etwas warnte ihn, er dürfte auf keinen Fall auf dem Festplatz bleiben. Bauchgefühl. Innere Stimme. Von irgendwo lauerte Gefahr.
War das Ganze eine Falle?
Besser, mal fürs Erste von hier verschwinden. Er ließ sich von einer Gruppe von Touristen in Richtung Innenstadt mittreiben, wo er sich in der Bahnhofstraße unter die dicht gedrängt stehenden Zuschauer drückte, die auf den Bürgersteigen auf den Zug der Rinder warteten.
Seine Angst, seine Verunsicherung blieb. „Ganz so, als müsse ich mich in der Menge verstecken“, dachte er verärgert,

schüttelte dann unwillig dabei seinen Kopf. Er wusste aus Erfahrung zu gut, hinter seiner Wut lauerte eine wohlbegründete Furcht: Etwas Entsetzliches würde passieren. Aber was?

Plötzlich wurde er aus seinen Gedanken gerissen. Es war unglaublich. Der ohrenbetäubende Lärm der Riesen-Kuhglocken war schon von Weitem zu hören und mit dem Geläut wurde trotz aller Angst eine Kette von Erinnerungen geweckt …

Früher war er mit seiner Familie oft von München hergekommen, denn den Termin in Immenstadt konnte man sich leicht merken: seit Jahrzehnten der dritte Samstag im September. So sehr er sich auch bemühte, Wegner wurde die Erinnerungen an seine Frau Renate und seine Tochter Marion nicht mehr los.

Da war eine Szene, die mehr als zwanzig Jahre zurücklag. Ganz hier in der Nähe hatten sie immer gestanden. Liebevoll hatte er seine fünfjährige Tochter auf den Arm genommen, damit Marion überhaupt etwas sehen konnte. Den Luftballon hatte er ihr am Arm festgebunden, weil der erste gleich weggeflogen war. Sie hatte ihn an der Jacke gezupft, wie immer, wenn sie etwas wissen wollte: „Papa, wo kommen die vielen Kühe her?"

„Vom Steigbachtal, vom Mittagberg. Die kommen heute von überall aus den Bergen, Kind."

„Was haben die da gemacht?"

„Da oben gibt es im Sommer Weiden, wo die Kühe ganz tolles Gras zum Fressen finden."

„Sind die Kühe da ganz allein?"

„Aber nein! Da gibt es immer Hirten, die aufpassen, dass den Kühen und Kälbchen nichts passiert."

„Und wo wohnen die Hirten?"

„In einer Hütte, Kind. Alpe nennen die Leute das hier."

„Und warum kommen die Kühe jetzt herunter?"

Er hatte geseufzt, denn er wusste, seine Tochter würde nicht aufhören zu fragen. „Die Kühe können nicht da oben bleiben, Kind, weil es jetzt bald Winter wird, und im Schnee finden die Kühe da oben kein Gras mehr."

„Papa, schau mal! Der Mann hat mit seinem Stock die Kuh geschlagen. Den musst du verhaften. Bitte, Papa!"

Bei dieser Erinnerung wischte sich Wegner Tränen von den Wangen. Ja, Marion hatte damals immer tausend Fragen, aber vieles war ihm selbst erst wieder aufgefallen, nachdem sie ihn danach gefragt hatte. Mit seiner kleinen Tochter hatte er die Welt immer wieder neu entdecken können. So wie mit Lisa das Schnitzen.

Lisa … Huarament! Wo bist du nur?

Wegner schaute sich verlegen um, ob jemand seine Tränen gesehen hatte. Es sah nicht danach aus. Sein Blick blieb hier und da an dem vorbeiziehenden Rinderzug hängen. Die Zeit schien hier seit damals stillgestanden zu haben. Es waren zumindest die gleichen vertrauten Bilder.

Während Wegner dem Zug der Alpe Mittag hinterherschaute, kam er plötzlich wieder ins Grübeln. Die gleichen Gedanken wie in der Nacht: Es ist viel zu offensichtlich. Alles weist auf Dr. Brüchle oder einen seiner Helfershelfer hin. Gibt es wirklich einen Punkt, den ich übersehen habe? Was, wenn diese Geschichte ganz oder zumindest doch in manchen Teilen völlig anders aussieht, als ich sie mir in der Nacht zurechtgelegt habe?

Wer könnte da sonst noch mitspielen? Gibt es einen großen Unbekannten, der da sein eigenes Spiel aufzog?

Dann bleibt eigentlich nur noch eine Möglichkeit übrig. Eine einzige realistisch denkbare Möglichkeit. Zu Dr. Brüchles Spiel gibt es ein übles Nachspiel.

Wegner zögerte, versuchte den Gedanken weiter zu verfolgen. Kann das sein? Und warum sollte ich dann hier nach

Immenstadt kommen? Dafür gibt es dann auch nur eine einzige vernünftige Antwort.
Ein kalter Schauer lief über seinen Rücken, als er an das Festzelt, an die Oktoberfeststimmung denkt. Wie damals das Attentat auf Obermayr. Ist das wirklich eine Falle? Eine Falle für mich? Durchaus möglich.
Nachdem ich wahrscheinlich in der Einsamkeit der Tannheimer Berge einem Anschlag knapp entkam, soll es jetzt erneut in einer anonymen Menschenmenge versucht werden? Für eine kaltblütige Person sicherlich machbar. Ein schneller Stich und schon ist die Person wieder unerkannt in der Menschenmenge verschwunden, bevor man in diesem Trubel hier erst richtig bemerkt, was vorgeht. Ganz so wie damals bei Obermayr. Sein Täter ist ja auch nie gefasst worden. Trotz aller Bemühungen der Kollegen.
Eine Frage bleibt allerdings noch: Vorausgesetzt, meine Grundannahmen treffen zu, was ist dann für alle anderen der unwahrscheinlichste und für den Täter der wahrscheinlichste Ort, wo Lisa für längere Zeit unentdeckt versteckt gehalten werden kann?
Angenommen, es ist nicht Brüchle, dann … Das ist dann doch …! Sicher, klar doch! Wieso habe ich nicht schon längst an diese Möglichkeit gedacht? Ist doch eigentlich ganz naheliegend. Man muss nur kaltblütig genug sein. Niemand wird dort suchen … Nein, Niemand!
Wegner merkt, wie die Gedanken in seinem Kopf zu rasen beginnen. Er atmet mehrmals tief ein und aus. Wie es ihm sein Therapeut gezeigt hatte. Jetzt nur Ruhe bewahren! Jetzt mal ganz langsam! Bisher ist es nur eine Befürchtung, eine Art Vorgefühl, die er erst einmal überprüfen muss. Er muss hier weg. Sofort! Bevor der Täter die Möglichkeit hat, seinen Plan auszuführen.
Als Wegner sich umdreht, schaut er in diese Augen. Er weiß

sofort: Er hat einen großen, einen sehr großen Fehler gemacht, hierher zu kommen …

21.09.2013, 09.34 Uhr

Für einen langen Moment stehen sie beide nur völlig überrascht da, starren sich an. Wegner erkennt die Person sofort. Diese kommt auf ihn zu. Lächelnd. Eine Hand ausgestreckt, die andere in der Jackentasche vergraben.

Wegner zögert. Wenn er mit seiner Annahme recht hat, dann darf er diese Person auf keinen Fall an sich heranlassen. Es ist keine Zeit zu verlieren. Er muss weg!

Im nächsten Moment verschwindet Wegner bereits in der Menschenmenge. Ein Blick über die Schulter genügt. Die Person lässt sich nicht irreführen, hat wohl gleich bemerkt, dass sein Plan durchschaut war. Die Person folgt ihm sofort durch die dicht gedrängte Menschenmenge auf dem Bürgersteig. Die rechte Hand weiter in der Jackentasche. Sicher nicht zufällig.

Wegner drängt sich, trotz der starken Proteste einiger Zuschauer, in die erste Reihe, aber diese Person lässt sich nicht abhängen. Jetzt ist Wegner eingeklemmt: Vor ihm eine leicht trabende Rinderherde, unmittelbar hinter ihm diese Person. Er muss weg!

Hastig tritt Wegner auf die Straße, geht neben drei Hirten, die ihn erstaunt anschauen. Wie in einer Zeitlupe sieht Wegner die Szene vor sich. Alle Hirten sind in Allgäuer Tracht gekleidet. Bergschuhe, kurze Lederhosen mit enzianverzierten Hosenträgern, weiße Hemden, Filzhüte in allen möglichen Grau- und Braunschattierungen, zwei davon mit Federn oder einer Bergblume verziert. Unmittelbar dahinter eine Frau im Dirndl: dunkler Rock, rote Schürze, weiße Bluse, eng geschnürtes Mieder.

Es ist erstaunlich, wie viele Einzelheiten Wegner trotz aller Aufregung, aller Angst in diesem Moment auffallen. Das Blumengebinde zum Beispiel, das das Leitrind auf dem Kopf trägt. Als Zeichen, dass kein Vieh abgestürzt ist, trägt das vordere Rind auf dem Kopf ein hoch aufgewölbtes Kranzgebinde: sehr viel Grün, dazwischen Enzian, Silberdistel und Alpenrosen. Dieses Rind hat noch einen silbern-glänzenden Spiegel auf der Stirn. Wegner kennt die Tradition: Um die bösen Geister fernzuhalten.
„Bleiben Sie auf der Seite!“, brüllt ein älterer Hirte Wegner ins Ohr.
„Wir sind hier nicht in Pamplona“, ruft auch die Frau im Dirndl hinter ihm.
„Nur kurz. Für die Abendnachrichten“, schreit Wegner geistesgegenwärtig zurück.
Ohne auf eine Antwort zu warten, rennt er entlang der Rinderherde. Einige jugendliche Touristen johlen ihm aufmunternd und bereits leicht angetrunken mit ihren Bierflaschen zu. Als Wegner am Ende dieser Alpgruppe ankommt, packt ihn ein kräftig aussehender Hirte am Arm, hält ihn am Ärmel seiner Jacke fest. Hastig macht Wegner eine abrupte Bewegung zur Seite, öffnet gleichzeitig den Jackenknopf. Eine weitere ruckartige Bewegung in die Gegenrichtung, und der überraschte Hirte hält nur noch seine Jacke in der Hand. Mit zwei, drei schnellen Sätzen überquert Wegner vor den Rindern die Straße, drängt sich zwischen die Zuschauer auf dem Bürgersteig.
Außer Atem folgt Wegner der Staufenerstraße. Bevor er in die Jahnstraße abbiegt, blickt er sich noch einmal um. Auf der anderen Seite bemerkt er wieder diese Person. Eigentlich ein Wunder, dass sie sich bei den Hunderten von Schaulustigen nicht aus den Augen verloren haben.
Nur weg!

21.09.2013, 09.46 Uhr

Als die Person auf die andere Seite blickt, ist Wegner bereits in der Menschenmenge verschwunden.

Wütend schnaubt die Person. Wegner, du verdammter Dreckskerl! Ich habe verstanden, dass du einen Verdacht hast. Bedrohlich ballt er die Hand zu einer Faust.

Lohnt es sich, Wegner weiter zu verfolgen? Sinnlos bei diesem ganzen Rummel. Egal! Wegner, du hast verstanden und ich weiß, wohin du willst.

Mit großen Schritten eilt die Person in Richtung Gewerbegebiet Listplatz, wo sie das Auto stehen ließ, weil sie von dort über die OA 5 direkt auf die B 19 kommt. Auf dem Weg dorthin brütet sie weiter vor sich hin: Als wenn ich es nicht die ganze Zeit geahnt hätte, dass es mit dir Drecksbullen noch eine Menge Probleme geben wird. Das ist jetzt schon das zweite Mal, dass du mir gerade so davonkommst. Verdammter Mist!

Meinst wohl, ich würde mir nicht denken können, was du jetzt machst? Wenn du gut bist, ahnst du jetzt auch, wo Lisa versteckt ist. Und du bist ganz der Typ, der das selbst überprüfen will. Ich muss dich kriegen, bevor du weiter herumschnüffeln kannst. Wenn ich dich aber auf dem Weg oder in Bad Wörishofen erwische, dann ... Einen Trumpf habe ich noch, Wegner! Das mit dem vergifteten Springmesser wird sehr schnell gehen! Die kleinste Menge in deinem Blut genügt schon! Und dann tschüss für immer.

Wenn ich dich abfange, bevor du in Bad Wörishofen ankommst, dann kann ich dich noch erledigen, bevor du herausfindest, wo Lisa ist, und dann habe ich auch noch genügend Zeit, alles belastende Material zu beseitigen.

Und wenn Wegner die Polizei informiert? Unwahrscheinlich. Wegner war der Typ, der die Sachen allein klären wollte. Schon wegen Lisa.

Schön, wenn man den Zug des Gegners so klar voraussehen kann. Jetzt aber erst mal schnell nach Bad Wörishofen! Wegner wird ja den direktesten Weg dorthin nehmen: zunächst über die B 19, hinter Waltenhofen auf die A 980, dann auf die A 7, um Kempten zu umgehen, und hinter Kempten gleich auf die B 12. Hinter Kaufbeuren dann in Richtung Bad Wörishofen. Kein Problem! Autobahn. Bundesstraße. Gleich nach Bad Wörishofen? Auf der B 12 die Sache erledigen? Ein kleiner Autounfall? Wäre doch eine Möglichkeit. Vorsprung werde ich auf jeden Fall haben. Es hat schon seine Vorteile, ein schnelles Auto zu haben. Schauen wir mal, wer der Schnellere von uns beiden ist.

21.09.2013, 10.56 Uhr

Die Welt stand still.

Zumindest schien sie hier in Bad Wörishofen um den Kurpark, wo fast jedes Haus seine therapeutischen Dienste anbot, einen wesentlich gemächlicheren Gang zu gehen. Die stets gleichen Kurgäste, die meist paarweise oder in kleinen Gruppen ohne jegliche Eile in Richtung Aroma- & Duftgarten flanierten, oder die sich auf den Weg zum Kur-Zentrum in der Innenstadt aufmachten, um die Zeit bis zum Mittagessen noch zu einem Gespräch mit dem ein oder anderen Gleichgesinnten über die täglichen Anwendungen mit den Wassergüssen zu nutzen.

Wegner war früher schon oft hier gewesen, weil ihn diese verträumte, gemütliche Art der kleinen Kurstadt als Gegensatz zu seiner oft hektischen Arbeit in München immer so angesprochen hatte. Kaum vorzustellen, in welchem Gegensatz der Zauber dieser friedlich-beschaulichen Welt zu dem gefährlichen Grund stand, warum er hierher kam. Er seufzte, versprach sich jedoch selbst, wenn dies alles glück-

lich zu Ende ginge, dann würde er sich in dieser Kurstadt eine gute Weile erholen. Ja, wenn alles gut ginge.
Aber danach sah es wahrlich trotz allem friedlichen Anschein nicht aus. Die Zeit, die er gebraucht hatte, um aus den Straßen Immenstadts herauszukommen, hatte er nur teilweise auf der Autobahn und auf der Bundesstraße aufholen können. Vergeblich versuchte er sich mit dem Gedanken zu trösten, es spiele eigentlich keine Rolle, wer auf wen wartete.
Immer wieder war Wegner versucht gewesen, einfach seinen Plan aufzugeben, um die Polizei zu informieren, aber inzwischen war es eine Sache zwischen ihm und dieser Person, und es gab einige Fragen, die er selbst klären musste. Wegner war sicher: Es wird zu dem entscheidenden Treffen hier in Bad Wörishofen kommen. Jetzt gleich!
Die notwendigen Vorbereitungen hatte Wegner von unterwegs getroffen, denn es war eine Grundregel des Überlebens, nicht ohne Sicherheitsnetz zu arbeiten. Ein erhebliches Restrisiko blieb dennoch. Unvermeidbar!
Wegner fuhr im Schritttempo unter dem Torbogen durch, auf dem in großen schwarzen Buchstaben »LECHNER KLINIK« stand. Nachdem er seinen Polo auf dem kleinen privaten Parkplatz im Innenhof abgestellt hatte, stieg er aus, schaute sich um: Von außen machte der Gebäudekomplex auf den ersten Blick gar nicht den Eindruck eines Sanatoriums. Genau genommen bestand es aus mehreren Gebäuden, von denen die ehemaligen Ställe und Scheunen von einem geschäftstüchtigen Besitzer zu einladenden Aufenthalts-, Meditations- und Therapieräumen umgestaltet worden waren. Daneben gab es verschiedene Werkstätten, Künstlerateliers und Musikräume. »Beschäftigungstherapie« wurde hier offensichtlich großgeschrieben. Auf den vielen Balkonen, Terrassen und im angrenzenden Garten standen

Liegestühle, von denen einige neugierig gewordene Kurgäste interessiert zu ihm herübersahen.
Da Wegner vor einigen Jahren bereits einmal hier kurz zu Gast war, wusste er selbst, wo der Keller war. Er huschte ins Haus. Aus einem Raum klang ihm Musik entgegen. An der Rezeption sprach ihn eine junge Frau mit einem freundlichen Lächeln an: „Was kann ich für Sie tun?“
„Danke. Ich habe einen Termin mit Frau Doktor Lechner.“
Bevor die junge Frau noch etwas sagen konnte, war er auch schon durch den langen Gang davongeeilt. Aber statt zum Behandlungszimmer seiner Schwester abzubiegen, glitt er durch eine Tür, auf der »Privat« stand, nachdem er sich nach allen Seiten erst einmal umgeschaut hatte.
Rasch schaltete Wegner an der Seite der Tür das Licht an, bevor er die Treppe hinunterlief. Bei den Kellertüren, die auf beiden Seiten eines langen Ganges lagen, drückte er die Klinke herunter. Alle waren abgesperrt. Schließlich bemerkte Wegner am Ende des Gangs eine Tür, die einen Spalt offen stand. Sicher kein Zufall! In dem Moment, als Wegner sie aufstieß, sagte eine Stimme: „Komm rein, Wegner! Ich habe bereits auf dich gewartet.“
Wegner erschrak nicht, denn er hatte damit gerechnet. Er betrat den hell erleuchteten Raum, ließ die Tür jedoch weiter einen Spalt offen. Rasch schaute er sich um. An der rückwärtigen Wand lag auf dem Boden eine alte Matratze, die mit einer Wolldecke zugedeckt war. Auf dem Boden eine große Pfütze, in die von einem undichten Rohr an der Decke immer wieder ein Tropfen herabfiel. Auf der linken Seite standen alte Metallspinde, und mehrere Tische, auf denen Computer und Tonbänder standen, die eine Person bediente. Diese wandte sich Wegner sofort zu. „Wegner, ich hätte wetten können, du kommst allein. Wir sind uns sehr ähnlich.“

„Findest du wirklich, Nils?“
„Du nicht?“
Wegner schüttelte langsam seinen Kopf: „Ich hoffe, dass ich niemals so weit herunterkomme wie du, dass ich es notwendig habe, ein schutzloses Mädchen zu entführen, um das zu bekommen, was ich will.“
„Wegner, genau genommen war es auch nicht mein Plan. Die meisten Ideen hatte Herr Doktor Brüchle sich in seinem kranken Gehirn ausgedacht, aber sein Fehler war, mich zu unterschätzen. Der Gute konnte ja auch nicht ahnen, dass ich alle seine Telefongespräche abhörte, so dass ich ständig auf dem Laufenden war, was er plante.“
„Ich vermute, das Problem mit Herrn Doktor Brüchle hast du auf deine Weise gelöst, oder?“
Svensen nickte grinsend: „Notwehr, mein Lieber. Früher oder später wäre ich sonst selbst an der Reihe gewesen. Der wartete nur auf seine Gelegenheit, mit mir abzurechnen. Sein Fehler, am Telefon seinem Geschäftspartner mitzuteilen, wo er zu finden ist. Für ihn dumm gelaufen.“
„Du hast also auch herausgefunden, dass er der Bruder von Helmut war, den du als angeblichen Entführer in Dänemark erschossen hast?“
„Wegner, du bist wirklich nicht schlecht. Hut ab!“
Wegner wies mit dem Kopf auf die Matratze. „War das mit der Entführung deiner eigenen Stieftochter wirklich notwendig?“
„Du kannst vielleicht Fragen stellen.“
„Und? War es notwendig?“
„Sicher war es das! Vielleicht hätte es für dich andere Wege gegeben, aber deine Schwester wäre möglicherweise zur Polizei gegangen, nachdem sie von Doktor Brüchle informiert wurde. Was hätte ich da machen sollen? Die Klinik und die Methode gehören allein ihr. Sie hätte niemals freiwillig verkauft. Niemals!“

„Das mag sein, aber …"
„Wegner, du begreifst gar nichts!", unterbrach ihn Svensen. „Auf jeden Fall hätte sie sich von mir getrennt, und ich wäre ganz ohne Geld dagestanden. Nein, Wegner, glaub mir, Brüchle hatte da schon einen guten Plan mit der Entführung eingefädelt. Nachdem er und Steiner, sein gieriger Geschäftspartner in Augsburg, jetzt nicht mehr mitreden können, sprach doch nichts dagegen, das Geschäft ganz in ihrem Sinne zu Ende zu bringen."
„Und Xaver?", fragte Wegner bekümmert.
„Ein Idiot! Er war wirklich in Lisa verliebt. Machte seine Sache trotzdem ganz gut, aber er wurde nicht mehr gebraucht, so wie du jetzt."
Unvermittelt stand Svensen auf, kam auf Wegner langsam zu, ohne ihn einen Augenblick aus den Augen zu lassen. Aus der Jackentasche zog er ein Springmesser, das er mit einem metallischen Klicken aufspringen ließ. „So, und jetzt zu uns, mein Freund."
„Warte einen Augenblick! In einem Punkt hast du ganz unrecht. Ich bin kein Einzelkämpfer wie du …"
„Das kannst du sonst jemandem erzählen."
Wegner schüttelte leicht den Kopf, als könnte er so viel Einfältigkeit nicht glauben. „Denkst du wirklich, die Sache mit deinem vergifteten Messer geht einfach so durch?"
„Was willst du damit sagen?"
In diesem Augenblick wurde die Tür hinter Wegner weit aufgestoßen: „Er will damit nur sagen, dass seine kleine Schwester schon immer auf ihn aufpassen musste."
Wegner trat schnell zur Seite, so dass Svensen seine Frau sehen konnte. Sie stand in der Tür und richtete eine Pistole auf ihren Mann.
„Und jetzt lass dieses Messer fallen! Sofort!", sagte sie.
Für einen Moment sah es tatsächlich so aus, als wenn

Svensen das Messer tatsächlich fallen lassen würde, aber dann holte er aus, um das Messer auf seine Frau zu werfen. Wegner schrak heftig zusammen.
Ein ohrenbetäubender Schuss krachte und Svensen fiel auf den Boden, bevor er das Messer werfen konnte.
Ohne ihn weiter zu beachten, sprang Frau Dr. Lechner über seinen leblosen Körper und eilte auf die Matratze zu. Mit einem heftigen Ruck riss sie die Decke weg. Nur in einen Bademantel gehüllt, lag dort Lisa. Gefesselt. Über dem Mund ein Klebeband.
Frau Lechner beugte sich über ihre Tochter, fühlte ihren Puls. Mit einer fahrigen Bewegung wandte sie ihren Kopf zu Wegner herum. „Er hat ihr offensichtlich irgendwelche Drogen gegeben."
„Ist sie …?"
„Nein … Sie lebt."

24.12.2013, 19.43 Uhr

„Du Wegner, bevor wir um acht mit den Kurgästen unten Weihnachten feiern, wollte ich dir noch etwas sagen."
„Was willst du mir sagen? Dass ich dir nur ja keine Pistole schenken sollte?"
Frau Dr. Lechner schüttelte den Kopf, drohte lachend mit dem Zeigefinger. „Wegner, du bist unmöglich."
„Wieso? Ich weiß doch, wie gut du schießen kannst. Meinst du, ich hätte mich sonst neulich auf dich verlassen, als ich zu euch runter in den Keller ging?"
„Jetzt sag nur, du hättest Angst gehabt, ich würde nicht kommen? Ich habe doch alles gemacht, wie wir es telefonisch vereinbart haben. War schon eine clevere Idee von dir, hier anzurufen, um mich von deinem Plan zu überzeugen. So konntest du in Ruhe noch mit Nils reden."

„Dein Mann war schon ein gemeiner Hund, Franzi. Das Fiepen von Mäusen auf dem Tonband abzuspielen, weil er wusste, wie sehr Lisa sich vor diesen Tieren fürchtet."
„Es tut mir auch keinen Moment leid, dass ich ihn …"
Wegner schüttelte traurig seinen Kopf. „Lass uns von etwas anderem reden, Franzi! Es ist doch Weihnachten."
„Da hast du recht. Ich habe übrigens eine Überraschung für dich. Du wirst Augen machen."
„Ist jetzt nicht dein Ernst, oder? Du weißt doch genau, dass ich Weihnachten nicht …"
„Halt besser deine Klappe, Wegner! Komm einfach mit! Und mach gefälligst deine Augen zu!" Sanft nahm sie ihn an der Hand, nachdem er die Augen geschlossen hatte, und zog ihn hinter sich her. „Na komm schon! Und nicht schummeln!"
Ihr schien dieses Spiel zu gefallen, denn sie führte ihn treppauf und treppab, durch lange Gänge hindurch, schließlich zu irgendeinem Ausgang hinaus über den Hof. „So, und jetzt kannst du deine Augen wieder aufmachen!"
Sie standen vor der Tür eines Nebengebäudes. Eine Lichterkette erleuchtete das Türschild. Wegner blinzelte, schniefte.
„Schnitzwerkstatt", las er gerührt.
In diesem Moment ging die Tür auf, und Lisa lächelte ihnen entgegen. „Für uns beide, Onkel Klaus."
„Und natürlich für die Kurgäste, die gerne etwas schnitzen wollen. Das wäre doch eine neue Aufgabe für euch beide, oder?"
Lisa ließ ihm keine Zeit, zu antworten. Mit beiden Händen wies sie auf die Werkbänke und die Schnitzwerkzeuge. „Cool, gell!"

Kommissar Wegners erster Fall

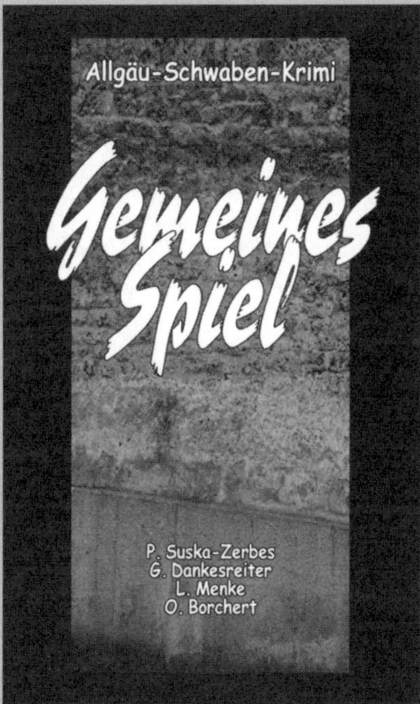

Jemand plant etwas Schreckliches beim traditionellen Tänzelfest in Kaufbeuren. Es geschieht nicht ohne Grund, denn die Wurzeln der Schuld reichen mehr als ein Jahrzehnt zurück. Am auffälligsten sind die Schicksale der Menschen: Ein scheiternder Kommissar, der eigentlich glaubte, im idyllischen Kaufbeuren Ruhe zu finden, eine ehrgeizige Politikerin, die ihre Karriere dem Drogenhandel verdankt, eine einfache Büroangestellte, die sich mit Computern auskennt, eine Mutter, die Angst um ihre Tochter hat, ein Mechaniker, der seine Arbeit verliert ...
Alle werden sie, ohne es verhindern zu können, immer tiefer in das verbrecherische Geschehen hineingezogen, genau wie der Leser, der das Buch nicht mehr beiseitelegen kann und ein unvermutetes Ende erwarten darf.
216 Seiten
ISBN 978-3-930323-91-3

Bereits im Brack Verlag erschienen

Kriminalhauptkommissar Hubert Fleschut und seine Kollegin Silvia Hartmann bekommen einen heiklen Fall zugeteilt. Hannah, die Mitinhaberin von Cora Entertainment Ltd. – einem Reisebüro mit pikanten Sonderleistungen im Herzen Kemptens – wird brutal überfallen. War einer ihrer Kunden – Unternehmer wie Politiker – daran beteiligt?
Während die Kripo zunächst völlig im Dunkeln tappt, ermitteln "Bubi", der Lehrer des Opfers, und seine Freundin Tanja auf eigene Faust im Rotlichtmilieu der Allgäu-Metropole und entdecken dabei einiges, was eigentlich nicht ans Tageslicht kommen sollte ...

216 Seiten
ISBN 978-3-86389-007-0